KiWi 439

Über das Buch

»Die Wißbegier, die ich ausstrahle, wenn ich als Journalist auftrete, ist der Ausdruck eines Kunstwillens, der mich triebartig erfaßt, sobald ich das Aufnahmegerät eingeschaltet und die Unterhaltung begonnen habe«, bemerkt André Müller zu seinen Interviews. »Der Dialog, der sich entwickelt, ist die auf Tonband festgehaltene Rohfassung eines später, wenn ich am Schreibtisch sitze, nach formalen Gesichtspunkten verfeinerten Kunstprodukts. Es soll spannend zu lesen sein, unabhängig davon, daß der Interviewte eine Berühmtheit ist. Ich will einen Text abliefern, der auch literarisch bestehen kann.«
Dieser Kunstwille ist es, der André Müllers ZEIT-Interviews weit über den Tagesjournalismus hinaushebt und seine Texte zu Dokumenten denkwürdiger Biografien dieses Jahrhunderts macht. Kein Journalist weiß mehr über seine prominenten Interviewpartner als André Müller, bevor er sein Gespräch beginnt, und ganz ungewöhnlich sind seine Respektlosigkeit, Hartnäckigkeit und Originalität bei der Arbeit.
Zusammengefaßt in diesem Buch ergeben André Müllers Interviews mit berühmten Schauspielern, Schriftstellern oder Sportlern eine höchst lebendige Beschreibung unserer Zeit »von innen«, ein dramatisches Bild zeitgenössischen Lebens und Denkens.

Der Autor

André Müller, geboren 1946 in Michendorf, Brandenburg; 1950 Übersiedlung nach Wien, ab 1967 Gerichtsreporter bei der »Kronenzeitung«, später Theaterkritiker, lebt seit 1970 in München, Mitarbeiter mehrerer Zeitschriften, u. a. »Stern«, »Die Zeit«, »Der Spiegel«.
Buchveröffentlichungen:
»Entblößungen« (1979), »Interviews« (1982), »Gedankenvernichtung« (1984, Neuauflage 1992), »Im Gespräch« (1989), »Zweite Liebe« (1991), »Im Gespräch mit Thomas

Bernhard« (1992), »Im Gespräch mit Peter Handke« (1993), »Österreicher(innen)« (1994).

André Müller

Ich riskiere den Wahnsinn

Gespräche mit

Christo 11
Liselotte Eder
(Rainer Werner Fassbinders Mutter) 33
Hans Magnus Enzensberger 53
Isabelle Huppert 77
Harald Juhnke 91 5.91
Wolfgang Koeppen 113
Hans Joachim Kulenkampff 127
Loriot 143
Henry Maske 157
Reinhold Messner 175
Bernhard Minetti 191
Franz Schönhuber 207

Tabori, 227

Kiepenheuer & Witsch

1. Auflage 1997

Umschlaggestaltung: Manfred Schulz, Köln
Satz: Jung Satzcentrum, Lahnau
Druck und Bindearbeiten: Clausen & Bosse, Leck
ISBN 3-462-02591-0

Für Christine

Christo

Um mit Christo ins Gespräch zu kommen*, mußte ich zuerst die Sympathie seiner Frau gewinnen. Sie bestimmt, wann und wem er Interviews gibt, und sie besteht darauf, mit ihm gemeinsam befragt zu werden. Als ich am 7. April 1995 zum verabredeten Termin in der Howard Street Nummer 48 im New Yorker Künstlerviertel SoHo, wo die beiden arbeiten und wohnen, erschien, erklärte sie mir, Christo existiere nicht mehr, von nun an gebe es nur noch Christo und Jeanne-Claude. Tatsächlich war aber nur sie anwesend. Eine halbe Stunde lang mußte ich mich mit ihr allein unterhalten. Sie habe es, sagte sie, anfänglich für opportun gehalten, sich der Öffentlichkeit als »eine Art Wachhund«, der nur für das Geschäftliche zuständig sei, darzustellen, damit sich ihr Mann als das reine, weltferne Genie präsentieren könne: »I was the bad guy, he was the nice guy.« Nun, da an Christos Weltruhm nicht mehr zu rütteln sei, habe sie es nicht länger nötig, ihren Anteil an seinem Schaffen geheimzuhalten. Fast die Hälfte seiner Projekte sei durch ihre Ideen entstanden. Zum Beispiel sei es *ihr* eingefallen, elf Inseln vor der Küste Floridas mit rosa Textilringen einzusäumen. Das Projekt wurde 1983 unter dem Titel »Surrounded Islands« verwirklicht. Ich bewunderte das taktische Gespür, mit dem diese imponierende Frau in einer Gesellschaft, in der die Künstlergattin immer noch als psychisches Auffangbecken für den Mann, bestenfalls als seine Muse, herhalten muß, auf den geeigneten Zeitpunkt für das Einfordern ihrer Gleichstellung gewartet hatte. Daß sie dennoch nach Erscheinen des Interviews in der ZEIT bei den Lesern Aggressionen hervorrief, überraschte mich nicht. Leserbriefschreiber Gerd Peter Bouvain aus München ereiferte sich: »Dieser Dame trieft eine stinkende Arroganz aus jeder Pore.« Torsten Schwan aus Bremen

* Anlaß war die Verhüllung des Berliner Reichstagsgebäudes durch den bulgarischen Künstler vom 24. Juni bis zum 9. Juli 1995.

klagte, selten habe er »soviel bornierte Dummheit auf so wenig Raum zu Gesicht bekommen«, und Fred Eigendorf aus Sankt Georgen fragte schlicht: »Hat Deutschland seine Furie gefunden?« Was für Jeanne-Claude den letzten Anstoß gab, aus dem Schatten herauszutreten, stand nicht in der ZEIT. 1994, nach einem Vortrag ihres Mannes in Boston, so erzählte sie mir, als wir zu Privaterem übergingen, habe ein älterer Herr sie gefragt: »Wie geht es Christos Sohn?« »Es ist auch mein Sohn!« habe sie ihm empört erwidert.

Sie haben etwas in der Geschichte der Bundesrepublik Deutschland Einzigartiges zuwege gebracht. Politiker diskutierten im Bundestag siebzig Minuten lang über Kunst.

CHRISTO: Wir sind stolz, daß uns die deutsche Nation das gestattet hat.

Umfragen haben ergeben, daß siebzig Prozent der deutschen Bevölkerung Ihrem Projekt, das Reichstagsgebäude mit Stoff zu verhüllen, ablehnend gegenüberstehen.

JEANNE-CLAUDE: Das glaube ich nicht.

C.: Vielleicht stimmt es. Aber das wird sich ändern. Bei unseren früheren Projekten war es genauso. Vorher sind die Leute dagegen. Wenn sie es sehen, sind sie begeistert.

Haben Sie triumphiert, als sich das Parlament gegen die Bevölkerungsmehrheit für Ihr Projekt entschied?

C.: Nein, es war kein Triumph. Daß ein Parlament gegen die Mehrheit des Volkes stimmt, ist nichts Besonderes.* Das geschah nicht zum ersten Mal.

* Am 25. Februar 1994 entschied der deutsche Bundestag in namentlicher Abstimmung mit 292 gegen 223 Stimmen für die Verhüllung.

J.-C.: Natürlich waren wir glücklich, daß wir Herrn Kohl siebenundsiebzig seiner eigenen Leute gestohlen haben. Damit hatten wir nicht gerechnet, und wissen Sie, wer uns am meisten geholfen hat? Unser größter Gegner, Herr Schäuble*. Er sagte, durch die Verhüllung des Reichstags werde ein nationales Symbol entwürdigt. Das empfanden viele als zu pathetisch.

Bundestagspräsidentin Rita Süssmuth meinte in einer Rede anläßlich der Ausstellungseröffnung »Christo in Berlin«, viele Leute würden es besser verstehen, wenn Sie ein häßliches Gebäude verhüllten.

C.: Diese Leute haben überhaupt nichts begriffen.

J.-C.: Man schickt uns oft Fotos von häßlichen Gebäuden und schreibt, das ist so scheußlich, bitte kommen Sie, und verhüllen Sie es.

C.: Fotos von Kernkraftwerken zum Beispiel.

J.-C.: Wir haben eine Schublade voll Angeboten. Man hat uns auch offeriert, die Freiheitsstatue in New York zu verhüllen. Wir haben abgelehnt. Der Bürgermeister des englischen Badeorts Bath hat uns einen reizenden Brief geschrieben, wir könnten mit seiner Stadt tun, was wir wollen. Wir haben ihm höflich zurückgeschrieben, wir fühlten uns sehr geehrt, aber wir hätten kein Interesse. Wir müssen zu den Plätzen, an denen unsere Kunst entsteht, eine Beziehung haben.

Die Idee, den Reichstag zu verhüllen, entstand 1971. Der amerikanische Journalist Michael S. Cullen schickte aus Berlin eine Ansichtskarte, auf der das Gebäude zu sehen war. Sie antworteten umgehend, er solle Ihnen die Genehmigungen besorgen. Aber Sie waren bis dahin nie in Berlin gewesen.

C.: Ich war öfter in Deutschland gewesen, aber nicht in Berlin. Ich bin 1956 aus Bulgarien geflohen. Danach war ich

* Wolfgang Schäuble, Vorsitzender der CDU/CSU-Bundestagsfraktion

staatenlos. Ich fürchtete, die Russen würden mich schnappen. Erst 1973 bekam ich einen amerikanischen Paß.

Obwohl Sie das Gebäude noch nie gesehen hatten, waren Sie von dem Vorschlag, es zu verhüllen, gleich angetan.

C.: Ich kannte Abbildungen, und natürlich wußte ich um die Geschichte des Bauwerks.

Gefällt es Ihnen?

C.: Es ist keine große Architektur, ein trivialer viktorianischer Bau. Das Aufregende ist die Lage. Der Platz, auf dem es wie ein Monolith einsam steht, ist einzigartig.

J.-C.: Wir verhüllen nicht nur ein Gebäude. Wir verhüllen die deutsche Angst, den deutschen Stolz.

Die deutsche Vergangenheit.

C.: Auch die Zukunft.

Ein Hauptargument Ihrer Gegner war, daß sich Ihre Motive für die Verhüllung im Laufe der Jahre geändert haben. Vor dem Mauerfall sollte sie als Zeichen der Freiheit an der Grenze zum Ostblock gesehen werden.

J.-C.: An der Bedeutung des Baus hat sich nichts geändert. Er ist immer noch ein Symbol der deutschen Demokratie. Daß er 1933 von den Nazis angezündet und im Krieg zerstört wurde, wird sich nie ändern.

C.: Nur haben wir jetzt eine zusätzliche Dimension. Vor 1989 war der Reichstag ein Mausoleum. Niemand glaubte, daß er noch zu Lebzeiten das Ende des Kalten Krieges erleben würde. Hätten wir das Projekt damals verwirklicht, hätte es unausweichlich im Zusammenhang mit der deutschen Teilung gestanden. Der Westen hätte es propagandistisch benutzen können, um zu zeigen, wie dumm der Osten ist. Das hätte ich arrogant gefunden. Ich bin froh, daß wir so lange warten mußten.

J.-C.: Wir haben ein Dinner bestellt und die Nachspeise gratis dazubekommen.

C.: Heute ist die Verhüllung ein Symbol für den Neubeginn.

Sie haben sie als »kathartischen Vorgang« bezeichnet.
C.: Was heißt »kathartisch«?
Geist und Seele werden geläutert durch die Bewußtmachung verdrängter Erlebnisse.
J.-C.: Oh, Sie meinen so etwas wie Exorzismus? Die Deutschen lieben dieses Wort.
C.: Aber wir würden es nie verwenden. Das wäre hochtrabend und dumm. Sie sollten nicht alles glauben, was in den Zeitungen steht. Die Zeitungen lügen.
J.-C.: Man fragt uns oft, wie wir dazu kämen, die deutsche Geschichte für unsere Kunst zu benutzen. Aber ein Künstler darf alles benutzen. Das ist sein Privileg. Er kann eine Blume malen oder Gott oder ein Baby. Hieronymus Bosch malte die Hölle. Morandi* malte sein Leben lang Flaschen.
C.: Es gibt keine Tabus in der Kunst. Ein Künstler, der Tabus akzeptiert, ist nicht ehrlich. Okay, Herr Kohl ist der Meinung, ein Gebäude wie der Reichstag eigne sich nicht für die Kunst. Aber das kümmert mich nicht.
Haben Sie mit Helmut Kohl über Ihre Kunstauffassung gesprochen?
C.: Herr Kohl wollte nicht mit uns sprechen.
J.-C.: Wir haben ihm zwei Briefe geschrieben, persönliche Briefe. Es kam keine Antwort. Wir sind die einzigen Menschen, denen das Büro von Herrn Kohl nicht geantwortet hat.
Glauben Sie, daß er etwas von Kunst versteht?
J.-C.: Leute, die ihn gut kennen, sagen, er mag keine Kunst.
C.: Er mag vielleicht Käthe Kollwitz. Herr Weizsäcker**, in dessen Bonner Büro ein Gemälde von Kirchner*** hing, erzählte uns, der Kanzler habe sich jedesmal, wenn er ihn besuchte, darüber aufgeregt.

* Giorgio Morandi, italienischer Maler, 1890–1964
** Richard von Weizsäcker, deutscher Bundespräsident von 1984 bis 1994
*** Ernst Ludwig Kirchner, deutscher Maler, 1880–1938

Eines der wichtigsten Ziele Ihrer Arbeit, so sagen Sie, ist es, Heiterkeit zu verbreiten. Auch die Verhüllung des Reichstags soll ein frohes Ereignis werden.

C.: Das Wichtigste ist die visuelle Erfahrung, eine Feier des Raums und der Menschen im Raum. In all meinen Arbeiten geht es um das Erlebnis des Raums. Deshalb sind wir mit unserer Kunst aus dem Atelier hinausgegangen. Wir mieten öffentlichen Raum und erobern ihn für die Kunst. Die Verhandlungen mit den Eigentümern, den Regierungen und Distriktsgouverneuren, die dem vorausgehen, sind schon Teil des Projekts.

J.-C.: Wir haben den Reichstag von Ihnen geliehen, von Ihnen und achtzig Millionen anderen Deutschen.

C.: Sie dürfen nicht vergessen, alles auf der Welt gehört jemandem. Wir bewegen uns vierundzwanzig Stunden am Tag in einem von Politikern kontrollierten, von Stadtplanern, Architekten oder Farmern gestalteten Raum. Indem wir ein Stück dieses Raums für eine begrenzte Zeit in ein Kunstwerk verwandeln, nutzen wir die enorme Komplexität dieser Zusammenhänge. Wir stellen sie dar. In jedem unserer Projekte steckt der unglaubliche Reichtum dieser komplizierten Besitzverhältnisse mit all den Vorschriften, Versicherungen und Auflagen, die damit verbunden sind.

J.-C.: Viele Leute halten uns für Bildhauer oder Maler. Aber unsere Arbeit hat viel mehr mit Architektur, Stadtplanung und Logistik zu tun.

C.: Denken Sie zum Beispiel an unser Projekt »Umbrellas« in Japan und Kalifornien.* Durch das Aufstellen von dreitausendeinhundert Schirmen, jeder sechs Meter hoch, wollten wir den Lebensstil in zwei technisch hochentwickelten, aber sehr verschiedenen Kulturen vergleichen. Dazu mußten wir mit vierhundertneunundfünfzig japanischen Bauern spre-

* 1991 verwirklicht

chen. Wir mußten mit der Regierung sprechen. Es hat eineinhalb Jahre gedauert, bis wir vom Bauminister die Genehmigung hatten. Aber was glauben Sie, wofür?
J.-C.: Nicht dafür, eintausenddreihundertvierzig blaue Schirme achtzehn Tage lang in einem japanischen Tal aufzustellen, sondern eintausenddreihundertvierzig Häuser.
C.: Der Mann hat unsere Absichten besser kapiert als jeder Kunstjournalist. Denn wir haben nicht Schirme in die Landschaft gestellt, sondern Häuser ohne Wände, jedes so groß wie ein Junggesellenappartement. Wir haben Dörfer gebaut. Ein Schirm ist kein Kunstwerk. Auch zwei Schirme sind keine Kunst. Aber dreitausendeinhundert Schirme in einen Raum mit Bäumen, Flüssen, Brücken, Kirchen und Tempeln zu integrieren, diesen vielschichtigen Raum zu erschließen, das ist etwas absolut Einmaliges. Das kann niemand erfinden. Nicht der Einfall, sondern die Durchführung ist das Entscheidende. Kein Theaterregisseur kann den vierundzwanzig Jahre dauernden Kampf inszenieren, den wir ausfechten mußten, um das Reichstagsprojekt zu verwirklichen.
J.-C.: Es war wie Krieg.
Und was ist der Lohn?
J.-C.: Der schönste Moment wird sein, wenn wir das Baby sehen. Wir waren vierundzwanzig Jahre lang schwanger damit.
C.: Ein Traum wird Gestalt annehmen. Die Wirklichkeit wird die Phantasie in den Schatten stellen. Der Stoff wird aussehen wie Seide. Er wird in Bewegung sein. Die Falten sind einen Meter tief. Das Sonnenlicht wird in ihnen spielen. Mit jeder Wolke wird sich das Bild verändern. Wenn der Wind weht, werden neue Formen entstehen. Nachts wird sich der Mond darin spiegeln. Es wird umwerfend sein.
J.-C.: Wie Musik, die man sehen kann.
C.: Wir machen aus dem Stein etwas Lebendiges. Der Reichstag wird atmen.

J.-C.: Es wird kein tragisches Kunstwerk sein, weil wir keine tragischen Menschen sind.
C.: Ich weiß natürlich, daß manche Leute ihre depressiven Gedanken an unser Projekt knüpfen wollen. Diese Leute verstehen uns nicht. Es geht nicht um irgendwelche traumatischen Erfahrungen, die wir wachrufen möchten. Unsere Kunst ist optimistisch, weil wir optimistisch sind. Jeanne-Claude kann Ihnen erzählen, wie sehr ich mich über jede Kleinigkeit freue. Ich freue mich am Wind, am Regen, an der Sonne, an der verrinnenden Zeit. Ich freue mich über jeden Menschen, der auf der Straße geht. Ich bin ein optischer Mensch. Mich fasziniert, was man mit den Augen erfühlen kann. Ich sitze nicht vor dem Bildschirm. Ich hasse Computer. Ich kann Elektronik nicht ausstehen. Ich kann nicht einmal telefonieren, weil ich die Person, mit der ich spreche, physisch vor mir haben muß. Deshalb mache ich meine Kunst nicht im Studio. Es würde mich fürchterlich langweilen, den ganzen Tag im Atelier zu stehen und Bilder zu malen. Die dummen Künstler, die das tun, werden nie wissen, was Schauen bedeutet.
Meinen Sie mit depressiven Gedanken die Erinnerung an die dunklen Kapitel der deutschen Geschichte in diesem Jahrhundert?
J.-C.: Ja, das existiert natürlich.
C.: Man muß sich dafür interessieren. Aber man darf nicht so allgemein von den Deutschen sprechen. Jeder Mensch ist ein Individuum.
J.-C.: Haben denn Sie im Krieg etwas falsch gemacht?
Ich war nicht geboren. Trotzdem bedrückt mich, was damals geschah.
C.: Sicher ist Auschwitz etwas, das man niemals vergessen darf.
J.-C.: Aber auch Goethe war Deutscher, verstehen Sie? Es gibt nicht nur Auschwitz.

C.: Das Böse ist Teil der menschlichen Psyche, wie auch das Gute.
J.-C.: Gewalt ist menschlich. Man sagt immer, Auschwitz sei unmenschlich. Bedauerlicherweise ist es das nicht. Haß gehört zum Menschen genauso wie Liebe.
C.: Natürlich ist Grausamkeit schrecklich. Auschwitz war ein Gipfel der Grausamkeit. Aber wir dürfen nicht so tun, als wäre sie abzuschaffen. Bis 1989 lebten wir in einer erstarrten Welt des Kalten Krieges. Das Böse war wie unter einer Eisdecke verborgen. Niemand wußte, was im Osten geschah, weil nicht berichtet wurde. Nun befinden wir uns plötzlich in einem Shakespearschen Drama. Tag für Tag erleben wir ungeheure Gewaltausbrüche. Einer tötet den anderen. Es ist wie im Mittelalter. Es ist grauenvoll, aber menschlich. Wir können die Welt nur verbessern, wenn wir fähig sind, die menschliche Natur so zu sehen, wie sie ist. Vereinfachungen sind mir ein Greuel. Heute erkennen wir, wer wir wirklich sind. Wir haben unsere Menschlichkeit wiederentdeckt.
Haben Sie das Böse auch in sich selbst gesucht?
C.: Jeanne-Claude sagt, daß ich oft schreie. Ich bin kein sanftmütiger Mensch.
J.-C.: Das stimmt nicht. Er ist die verkörperte Sanftmut. Aber wissen Sie, warum er so ist? Er will seine Zeit nicht mit Haß vergeuden.
C.: Die Zeit ist zu kostbar. Ich mag es auch nicht, wenn Leute ständig über ihre Probleme reden. Ich hasse Leute, die sich dauernd beklagen.
Sie klagen nie?
C.: Ich war schon sehr frustriert, als uns Herr Carstens*, Herr Stücklen** und Herr Jenninger*** für das Reichstagsprojekt

* Karl Carstens, Präsident des deutschen Bundestages von 1976 bis 1979
** Richard Stücklen, Bundestagspräsident von 1979 bis 1983
*** Philipp Jenninger, Bundestagspräsident von 1984 bis 1988

keine Erlaubnis gaben. Wir haben drei Bundestagspräsidenten überlebt. Nach der Ablehnung durch Jenninger 1987 war ich so wütend, daß ich drei Jahre keine Zeichnungen vom Reichstag mehr machte. Erst 1990 kam durch Frau Süssmuth die Wende.

J.-C.: Ich glaube, sie hat nur zugestimmt, um Helmut Kohl zu ärgern.

C.: Aber sie war sehr pessimistisch. Vor der Debatte im Parlament wettete sie mit uns um fünf Flaschen Champagner, daß wir verlieren werden.

Sie sind trotzdem optimistisch geblieben.

C.: Ich mag es nicht, wenn man mich in eine pessimistische Stimmung bringt. Ich kann ohne Hoffnung nicht leben. Ich glaube, Pessimismus entsteht aus einer Art Arroganz. Ein Pessimist meint, er wisse schon alles. Darüber streite ich oft mit meinem Sohn*.

J.-C.: Mit unserem Sohn.

Ihr Sohn ist Pessimist?

C.: Ja, er glaubt, daß die Welt untergeht. Ich bin da viel zweifelnder. Ich weiß, daß es Atombomben, Erdbeben und alles mögliche Schlechte gibt. Aber ich halte es für naiv anzunehmen, daß wir das Glück haben, die letzten Menschen zu sein.

J.-C.: Unser Sohn ist Dichter. Ein Dichter kann nicht nur lustig sein.

Vielleicht muß er dafür bezahlen, daß Sie dauernd fröhlich sind.

J.-C.: Das sagt er auch.

Er muß es ausbaden.

J.-C.: Nobody ist perfect.

C.: Ich glaube, mein Optimismus kommt daher, daß ich mit nichts als meiner Liebe zur Kunst aus meiner Heimat geflo-

* Cyril, geboren am 11. Mai 1960

hen bin. Ich kannte keinen einzigen Menschen im Westen. Ich konnte keine westliche Sprache.
J.-C.: Er konnte nicht einmal das Alphabet, weil in Bulgarien Kyrillisch geschrieben wird.
C.: Ich hatte dreihundert Dollar gespart. Damit bestach ich in Prag einen Zollbeamten, der mich in einem plombierten Waggon über die Grenze ließ.
Was war das Motiv Ihrer Flucht?
C.: Ich ging in den Westen, um künstlerisch frei zu sein.
Nicht auch aus politischen Gründen?
C.: Doch, natürlich. Ich hatte rasch begriffen, daß der Kommunismus in Wahrheit ein Staatskapitalismus wie in irgendeiner Bananenrepublik in Südamerika war. Mein Vater besaß vor dem Krieg eine Textilfabrik, die 1947 verstaatlicht wurde. Ich war ein kleiner Junge, als eines Tages kurz vor Weihnachten die Geheimpolizei mit Gewehren kam und sagte, jeder nimmt einen Koffer und verläßt in zehn Minuten das Haus. Wir haben durch die Kommunisten alles verloren. Zwei Wochen später befahlen sie meinem Vater, da sie sein Wissen brauchten, in die Fabrik, die nun nicht mehr ihm gehörte, zurückzugehen. Nichts funktionierte. Dann passierte ein Unfall. Man beschuldigte ihn der Sabotage. Er kam ins Gefängnis. Hätte sich meine Mutter, die als Generalsekretärin der Kunstakademie einigen Einfluß hatte, nicht für ihn eingesetzt, man hätte ihn hingerichtet. Das war eine schreckliche Zeit. Ich durfte nicht mehr zur Schule gehen. An unserer Hauswand stand: Hier wohnen Volksverräter.
Wann begannen Sie, sich mit Kunst zu beschäftigen?
C.: Als ich sechs Jahre alt war. Meine Mutter hatte bemerkt, daß ich gut zeichnen konnte. Sie stellte einen Privatlehrer an, der mich in Geometrie, Kunstgeschichte und Malerei unterrichtete. Sie war eine phantastische Frau. Sie ermutigte mich, Künstler zu werden, wie auch meinen älteren Bruder, der heute in Sofia ein berühmter Schauspieler ist.

Gab es in Bulgarien die Möglichkeit, westliche Kunst zu sehen?
C.: Nein, aber ich lernte die russischen Konstruktivisten kennen. Die gegen den bürgerlichen Kunstbegriff gerichtete Idee der sowjetischen Künstler in den zwanziger Jahren, aus den Museen hinaus auf die Straßen und Plätze zu gehen, hat mich sehr stark beeinflußt. Unter Stalin durfte man über diese Leute nicht sprechen. Aber es gab einige alte Kunstprofessoren, die es trotzdem taten, wenn sie betrunken waren. Im Westen wurde dann Dubuffet für mich wichtig, weil er in seinen Bildern verschiedene Materialien, nicht nur Farbe, benutzte. Ich studierte ein Semester an der Wiener Kunstakademie. Dann ging ich nach Genf. Aber mein Traum war Paris.
Wovon lebten Sie damals?
C.: Ich malte. In Genf machte ich Ölporträts von den Mitarbeitern der Vereinten Nationen. Zum Beispiel habe ich Giscard d'Estaing* und seine Familie gemalt. Schließlich hatte ich genug Geld, um nach Frankreich zu fahren. Im November 1958 bekam ich das Angebot, Jeanne-Claudes Mutter, die aus reicher aristokratischer Familie stammte, zu porträtieren. So lernte ich meine Ehefrau kennen.
J.-C.: Zu dieser Zeit hatte er schon begonnen, Dosen, Flaschen und andere kleine Gegenstände in Stoff einzupacken. Als ich zum erstenmal in sein Studio kam und all diese Pakete sah, dachte ich, um Himmels willen, der Mann ist übergeschnappt.
Wie kamen Sie auf die Idee, das Verpacken von Dosen für Kunst zu halten?
C.: Es war keine Idee.
J.-C.: Würden sie Cézanne fragen, warum er Äpfel malte?

* Valéry Giscard d'Estaing, geboren 1926, französischer Politiker, von 1956 bis 1958 Delegierter bei den Vereinten Nationen, von 1962 bis 1965 und von 1969 bis 1974 Finanzminister, von 1974 bis 1981 Staatspräsident

Warum nicht?
C.: Wahrscheinlich hatte es mit meiner Ausbildung zu tun. Die Kunstschulen in Bulgarien waren sehr konservativ. Als ich das Land verließ, hatte ich mich noch nicht entschieden, welche Art Künstler ich werden wollte. Also war es ganz natürlich, daß ich mehreres ausprobierte.
Den Einfall, die Ästhetik wertloser Gegenstände durch ihre Verpackung hervorzuheben, hatten vor Ihnen schon andere.
C.: Jede Kunstrichtung hat ihre Vorläufer. Textilien sind seit Tausenden Jahren ein Motiv in der Kunst. Nur hat man früher, um sie darzustellen, Bronze und Marmor verwendet. Degas verwendete für seine Skulptur einer Ballerina zum erstenmal richtigen Stoff. Von Man Ray gibt es schon verpackte Objekte. Henry Moore zeichnete 1942 eine verpackte Säule.
J.-C.: Sie müssen bedenken, Christo war 1958 ein armer Flüchtling, der sich Gold und Marmor nicht leisten konnte.
C.: Ja, aber das war nicht das Entscheidende. Der wesentliche Aspekt unserer Arbeit ist ihre Kurzlebigkeit. Stein und Metall sind Materialien für die Ewigkeit. Unsere Projekte gibt es nur für eine bestimmte Zeit, zehn Tage, zwei Wochen, manchmal auch länger. Die Verhüllung des Reichstags wird vierzehn Tage dauern. Dann verschwindet sie wieder. Unsere Kunst steht nicht für immer da. Niemand kann sie kaufen. Niemand kann sie besitzen. Sie entsteht einzig und allein, weil wir es wollen. Kein Staatspräsident, kein Kulturminister, kein Museumsdirektor hat sie bestellt. Sie dient keinem Zweck. Sie gehorcht keiner Moral. Sie ist absolut frei. Sie muß sich nicht rechtfertigen. Sie ist irrational. Wir bezahlen sie mit unserem Geld. Deshalb sind wir niemandem eine Erklärung schuldig.
Das werden die Abgeordneten des deutschen Bundestages, die mit den verschiedensten Argumenten für oder gegen Ihr Vorhaben stritten, nicht gerne hören.
J.-C.: Jetzt ist es zu spät.

C.: Wir haben nie anders geredet. Wir haben immer die Wahrheit gesagt.
J.-C.: Wir haben Herrn Schäuble in seinem Büro erklärt, wir verhüllen den Reichstag, weil es uns so gefällt.
Wie reagierte er?
J.-C.: Er war sehr höflich. Er hat französisch mit mir gesprochen.
C.: Der Individualismus in der Kunst ist eine der wichtigsten Errungenschaften in diesem Jahrhundert. Früher arbeitete ein Künstler für Auftraggeber. Er mußte sich nach den Wünschen der Kunden richten. Er war nicht frei. Erst im neunzehnten Jahrhundert begannen die Maler, ihre Bilder nur für sich selbst zu machen. Aber sie hatten diese Freiheit nur in den Ateliers. Dort konnten sie tun, was sie wollten. Ich habe die Freiheit des Künstlers unendlich erweitert. Ich habe den öffentlichen Raum zu meiner Leinwand gemacht.
Glauben Sie, Michelangelo war künstlerisch unfrei, weil er im Auftrag des Papstes malte?
C.: Mein Gott, Sie begreifen nichts.
J.-C.: Darling, ich glaube, er begreift sehr gut. Er möchte nur, daß wir es mit unseren Worten sagen.
C.: Die gotischen Künstler waren weniger frei als die der Renaissance, die der Renaissance weniger als die des Barock. Es gibt einen Fortschritt der Freiheit. Aber erst heute haben wir die totale Freiheit. Wir lassen uns auf keinerlei Kompromisse ein. Wir bestimmen die Plätze, an denen unsere Projekte entstehen. Wir bestimmen, wie sie aussehen. Wir bestimmen den Monat, den Tag, den Moment, in dem sie zum Leben erwachen.
Und auch den Moment ihrer Zerstörung.
J.-C.: Nicht Zerstörung.
C.: Ihrer Entfernung.
Sie achten darauf, daß Ihr Werk von niemandem außer Ihnen beseitigt wird.

J.-C.: Natürlich, denn es ist unser Werk. Wir haben dafür bezahlt.

Sie beschäftigen Wachpersonal, das dafür sorgt, daß niemand den Stoff berührt.

C.: Wer hat Ihnen denn diesen Unsinn erzählt?

Stimmt es nicht, daß Sie die Umhüllung gegen Beschädigung schützen?

J.-C.: Wenn jemand auf die Idee kommt, unser Eigentum zu beschädigen, werden wir das natürlich verhindern. Denn wir haben den Leuten versprochen, daß sie es vierzehn Tage lang anschauen können.

C.: Erstens sind unsere Wachen nicht Polizisten, sondern nur dazu da, um für Ordnung zu sorgen. Zweitens kommen die Leute nicht, um zu zerstören. Nur Kunstwerke aus Stein und Stahl fordern Vandalismus heraus, weil sie bedrohlich sind. Auf das zarte Material, das wir verwenden, reagieren die Menschen mit Zärtlichkeit.

J.-C.: Weil sie Ehrfurcht haben, verstehen Sie? Wir geben ihnen die Gelegenheit, etwas zu sehen, das sie nie wieder sehen werden, und sie begreifen, daß das ein großes Geschenk von uns ist.

C.: Die Leute, die den verhüllten Reichstag betrachten, wissen, daß sie Zeuge von etwas Einmaligem sind. Nur die Erinnerung bleibt. Unsere Kunst ist sehr flüchtig und sehr verwundbar. Andere Künstler haben fünftausend Jahre lang die Welt mit ihrem Kram vollgestellt. Wir räumen alles weg. Wir lassen nichts zurück. Wir sind die saubersten Künstler, die es je gab. Der temporäre Charakter unserer Werke ist eine Kampfansage an den naiven Hochmut der Menschen, die glauben, man könne Unsterbliches schaffen. Er ist ein Symbol für die Vergänglichkeit.

Ein Symbol für die Vergänglichkeit ist jedes Kunstwerk, das verfällt oder verlorengeht. Ein Symbol für die Vergänglichkeit ist auch die Frauenkirche in Dresden.

C.: Die wurde zerstört.
Ja, aber nicht vom Erbauer.
J.-C.: Was, glauben Sie, ist der Grund, weshalb wir so großen Wert darauf legen, daß unsere Werke nur für eine gewisse Zeit bestehen?
Dazu muß ich Ihnen eine kurze Geschichte erzählen.
J.-C.: Bitte.
Ich habe als Kind, wenn mich meine Mutter zum Essen rief, die Burgen, die ich im Sandkasten baute, bevor ich ging, niedergetrampelt, um ihrer Vernichtung durch andere Kinder zuvorzukommen. Indem ich das von mir Geschaffene selbst zerstörte, fühlte ich mich wie Gott, der Anfang und Ende von allem ist.
J.-C.: Wir glauben nicht an Gott.
Nein, aber Ihre Kunst ist der verzweifelte Versuch, ihm ähnlich zu werden.
C.: Ich weiß gar nicht, wovon er spricht.
Christo erschafft seine Projekte...
J.-C.: Nicht Christo, wir tun es zusammen.
... und er bestimmt, wie lang man sie sehen kann.
J.-C.: Würden Sie bitte wiederholen, was ich soeben sagte. Nicht Christo erschafft die Projekte, sondern Jeanne-Claude und Christo.
Also gut.
J.-C.: Wir haben beschlossen, eine Person zu sein*, und wir hoffen, daß Sie Ihren Lesern das deutlich machen. Wenn Sie fortfahren, von Christo allein zu reden, ist dieses Gespräch beendet. Dort ist die Tür.
C.: Darf ich jetzt auch etwas sagen? Es geht nicht um Gott, sondern um die Unwiederholbarkeit des ersten Augen-

* Christo Javacheff und Jeanne-Claude de Guillebon, die den Vornamen ihres Mannes zu ihrem ehelichen Nachnamen wählte, wurden am selben Tag, dem 13. Juni 1935, geboren. Seit 1959 sind sie verheiratet.

blicks. Ich glaube, jede Kunst existiert im eigentlichen Sinn nur in ihrer Entstehungszeit. Dieser sublime Moment des Beginns, da sie erschaffen und von den Zeitgenossen gesehen wird, ist einzigartig. Danach verändert sie sich. Sie wird schlechter. Sie verliert ihre Gültigkeit. Die Venus von Milo stand, als sie geschaffen wurde, auf einer Insel im Sonnenlicht. Sie war bemalt. Heute ist sie eine weiße Ruine, die im Museum steht, ein armseliges Überbleibsel. Mit dem Original hat das, was wir heute betrachten, nichts mehr zu tun.

Eben darum, so meine ich, ist sie ein Symbol der Vergänglichkeit, und ich bin froh, daß ich das sehen darf.

J.-C.: Warten Sie, ich werde es Ihnen erklären. Ich will Ihnen sagen, warum wir uns freiwillig entschieden haben, daß es unsere Werke nur eine bestimmte Zeit lang gibt. Das Wertvollste im Leben ist das Vergängliche, zum Beispiel die Kindheit oder ein Regenbogen oder ein glücklicher Augenblick. Gerade weil etwas vergänglich ist, lieben wir es besonders. Die Kunst hat bisher alles mögliche ausgedrückt. Aber dieses Wertvollste war ihr, bevor wir, Christo und ich, mit unserer Arbeit begannen, verwehrt. Wir haben ihr diese Qualität der Vergänglichkeit, die zum Leben gehört und die so viel Zärtlichkeit weckt, hinzugefügt.

C.: Es war eine rein ästhetische Entscheidung.

J.-C.: Und sie bedeutet nicht, daß wir Gott sein wollen.

Sie vergleichen Ihre Projekte mit einem Regenbogen.

J.-C.: Ja.

Aber ein Regenbogen kommt und vergeht. Er ist Teil der göttlichen Schöpfung.

C.: Wir brauchen keinen Gott. Unsere Religion ist die Kunst, und Kunst ist menschlich. Sie ist der erhabenste Ausdruck des Menschlichen. Ein Tier kann nicht Künstler sein. Ein Mensch, der Sinn für die Kunst hat, ist ein gesegneter Mensch.

Ja, er ist näher bei Gott als eine Gans.

J.-C.: Woher wissen Sie das? Haben Sie Gott gesehen? Vielleicht ist Gott eine Gans.

Okay, ein anderes Thema.

C.: Sie denken zu kompliziert über die Dinge. So kompliziert denken wir nicht. Wir sind einfache Menschen, und auch, was wir tun, ist sehr einfach.

In der Frankfurter Allgemeinen Zeitung haben Sie auf die Frage, was für Sie das größte Unglück wäre, geantwortet, Ihre Augen und Ihre Frau zu verlieren.

C.: Ja, selbstverständlich.

Andererseits fliegen Sie nie im selben Flugzeug wie sie, damit, wenn einer abstürzt, der andere überlebt.

C.: Das tun wir, damit, wenn einer stirbt, der andere die Arbeit beenden kann.

J.-C.: An der Verhüllung des Reichstages sind Dutzende von Ingenieuren, Gerüstbauern, Webern und elf Fabriken beteiligt. Wir haben nicht das Recht, die alle im Stich zu lassen.

Glauben Sie, daß Sie, wenn es das für Sie Wichtigste nicht mehr gibt, weitermachen können wie bisher?

C.: Das weiß ich nicht.

Haben Sie noch nie eine Krise erlebt, die Sie so niederwarf, daß Sie nicht mehr arbeiten konnten?

C.: Oh nein, nie!

Das ist doch unnatürlich. Jeder Mensch erlebt einmal einen Tiefpunkt.

J.-C.: Haben Sie Kinder?

Nein.

J.-C.: Dann wissen Sie nicht, wie es ist, wenn eine Mutter Tag und Nacht für ihr Baby sorgt. Es ist Liebe. Wir lieben unsere Arbeit. Unsere Arbeit ist unser Leben. Wir arbeiten nicht, sondern wir leben.

C.: Ich kann mir den Tod von Jeanne-Claude nicht vorstellen. Ich will nicht daran denken.

J.-C.: Ich schon.
C.: Wir denken an das Leben, nicht an den Tod. Unser Leben ist die Kunst. Wir leben achtzehn Stunden am Tag für die Kunst. Um Künstler zu sein, bin ich aus meinem Land geflohen. Ohne die Kunst wäre ich zugrunde gegangen. Ich habe keine Heimat. Ich habe keine Sprache. Ich habe zwar einen amerikanischen Paß, aber ich würde nie sagen, daß ich deshalb Amerikaner bin. Mein Englisch ist miserabel, mein Französisch noch schlechter, und mein Bulgarisch habe ich fast vergessen. Ich bin ein Fremdling auf dieser Welt. Dieses Fremdsein ist der Kern unserer Arbeit. All unsere Projekte sind davon geprägt.
J.-C.: Unser Zuhause sind die Orte, an denen unsere Werke entstehen.
C.: Wir kehren auch, wenn die Projekte beendet sind, immer wieder zu ihnen zurück.
In einem früheren Interview sagten Sie, das Leben sei voller Grausamkeiten, aber durch die Kunst würden sie in Schönheit verwandelt.
C.: Das Leben ist nicht immer angenehm, aber es ist immer dramatisch. In Shakespeares »Titus Andronicus« sterben neun Leute im ersten Akt. Töten ist schrecklich. Aber bei Shakespeare ist es sehr schön.
J.-C.: Während unseres Projekts »Umbrellas« gab es zwei Unfälle. Zwei Menschen starben. In Japan geriet ein Kranfahrer in den tödlichen Stromkreis einer Hochspannungsleitung. In Kalifornien erschlug ein von einer Windbö erfaßter Schirm eine Frau. Das war tragisch, aber so ist das Leben.
C.: Unsere Kunst spiegelt die Wirklichkeit. Deshalb fasziniert es mich so, das zu tun. Wir zeigen das wahre Leben, aber wir zeigen es nicht im Museum oder auf einer Bühne. Unsere Projekte sind kein Theaterstück.
Haben Sie den Angehörigen der Getöteten kondoliert?

J.-C.: Wir fuhren zu den Begräbnissen, und dort geschah etwas Erschütterndes.
C.: Es war nicht nur erschütternd. Es war auch sehr aufschlußreich.
J.-C.: Wie Sie wissen, wollten wir mit diesem Projekt die Lebensart von Menschen in zwei verschiedenen Landstrichen vergleichen. Der Mann, der seine Frau verloren hatte, ein Amerikaner, bedankte sich bei uns. Er sagte, der Tag, an dem sie verunglückt war, sei der schönste in ihrem Leben gewesen. Sie war sehr krank. Sie hätte nicht mehr lange gelebt, aber sie hat vor ihrem Tod noch unsere Schirme gesehen. Die Ehefrau des Arbeiters, der in Japan verunglückt war, kam nach der Beerdigung auf uns zu und bat um Entschuldigung, weil uns der Tod ihres Mannes in eine so schwierige Lage brachte. Ich mußte weinen, weil genau das geschah, was wir mit dem Projekt hatten ausdrücken wollen.
C.: Es war unglaublich.
Sie haben es nicht als Katastrophe empfunden?
J.-C.: Wenn Sie dreihundertfünfzigtausend Menschen an einem Ort zusammenbringen, müssen Sie damit rechnen, daß zwei oder drei sterben.
Zur Verhüllung des Reichstags werden vier Millionen erwartet.
C.: Wir können nur hoffen, daß niemand zu Tode kommt.

Liselotte Eder

Der Anlaß meines Gesprächs mit Liselotte Eder, der Mutter Rainer Werner Fassbinders, war der zehnte Todestag ihres Sohnes. Sie hatte sich bis dahin Interviews stets verweigert, wohl weil sie fürchtete, sich mit ihrer verklärenden Sicht auf sein kurzes Leben und seine Beziehung zu ihr gegen die Bilder, die seine engsten Mitarbeiter in Zeitungsberichten und Büchern von ihm gezeichnet hatten, nicht durchsetzen zu können. Auch ich hatte das alles gelesen. Außerdem hatte ich den Filmemacher und sein Umfeld aus der Nähe kennengelernt. Mit einigen seiner Schauspieler bin ich befreundet. Schon nach den ersten Fragen bezichtigte mich Frau Eder, ich sei von ihren Feinden beeinflußt. Als wir auf Fassbinders offen gelebte Homosexualität zu sprechen kamen, drohte sie, das Interview abzubrechen. Er habe sich immer nach einer Familie gesehnt, nach Kindern, »nach einem normalen Leben«. Die Cutterin seiner späten Filme, Juliane Lorenz, sei in den letzten Lebensjahren seine Geliebte, die Heirat schon fest geplant gewesen. Mich rührte die Starrköpfigkeit dieser schlichten Frau, die nicht sehen wollte, daß ihr Sohn zu einem bürgerlichen Leben mit Frau und Kind, so sehr es ihm auch gefehlt haben mag, gar nicht fähig war. Daß aus der Erkenntnis dieser Unfähigkeit die Kraft für sein Schaffen kam, konnte sie nicht begreifen. Manchmal nahmen ihre Bemühungen, mich von Fassbinders wahren Neigungen zu überzeugen, groteske Züge an. So erzählte sie mir, Juliane Lorenz habe sie in seinem Auftrag um Rat gebeten, wie man Kohlrouladen, seine Lieblingsspeise, am besten zubereite. »Sogar Kohlrouladen«, sagte sie, »hat er sich von ihr gewünscht.« Am 24. April 1992 erschien das Interview unter der Überschrift »Der tote Sohn« in der ZEIT. Am 8. Mai 1993 ist Liselotte Eder, die an Krebs litt, in München gestorben.

*Ihr Sohn ist seit zehn Jahren tot.** Er war 37 Jahre alt, als er starb. Auf seinem Grabstein fehlen bis heute die Lebensdaten.*
Weil er für mich nicht gestorben ist. Wenn ich zum Friedhof gehe und über mir das Geräusch eines Flugzeugs höre, schaue ich hoch und denke, wo fliegt der Rainer jetzt wieder hin.
Wie oft gehen Sie auf den Friedhof?
Früher bin ich jeden Tag hingegangen, heute nicht mehr so oft. Das Seltsame ist, daß auf dem Grab keine Pflanzen gedeihen. Ich gieße sie, aber sie wachsen nicht, so als wollten sie mir ein Zeichen geben: Hier liegt kein Toter, der Rainer lebt.**
Sie haben darum gekämpft, daß er auf dem Münchner Prominentenfriedhof in Bogenhausen begraben wird.
Ich habe nicht gekämpft. Dazu wäre ich gar nicht fähig gewesen. Das haben andere getan. Ich habe wie paralysiert in meiner Wohnung gesessen. Daß er in Bogenhausen begraben wird, lag nahe, weil ich hier wohne, und ich fand es auch irgendwie angemessen, weil dort so viele berühmte Leute liegen. Aber gekämpft habe ich nicht. Die Münchner CSU war dagegen, die SPD hat sich dafür eingesetzt.
Fühlten Sie sich schuldig am Tod Ihres Sohnes?
Mütter fühlen sich immer schuldig, das ist ganz klar, vor allem, wenn das eigene Kind vor einem stirbt. Man denkt, man hat alles falsch gemacht, und akzeptiert zunächst auch den Schmutz, mit dem man beworfen wird. 1986 hat eine Wiener Zeitschrift ein Interview mit mir gemacht. Da stand dann als Überschrift, ich hätte mit dem Rainer eine inze-

* Rainer Werner Fassbinder starb am 10. Juni 1982.

** Die Münchner Chansonette Cora Frost ließ sich durch diese Zeilen zu einem Lied inspirieren. Textauszug: »Wenn ich heut zum Friedhof gehe, seh ein Flugzeug oben ziehn, schaue ich gleich auf und denke: »Wo fliegt Rainer wieder hin? Alle sagen, er ist tot. Doch für mich, da fliegt mein Söhnlein irgendwo ins Abendrot. . .«

stuöse Beziehung gehabt. Hätte ich damals nicht im tibetischen Buddhismus Halt und Hilfe gefunden, ich hätte mich umgebracht.

In einem Interview, das Fassbinder 1979 dem »Spiegel« gab, erzählt er von einem Traum, den Sie hatten.

Ja, aber den ganzen Traum kannte er nicht.

Sie hätten geträumt, seine Frau zu werden.

Nein, so war es nicht. Mir hatte geträumt, der Rainer sei muffig, wie er oft war, wenn er den Kopf voller Geschichten hatte, zu mir gekommen und habe gesagt, daß er mich heiraten werde. Ich dachte im Traum: Das geht doch nicht, das ist nicht erlaubt, aber wenn er es will, wird er auch wissen, es durchzusetzen.

Erinnern Sie sich, was Sie fühlten, als er das sagte?

Ich fühlte, was ich immer fühlte in seiner Gegenwart: Es muß gearbeitet werden, es gibt Pläne, die werden durchgezogen. Wir sind dann in einen Basar gegangen.

Im Traum.

Ja, im Traum, und da lagen kostbare Stoffe für das Hochzeitsgewand, von denen ich mir einen aussuchen sollte. Ich hatte mir in der Realität am Tag zuvor so einen pflegeleichten Fummel für das Büro gekauft. Den hatte ich an. Also sagte ich, ich bräuchte kein neues Gewand. Dann bin ich aufgewacht. Der Rainer hat sich den Traum nie ganz erzählen lassen, sondern ist nach dem ersten Satz mit schallendem Gelächter aus dem Zimmer gegangen.

Ihn scheint die Nähe, von der Sie träumten, gestört zu haben. Er sagte, er wollte Sie mundtot machen.

Ja, er mußte sich so verhalten. Er befand sich damals gerade in der Ablösungsphase. In den Jahren vor seinem Tod ist er dann ganz von mir abgerückt. Er kam auch nicht zu Besuch. Ich habe das zuerst nicht verstanden und ihn nach dem Grund gefragt. Er sagte, er wolle ausloten, ob er auch ohne mich weiterkomme.

Davor hatten Sie in fast jedem Film von ihm mitgespielt. Wie nannte er Sie, wenn er Ihnen Regieanweisungen gab?
Er nannte mich Mutti oder Lilo oder Frau Eder. In kritischen Situationen hat er mich immer gesiezt.
Was war Ihre erste Rolle?
Das war 1969 in »Götter der Pest«. Er rief an und sagte, du, ich brauche eure Wohnung zum Drehen, damals lebte mein zweiter Mann, Wolff Eder, noch.* Dann kam er her mit dem ganzen Troß und sagte, Mutti, setz dich mal auf die Couch und sag zum Harry Baer, der eine Hauptrolle spielte: Brauchst du Geld, mein Sohn? Ich dachte, das sei eine Probe zum Einleuchten, in der ich die Darstellerin zu vertreten hätte. Ich war nicht geschminkt, nichts. Da sagte der Rainer plötzlich: So, wir drehen! Ich rief: Was machst du mit mir? Darauf erklärte er mir, ich müsse mitmachen, eine Schauspielerin, die so alt sei wie ich, könne er nicht bezahlen.
Es war eine Vergewaltigung.
Ja, aber es war irgendwie schön. Für mich war es schön. Ich habe das Gespräch mit Ihrer Mutter gelesen, das in der ZEIT erschien.** Sie fragen, warum sie zugestimmt habe, sich von Ihnen interviewen zu lassen. Sie antwortet, weil sie sich freue, mit Ihnen zusammenzusein. Das kann ich so gut verstehen. Ich konnte dem Rainer zugucken. Ich war dabei, wenn er gearbeitet hat.
Gut, aber was, glauben Sie, waren <u>seine</u> Motive? Geld hatte er später genug, um sich die Schauspieler, die er wollte, leisten zu können.

* Liselotte Eder war von 1944 bis 1951 mit dem Arzt Dr. Helmut Fassbinder verheiratet, ab 1959 in zweiter Ehe mit dem Journalisten Wolff Eder, der 1971 verstarb.

** Das Interview mit meiner Mutter erschien am 29. September 1989 in der ZEIT und ist auch in dem Buch »Österreicher(innen)«, herausgegeben von Richard Pils im Verlag »Bibliothek der Provinz«, abgedruckt.

Er war halt auch gern mit mir zusammen. Er hat mich ja nicht gehaßt, wie immer behauptet wird.

*Kurt Raab und Harry Baer haben sich darüber in Büchern geäußert.**

Da steht nur Unsinn drin.

Ihr Sohn habe Ihnen die Lieblosigkeit, mit der Sie ihn, als er klein war, behandelt hätten, heimzahlen wollen.

So ein Quatsch! Diese Leute projizieren die Schwierigkeiten, die sie mit ihren Eltern haben, auf mich. Meine Beziehung zum Rainer war wie zwischen zwei Kumpeln. Es war keine Mutter-Sohn-Beziehung, weil ich dazu gar keine Chance hatte. Der Rainer ist 1945, kurz nach dem Krieg, auf die Welt gekommen. Wir wohnten in München. Es war kein Glas in den Fenstern. Wir hatten nicht genug Heizmaterial. Da sagte der Vater, der Arzt war, er bringe das Kind zu seinem Bruder aufs Land, weil es in der Stadt den Winter nicht überleben würde. Ich habe das trotz größter innerer Widerstände geschehen lassen. Sie müssen sich vorstellen, was es für eine Mutter bedeutet, wenn man ihr vier Monate nach der Geburt das Kind wegnimmt. Es war schrecklich. Ein Jahr später bekam ich den Rainer zurück. Aber inzwischen waren auch meine Verwandten aus Danzig gekommen, mein Bruder, meine Mutter, mit der ich große Probleme hatte. Die war dann seine Bezugsperson. Jeder Psychologe wird Ihnen sagen, daß sich eine Mutterbindung so nicht entwickeln kann.

Hat Ihnen der Sohn das je vorgeworfen?

Nein, nie, denn er wußte doch, es war nicht meine Schuld.

Eine Geschichte, die er gerne erzählte, handelt von unreifen Äpfeln, mit denen Sie ihn, als er ein Säugling war, umbringen wollten.

* Harry Baer, »Schlafen kann ich, wenn ich tot bin«, Kiepenheuer & Witsch, 1982.
Kurt Raab und Karsten Peters, »Die Sehnsucht des Rainer Werner Fassbinder«, Bertelsmann, 1982

Das hatte er von seinem Vater. Aber so war es nicht. Ich will Ihnen sagen, was wirklich war. Es gab damals kein Obst zu kaufen. Der Rainer war drei Monate alt. Da habe ich von einem Apfel, den ich gefunden hatte, ein Fitzelchen abgeschnitten und ihm in den Mund geschoben. Der Vater stand daneben und rief, um Gottes willen, du bringst das Kind um. Aber natürlich habe ich es nicht umbringen wollen.

1951 wurde Ihre erste Ehe geschieden.

Ja, und meine Verwandten sind weggezogen. Das Auseinanderfallen der Großfamilie war in Rainers Leben sicher der schlimmste Bruch. Nun mußte er lernen, mit einem einzigen Menschen zurechtzukommen. Aber das dauerte auch nicht lang. 1953 bekam ich Tuberkulose und war gezwungen, ihn in ein Internat zu geben.

Hat er sich damals schon für Film interessiert?

Und wie! Ich hatte ihm einen Märklinbaukasten gekauft und Fußballschuhe. Aber er wollte nur immer ins Kino. Davon war er nicht abzuhalten. Mich wunderte, daß man ihn in die Filme hineinließ. Er war ja ein Kind. Einmal kam er nach Hause und sagte, Mutti, da gibt es einen ganz tollen Film, den mußt du dir anschauen, der heißt, die Angst lohnt sich.

Er meinte »Lohn der Angst« von Clouzot.

Natürlich.

Haben Sie sich den Film angeschaut?

Nein, ich bin selten ins Kino gegangen. Meine Schwägerin hat mir einmal erzählt, sie sei mit dem kleinen Rainer und meiner Mutter im Kino gewesen, da sei im Film eine Frau vergewaltigt worden. Meine Mutter hatte die Angewohnheit, laut mit den Personen, die auf der Leinwand erschienen, zu sprechen. Also habe sie zu der Frau gesagt, paß auf, der Kerl will dich verführen, nimm dich in acht und so weiter. Ich könnte mir denken, daß der Rainer durch solche Erlebnisse, die er mit der Großmutter hatte, die Fähigkeit verlor, zwischen Kino und Realität zu unterscheiden.

Hat es Sie gestört, daß er dauernd ins Kino ging?
Ja, sicher. Denn Kino bedeutete für mich nicht Kunst, sondern Vergnügen. Ich dachte, was soll aus dem Kind bloß werden, wenn es dauernd nur das Vergnügen will.
Welche Vorstellung hatten Sie von seinem künftigen Lebensweg?
Ich wollte, daß er Abitur macht, studiert, einen Beruf erlernt und ein geregeltes Leben führt. Das wünscht sich jede Mutter. Aber ich habe sehr bald gemerkt, daß er nicht zu erziehen war. Er war, kaum konnte er sprechen, eine einzige Herausforderung. Mit vier Jahren hat er zu mir gesagt: Das Kleid solltest du nicht anziehen, das steht dir nicht, die Haare solltest du lang wachsen lassen, kurze Haare sind häßlich. Manchmal dachte ich, wenn es so ist, daß die eigenen Kinder die Mütter derart heruntermachen, sollte man es ablehnen, sie auf die Welt zu bringen. Der Rainer verwirrte mich. Mit vierzehn kam er zu mir in die Küche und sagte freudestrahlend: Mutti, ich bin schwul. Da dachte ich, jetzt muß er zum Psychiater, irgend etwas ist falsch gelaufen. Ich konnte doch damals nicht wissen, daß jeder Mensch beides ist. Wir alle sind bisexuell. Es kommt nur darauf an, welchen Partner man findet. Der Rainer hatte einfach kein Glück bei Frauen.
Sie meinen, seine Homosexualität kam daher, daß er nicht die passende Frau gefunden hat?
Ja, ganz bestimmt. Die Frauen, die er wollte, wollten *ihn* nicht. Die Margarethe von Trotta* wollte er heiraten. Mitte der siebziger Jahre gab es eine Frau, um die er richtig gekämpft hat, die war bei ihm Assistentin, Corinna Brocher. Er kam zu mir und sagte, Mutti, das ist eine wirkliche Frau. Aber sie hat ihn zurückgewiesen. Von Ingrid Caven, mit der er kurz verheiratet war,** wünschte er sich ein Kind, aber sie

* Filmregisseurin, war in zweiter Ehe mit Volker Schlöndorff verheiratet
** Mit der Schauspielerin und Sängerin Ingrid Caven war Fassbinder von 1970 bis 1972 verheiratet.

wollte nicht. Ein geordnetes Leben mit Frau und Familie ist ihm offenbar nicht vergönnt gewesen.
Wolf Wondratschek schreibt über ihn…[*]
Ach, Herr Wondratschek!
»Häßlichwerden ist deine Art, allein zu bleiben…«
So, ja. Ist Herr Wondratschek vielleicht schöner, als es Fassbinder war?
Schwere Frage.
Doch, sagen Sie! Das würde mich jetzt interessieren.
Darf ich weiter zitieren?
Nein.
»Dein feister, fetter Körper, ein monströses Bollwerk gegen jede Zuneigung, die dich mißtrauisch macht…«
Ich lehne es ab, mir das anzuhören.
Immerhin schreibt das ein Dichter.
Für mich ist Herr Wondratschek kein Dichter.
Aber das klingt doch gut: »Auch das ist deine Einsamkeit, das gierige Leben der Schwulenbar von New York, wo sich Männer völlig unbeteiligt an Ekstasen vergnügen, die sie einander gewähren wie Mörder…«
Es ist unappetitlich.
»…und manchmal, wenn deine Einsamkeit am dunkelsten war, hast du gehofft, einer zöge ein Messer.«
Das jubelt Herr Wondratschek dem Fassbinder unter. Notieren Sie sich folgenden Satz…
Das Tonband läuft sowieso.
Nein, schreiben Sie: The observer is the observed, der Beobachter ist der Beobachtete. Man sagt etwas über einen anderen und spricht in Wahrheit über sich selbst.
Volker Elis Pilgrim schreibt in seinem Buch »Muttersöhne«…[**]

* in dem Aufsatz »Der Bauer von Babylon«, abgedruckt in »Menschen, Orte, Fäuste«, Diogenes Verlag, 1987

** erschienen bei Claassen, aktualisierte Neuauflage 1988

Ich weiß, da komme ich auch drin vor.
... daß mutterbezogene Männer...
Aber der Rainer war nicht mutterbezogen. Er hat während der ersten sechs Jahre seines Lebens, und das sind die wichtigsten für die Entwicklung, den Vater vor sich gehabt. Ich mache eine Gegendarstellung, wenn Sie schreiben, er war mutterbezogen.
Pilgrim vertritt die These, daß Muttersöhne zu Selbsthaß neigen, der Selbstzerstörung zur Folge hat.
Der Rainer hat sich nicht anders zerstört als wir alle. Ich habe bis vor wenigen Jahren bis zu hundert Zigaretten am Tag geraucht.
Warum?
Weil ich mit meiner Kindheit nicht fertig wurde. Ich war ein Kind, auf das meine Mutter gerne verzichtet hätte. Sie gab mich weg, als ich drei Jahre alt war. Ich bin bei Verwandten aufgewachsen. Ich habe meine Mutter gehaßt. Als ich endlich Frieden mit ihr machte, war sie längst tot.
Haben Sie mit Ihrem Sohn darüber gesprochen?
Ja, ich habe zu ihm gesagt, deine geliebte Oma ist die Frau, die mir den größten Schmerz zugefügt hat. Das Schlimmste, das sie mir antat, war, daß sie tagelang nicht mit mir sprach, wenn ich ungezogen gewesen war. Als ich das dem Rainer erzählte, hat er mich angeguckt und gesagt, genau das hätte ich auch mit ihm gemacht. Das wußte ich nicht. Das hatte ich völlig vergessen. Deshalb lerne ich bei den Buddhisten, mir dessen, was ich tue und sage und denke, bewußt zu werden. Ich finde es trostlos, daß man Kinder bekommt, wenn man selbst noch so unreif ist. Andererseits hat es doch bestimmt einen Sinn, daß Frauen Kinder gebären, wenn sie noch jung sind und Fehler machen.
Beruhigt es Sie, daß Ihr Sohn ein Genie geworden ist?
Hören Sie, das ist kein Thema für mich. Manchmal habe ich gedacht, mein Gott, warum ist er kein Bankbeamter. Ich

wollte, daß es ihm gut geht. Ich habe gelitten, wenn er unglücklich war. Es gibt eine Ansichtskarte, die er mir zum Geburtstag geschrieben hat, darauf steht: Alles Gute für das nächste Lebensjahr in einem wunderschönen himmelblauen Bad, mit einem braven, immer lächelnden Sohn.

Das ist aber ironisch gemeint.

Ja, natürlich. Er kannte mich gut. Ich habe ihn gefragt, warum er immer so muffig sei und sich so merkwürdig kleide. Er lief, als das noch lange nicht Mode war, in ausgefransten, löchrigen Jeans herum. Ich habe zu ihm gesagt: Das ist doch ungeschickt. Man wird abgelehnt, wenn man sich so benimmt. So wie du aussiehst, so sieht man dich an.

Hatten Sie Angst um ihn?

Furchtbare Angst. Die größte Aufregung bereiteten mir seine Geldschwierigkeiten. Ich bin ein inflationsgeschädigtes Kind. Er hat doch Hunderttausende Mark Schulden für einen Film gemacht. Ich habe nächtelang nicht geschlafen. Aber er hat diesen Druck als Motor gebraucht. Ich sah uns schon alle im Armenhaus landen.

Hat es Ihnen gefallen, an seinem Ruhm teilzuhaben?

Ach, wissen Sie...

War es nicht schön, sich in Berlin nach der Premiere von »Effie Briest« zu verbeugen?*

Also, ich hatte als junges Mädchen eine andere Vorstellung von Ruhm. So toll war es dann nicht. Kein Mensch begegnete mir mehr als Liselotte Eder. Ich fühlte mich gar nicht mehr wahrgenommen, weil ich überall als Rainers Mutter auftreten mußte.

Kurt Raab behauptet, Sie hätten auf Empfängen, weil Sie als Eder vorgestellt wurden, dauernd betont, daß Sie Fassbinders Mutter seien.

* Liselotte Eder (alias Lilo Pempeit) spielte in der Fontane-Verfilmung eine Nebenrolle. Die Uraufführung fand am 28. Juni 1974 im Rahmen der Berliner Filmfestspiele statt.

Mein Gott, der Raab hat auch geschrieben, ich sei weiß geschminkt zum Begräbnis erschienen. Der kann sich nicht vorstellen, daß eine Mutter Gefühle hat und vielleicht blaß ist, wenn ihr Sohn beigesetzt wird. Aber auch Kurt Raab lebt nicht mehr.* Ich will über Tote nichts Schlechtes sagen.

Bis auf Harry Baer sind alle gestorben, die Ihnen Böses wollten.

Der Zwerenz lebt auch noch.

Was hat Ihnen denn der angetan?

Der hat einen Prozeß geführt, weil er meinte, der Rainer habe in dem Stück »Der Müll, die Stadt und der Tod« von ihm abgeschrieben. Die jüdische Gemeinde in Frankfurt kam für die Kosten auf. Das Stück galt doch als antisemitisch. Es wurden Gutachten erstellt. Zwerenz hat den Prozeß verloren. Läuft denn Ihr Tonband noch?

Ja.

Dann möchte ich Ihnen von einem Traum berichten, den Ingrid Caven mir erzählt hat, kurz nachdem der Rainer gestorben war. Ihr hatte geträumt, er habe einen neuen Scheinwerfer für Filmaufnahmen erfunden. Den trug er auf der Stirn, der sah aus wie ein Edelstein. Ein strahlendes Licht ging von ihm aus, und jeder, den das Licht traf, zeigte sein wahres Gesicht. Ich finde, das ist ein sehr guter Traum.

*Auch Gerhart Zwerenz hat über Fassbinder ein Buch geschrieben.***

Ja, sie haben ihn alle benutzt, um sich in Szene zu setzen.

Ihr Sohn, schreibt Zwerenz, habe gewußt, daß er früh sterben würde.

Das kann man im nachhinein leicht behaupten. Da erscheint vieles, was er gesagt hat, plötzlich bedeutungsschwanger.

* Kurt Raab, Darsteller in vielen Fassbinder-Filmen, starb 1988 im Alter von 47 Jahren an Aids.

** »Der langsame Tod des Rainer Werner Fassbinder«, Schneekluth Verlag, 1982

Ende der sechziger Jahre kam er mit einem seiner ersten Stücke, ich glaube, es war »Katzelmacher«, zu mir, weil ich es abtippen sollte. Es war mit der Hand geschrieben. Als ich fertig war, habe ich das Manuskript in den Papierkorb geworfen. Da hat er mich ganz intensiv angeguckt. Ich nahm die Blätter wieder heraus. Er nickte und sagte: So, das hebst du jetzt gut für dich auf, weil ich ohnehin vor dir sterbe.

Was dachten Sie in diesem Augenblick?

Ich dachte: Warum quält er mich so? Vor mir stand ein junger, grundgesunder Mensch, und der sagte, er werde vor mir sterben. Ich dachte: Er will mich ärgern.

In seinen letzten Lebensjahren hat man aber doch sehen können, daß er sich mutwillig ruiniert. Er nahm Drogen, trank, schluckte Aufputschmittel.

Ich habe das nicht gesehen. Der Rainer hatte die Gabe, sich von einer Minute auf die andere zu regenerieren. Darin war er ein Phänomen. Ich habe ihn an seinem letzten Geburtstag, am 31. Mai 1982, besucht. Er kam auf mich zu, vollkommen ruhig und ausgeglichen. Ich dachte, es ginge ihm gut.

Zehn Tage später war er tot.

Ja, furchtbar.

Im Obduktionsbefund steht, er sei an der Kombination von Schlaftabletten und Kokain gestorben.

Ja, aber das ist nur eine von mehreren Ebenen. Sein Tod wäre nicht zu verhindern gewesen. Es ist Größenwahn, wenn jemand glaubt, er könne auf das Schicksal eines anderen Einfluß nehmen. Rainers Leben hatte sich erfüllt, als er starb. Es war seine Stunde. Was mir hilft, ist, zu wissen, daß wir nicht nur *ein* Leben haben, sondern viele und in jedem die Chance, ein Stück weiterzukommen. Das ist mein Trost.

Was empfanden Sie, als Sie die Todesnachricht erhielten?

Mir war der Lebensnerv abgeschnitten. Ich fühlte mich wie ein gefällter Baum.

Elias Canetti schreibt[*], hinter jeder Trauer um einen Verstorbenen verbirgt sich der heimliche Triumph dessen, der überlebt.

Wenn Sie das schreiben, möchte ich fast bitten, das Interview nicht zu machen.

Verletzt es Sie?

Es tut mir weh um Sie, daß Sie solche Gedanken haben.

Meine Mutter sagte zu mir, als ich achtzehn war, einer von uns beiden muß sterben, erst dann wird der andere frei.

Ich bin aber nicht Ihre Mutter.

Weil sie es sagte, mußte es vielleicht nicht geschehen.

Das ist ihre, nicht meine Sache.

Hat Ihr Sohn ein Testament hinterlassen?

Nein.

Also haben Sie ihn beerbt?

Hören Sie, Herr Müller, der Rainer hat kein Testament hinterlassen. Also waren sein Vater und ich die Erben. Den Vater habe ich ausbezahlt, denn es bestand die Gefahr, daß sein Anteil, da er hohe Schulden hatte, unter den Hammer kommt. Das hat mein Anwalt verhindert. Das war eine Riesengeschichte. 1986 habe ich die Rainer-Werner-Fassbinder-Foundation gegründet, deren Aufgabe es ist, das Werk meines Sohnes zu pflegen und zu erhalten. Am 6. Oktober werde ich siebzig Jahre alt. Es war an der Zeit, das aus der Hand zu geben. Die Foundation wird jetzt[**] von Juliane Lorenz geleitet, die den Rainer in den letzten Jahren begleitet hat. Es ist mir sehr wichtig, daß Sie wissen, daß ich von meiner mir erarbeiteten Rente lebe. Ich war von 1969 bis 1985 Programmiererin bei der Gesellschaft für Strahlen- und Umweltforschung in München. Davor hatte ich als Übersetzerin Geld verdient. Ich finde es unnatürlich, wenn eine Mutter ihr Kind überlebt, aber noch unnatürlicher fände ich, es zu beerben.

* in »Masse und Macht«

** seit dem 1. Januar 1992

Gibt es von Ihrem Sohn eine Totenmaske?
Ja, aber ich wäre froh, wenn es keine gäbe.
Weshalb?
Weil man versucht hat, daraus ein Geschäft zu machen.
Wie war das möglich?
Die Frau, die ich beauftragt hatte, die Maske abzunehmen, eine bekannte Bildhauerin, hat den Abguß an jemanden weitergegeben, der damit einen schwunghaften Handel beginnen wollte. Ich habe das nur durch einen Prozeß unterbinden können. Wissen Sie, selbst wenn all das stimmt, was dem Rainer an Brutalität nachgesagt wird, war er noch immer ein Waisenknabe gegen die Grausamkeit, die ich erlebe, seit er gestorben ist. Auch Hanna Schygulla* war hier, weil sie ein Exemplar haben wollte. Ich habe zu ihr gesagt: Für dich ist der Rainer offenbar mehr tot als für mich. Darauf erwiderte sie, Originalton: Weißt du, Lilo, er hatte doch etwas von einem Buddha, zum Schluß von einem etwas heruntergekommenen Buddha, aber im Tod sah er so friedlich aus. So spricht die Frau, die ihm ihre Weltkarriere verdankt. Es ist unglaublich.
Sie wurden 1922 in Danzig geboren.
Ja.
Ihr Mädchenname ist Pempeit.
Ja, das stammt aus dem Litauischen und heißt auf deutsch »Kiebitz«.
Wie haben Sie den Zweiten Weltkrieg erlebt?
Nach dem Abitur war ich im Arbeitsdienst. Ab 1942 habe ich in München Geschichte und Germanistik studiert. Ich war dabei, als die Geschwister Scholl hier Flugblätter warfen.
Haben Sie die Ereignisse politisch einordnen können?
Nein, ich war völlig verwirrt. Ich hatte im Arbeitsdienst eine Halbjüdin kennengelernt, von der ich erfuhr, was in den

* von Fassbinder entdeckte Schauspielerin, Star seiner frühen Filme

Konzentrationslagern geschah. Sie erzählte, daß die Häftlinge ihre Kleidungsstücke, bevor sie in die Gaskammer gingen, selber sortieren mußten. Ich habe sie angeguckt und gesagt: Ich kann es nicht glauben, doch wenn es stimmt, dann kann man nur wünschen, daß wir den Krieg ganz schnell verlieren. Was glauben Sie, was sie geantwortet hat, eine Frau, deren Familie schon zu drei Viertel vergast war? Sie sagte: Aber das doch nicht, Lilo, denn dann wäre ja Deutschland verloren. Wie sollte ein zwanzigjähriges Mädchen so etwas einordnen können? In meinem Kopf herrschte Chaos.

In dem Film »Deutschland im Herbst« aus dem Jahr 1977 gibt es eine Szene, in der Ihr Sohn Sie befragt, welche Staatsform Ihnen die liebste wäre. Sie antworten, das beste wäre ein autoritärer Herrscher, der gut und lieb und ordentlich ist.

Ja, schrecklich. Da habe ich solch einen Scheiß geredet.

Sie haben ein Ideal beschrieben.

Ich finde es fürchterlich. Aber man muß die Situation bedenken, in der sich meine Generation, die den Krieg erlebt hat, befand. Wir standen total im Wald. Wir begriffen nicht, was geschehen war. Ich habe jahrelang darüber nicht sprechen können. Dazu kam, daß ich als Kind nicht gelernt hatte, zu sprechen. In meiner Familie war es nicht üblich, daß Eltern mit Kindern sprachen. Man wurde auch nichts gefragt. Was glauben Sie, welche Arbeit es mich gekostet hat, mit Ihnen so reden zu können, wie ich es jetzt hier tue?

Haben Sie, wenn Ihr Sohn zu Besuch kam, miteinander geschwiegen?

Wir haben über Fußball geredet. Er war Anhänger vom FC Bayern. Später, als er berühmt war, wurde fast nur über die Arbeit gesprochen.

Was geht in Ihnen vor, wenn Sie die Interviews lesen, in denen er sich negativ über sein Verhältnis zu Ihnen geäußert hat?

In den meisten Interviews spricht er über mich positiv. Es wird nur immer das Negative hervorgezogen. Er sagte, daß es kompliziert mit mir war, aber das hatte ja Gründe. Meine Mutter ermahnte ihn, als er klein war, Rainerlein, sei brav, sonst wird die Mutti wieder krank. Also glaubte er, schuld zu haben an meiner Krankheit, denn welches Kind ist andauernd brav? Ich war monatelang im Sanatorium, dann wieder ein paar Wochen zu Hause. Ein Rückfall war immer möglich. Mit offener Tuberkulose werden Sie, wenn Sie nicht freiwillig gehen, abtransportiert. Das hat der Rainer mitangesehen. Sein Schuldgefühl ist er nie losgeworden.

Ein anderes Motiv, das in seinen Filmen oft wiederkehrt, ist die Angst.

Ja, die Angst war sein Thema.

Angst wovor?

Das war keine bestimmte Angst. Er spürte diffus die Bedrohung. Angst war seine erste Erfahrung. Ich ging hochschwanger mit ihm, als Bomben auf München fielen. Das hat ihn geprägt. Sein Vater, der Militärarzt in Bad Wörishofen war, fürchtete, er müßte im letzten Moment an die Front und könnte sterben. Deshalb sagte er: Wenn du mich liebst, dann willst du *jetzt* ein Kind. Es war der ungünstigste Augenblick. Der Rainer hat in mir die letzte Kriegsphase und den Schrekken, der damit verbunden war, miterlebt.

Als Embryo.

Ja, unbewußt.

1976 sprach er zum erstenmal über einen Roman, den er schreiben wollte. * *»Die Reise ins Innere der Trauer« sollte er heißen. Er hatte auch schon einen Verlag. Aber er hat den Roman nie geschrieben.*

Hören Sie, der Rainer hat in seinem kurzen Leben vierund-

* in einem Interview, das ich für den »Kölner Stadtanzeiger« mit ihm führte, abgedruckt auch in »Entblößungen«, erschienen 1979 bei Goldmann

vierzig Filme gedreht. Er war Schauspieler. Er hat Theaterstücke geschrieben. Was hätte er denn noch können sollen?
1978 sagte er in einem Interview, er sei zu krank, um allein sein zu können.
Ja, aber das hat sich später geändert. Sie dürfen nicht vergessen, er wurde nur siebenunddreißig Jahre alt. Er hatte wenig Zeit, um ein reifer Mensch zu werden.
Ist die Fähigkeit, allein zu sein, ein Zeichen von Reife?
Natürlich. Man muß das lernen. Denn wenn Sie sterben, sind Sie auch ganz allein.

Hans Magnus Enzensberger

Bevor Hans Magnus Enzensberger bereit war, mir ein Interview für die ZEIT zu geben, mußte ein Hindernis aus dem Weg geräumt werden. Solange Ulrich Greiner das Feuilleton leite, beschied mir der Dichter am Telefon, wolle er dort nicht erscheinen. Grund: Greiner habe es zu verantworten, daß man ihn, Enzensberger, in einer nicht gezeichneten Glosse als Rechtsradikalen hingestellt habe. Er sei »der letzte Mohikaner«, der sich noch an Prinzipien halte. Anders als viele seiner Kollegen sei er auch seinem Wort, er werde nie für eine Zeitung aus dem Haus Springer* schreiben, bis heute treu geblieben. Ich fragte ihn, ob es ihm genüge, daß Greiner, der damals, im Oktober 1994, schon seinen Rückzug plante, das Feuilleton bald verlassen werde. Enzensberger besann sich. Ich atmete auf. Da erklärte er, eigentlich gebe er überhaupt keine Interviews. Zwar gehöre er zu den Voyeuren, die gern in der Zeitung lesen, was andere über sich sagen, aber er selbst wolle nicht zum Gegenstand voyeuristischer Neugier werden. Er bewundere Leute wie Patrick Süskind und Botho Strauß, die sich nicht einmal fotografieren ließen. Ich fragte mich, warum er mir das alles erzählte, da er das Gespräch doch nun offenbar führen wollte. Ich habe Schwierigkeiten, mit Menschen, die nicht wissen, was sie wollen, umzugehen. Zum Glück war es nicht nötig, Enzensberger zu überreden. Ich mußte ihn nur seine Argumente gegen das Interview und die gleich darauf von ihm selbst angeführten Gründe dafür aussprechen lassen. »Ich kenne Ihre Arbeit«, sagte er. »Es ist sehr interessant, wie Sie das machen. Statt über sich zu reden, beschreiben Sie andere und projizieren die eigenen Gefühle auf Ihre Partner, so daß man aus Ihren Gesprächen auch viel über Sie erfährt.« Dem hatte ich nichts hinzuzufügen.

* Axel Springer Verlag, zu dem u. a. »Bild«, »Die Welt« und »Hör zu« gehören

Im Nachwort zu Ihrem letzten Buch »Diderots Schatten« fragen Sie: »Was ist ein Intellektueller?« Die Antwort fällt wenig freundlich aus.*
Wieso?
Die moralische Selbstüberforderung der, so wörtlich, »unbewaffneten Eierköpfe« habe zu Pharisäertum, Heuchelei und Dogmatismus geführt.
Ja, gut, aber das ist ja kein Einwand gegen diese Art von Beschäftigung, sondern das bezieht sich darauf, wie diese Leute sich selbst einschätzen. Da gibt es welche, die verfallen einem moralischen Größenwahn. Das ist natürlich schlecht. Denn zum Job des Intellektuellen gehört die Selbstreflexion, und wenn er größenwahnsinnig wird, dann übt er seinen Beruf schlecht aus wie ein Bäcker, der schlechte Brötchen bäckt. Das wird man doch kritisieren dürfen.
Beziehen Sie diese Kritik auch auf sich selbst?
Das mag schon sein. Wer über seinen eigenen Beruf spricht, der redet unvermeidlicherweise auch von sich selbst.
Sie waren 1968 einer der Wortführer der Studentenbewegung. Sie wollten den politischen Umsturz in Deutschland. Die chinesische Kulturrevolution nannten Sie ein »unentbehrliches, verführerisches Konzept«.
Na ja, diese ganze Rhetorik war natürlich Quatsch, das ist ja leicht einzusehen. Ich habe Phrasen gedroschen wie alle anderen auch, das leugne ich gar nicht. Aber das ändert nichts daran, daß der politische Aufbruch notwendig war, denn er hat dieses Land, die Bundesrepublik Deutschland, überhaupt erst bewohnbar gemacht. Davor war es unbewohnbar.
Das ist es heute, so schreiben Sie, in viel stärkerem Maße.
Das ist nicht wahr.
In Ihrem 1993 publizierten Essay »Ausblicke auf den Bürgerkrieg« warnen Sie vor der Illusion, bei uns herrsche

* erschienen 1994

Friede. Jeder U-Bahn-Wagen könne sich in ein »Bosnien en miniature« verwandeln.
Gut, aber dagegen kann man doch einiges unternehmen.
Der Staat, so fordern Sie, solle sein Gewaltmonopol besser nützen.
Ja, sicher.
In den sechziger Jahren haben Sie sich über diesen Staat aufgeregt, weil er gegen jene, die ihn abschaffen wollten, Gewalt einsetzte.
Damals galt es, unsere freiheitliche Verfassung gegen eine politische Clique zu schützen. Heute wollen ein paar wild gewordene Brandstifter und Amokläufer die zivilisatorische Ordnung zerstören.
Sie wollen das Chaos.
Ja.
Und davor soll der Staat uns bewahren?
Das ist seine Funktion.
Früher haben Sie das ganz anders gesehen. In Ihrem 1987 erschienenen Buch »Ach Europa« preisen Sie die Improvisationskunst der Italiener, die auch in chaotischen Verhältnissen noch recht gut leben können. Die durch den Staat gesicherte Ordnung sei zu einem Anachronismus geworden. Womöglich werde man sich, so wörtlich, »an die alltägliche Koexistenz mit dem Chaos gewöhnen müssen«.
Ja, das sage ich voraus. Aber das heißt noch nicht, daß ich es wünsche.
Wir Nordländer, schreiben Sie, hätten zu viele Aufgaben an den Staat delegiert, weil wir »zu stur, zu festgefahren und zu verklemmt« seien, um auf eigene Faust vorzugehen.
In diesem Italien-Aufsatz steht aber auch, daß eine Gesellschaft ohne Rechtssystem nicht die Lösung ist.
In Ihrem Gedicht »Utopia« aus den fünfziger Jahren feiern Sie die Unordnung als eine Art paradiesischen Zustand.
So empfand ich das damals.

Die Anarchie war Ihr Ideal.
Das ist richtig.
Man könnte meinen, Sie hätten Angst vor der eigenen Courage bekommen.
Mmh.
Heißt das »ja«?
Nein, ich nehme nur Ihre Geschichte zur Kenntnis.
Ist sie falsch?
Man könnte sie auch anders erzählen. Man könnte sagen, da ist jemand in einer Zwangsordnung aufgewachsen, und danach kam eine wunderbare Zeit der Anarchie. Die dauerte nur ein paar Monate, aber das prägt einen Menschen in diesem Alter. Ich war sechzehn am Ende des Krieges.* Es gab damals keine Regierung in Deutschland. Es gab die amerikanische Militärregierung. Aber die war eigentlich eine Fiktion. In diesen wenigen Monaten habe ich das Glück maximaler Freiheit erlebt. Doch dann kam die Ordnung wieder mit gemischten Signalen. Vieles von der abgeschüttelten Zwangsordnung kehrte zurück. Das war weniger angenehm. Die fünfziger Jahre waren sehr heavy in diesem Land, muffig, reaktionär. Nichts hat sich bewegt, überall diese Nazischeiße. Da bin ich ausgewichen.
Sie sind nach Skandinavien ausgewandert.
Ja, ich wollte da raus. Ich bin abgehauen. Ich war dann fast zehn Jahre weg und habe langsam gelernt, was man an der Zivilisation schätzen kann und was nicht. Das hängt von Erfahrungen ab, die man macht. Die Ordnung, in der ich aufgewachsen bin, war ja das Gegenteil von Zivilisation.
Sie war bedrohlich.
Natürlich.
Und das kam wieder mit Adenauer?

* Hans Magnus Enzensberger wurde am 11. November 1929 in Kaufbeuren geboren.

Zu einem großen Teil, ja. Deshalb bin ich nach Norwegen gegangen, wo es eine freiheitliche Gesellschaft gab, und bin mit Unterbrechungen dort geblieben, bis irgendein Solarplexus mir sagte, daß in Deutschland etwas im Gange ist, daß sich die Lage gewandelt hat. 1966 hatte ich das Gefühl, jetzt könnte endlich etwas passieren, und bin nach Berlin gezogen. Das war eine wunderbare Gelegenheit. Endlich rührte sich etwas. Gut, ich war kein Student, meine Güte, ich war zehn Jahre zu alt, ich hatte schon etwas erlebt. Das hat mich von diesen Leuten getrennt. Ich war eine andere Generation. Aber ich wollte das nicht an mir vorbeigehen lassen. Ein Schriftsteller kann sich doch gar nichts Besseres wünschen als eine revolutionäre Bewegung. Sie können es auch Modernisierung nennen. So etwas geschieht in Deutschland nur alle fünfzig bis hundert Jahre. Ich wollte das nicht verpassen.

Sie glaubten an die Möglichkeit zur Veränderung.

Ich glaubte an die Notwendigkeit von Veränderung, und tatsächlich hat sich ja sehr viel verändert. Das kann Ihnen jeder in meinem Alter bezeugen. Bis in die sechziger Jahre war jede deutsche Schule ein unerträglicher Ort. Ich hatte es doch am eigenen Leibe erlebt. Die Lehrer an meiner Schule waren Terroristen gewesen. Ich mußte mich wehren. Politik ist Notwehr, nichts anderes, und wenn Sie dann eine Chance sehen, das nicht als Einzeloperation, sondern mit anderen zusammen zu machen, dann ergreifen Sie diese Chance.

Sie haben den Ungehorsam gepredigt.

Ja, auch.

Aber Sie wissen, der Gehorsam ist ein menschliches Grundbedürfnis.

Richtig.

Das haben Sie außer acht gelassen.

Jetzt wird es besser. Jetzt sind wir nicht mehr in einem Interview, sondern in einer richtigen Diskussion.

Heute wird an deutschen Schulen mit Rauschgift gehandelt, und die Schüler lauern einander mit Klappmessern auf.

Davon rede ich nicht. Was heute ist, das steht auf einem anderen Blatt.

Macht es Sie nicht verzweifelt, zu sehen, was aus Ihrem Ideal einer freien Gesellschaft geworden ist?

Die Verzweiflung ist nicht mein Thema.

Aber Sie müssen doch Ihre Ziele von damals und die heutige Realität in Beziehung setzen. Niemand hat diese Realität in so düsteren Farben beschrieben wie Sie. Ein »Autismus der Gewalt« breite sich aus. Wer in Metropolen wie Hamburg oder Berlin auf die Straße gehe, könne sich seines Lebens nicht sicher sein.

Was hat denn das mit dem Jahr 68 zu tun?

Jedes Kind weiß, daß Freiheit gefährlich ist.

Also hören Sie, daß Leute auf der Straße totgeschlagen werden, das habe ich nie unter Freiheit verstanden, das können Sie mir doch nicht anhängen, das ist doch blöd.

Aber Sie haben, so schreiben Sie, früh erkannt, daß der Mensch nicht von Natur gütig ist.

Ja, und?

Folgt daraus nicht, daß er, wenn man ihn läßt, zum Totschläger wird?

Wissen Sie, Sie sprechen manchmal in sehr großen Begriffen. Sie sprechen von Verzweiflung, von Freiheit und Chaos. Das sind alles Dinge, die im menschlichen Leben sehr vieles bedeuten können. Es kommt auf den Kontext an. Ich bin kein Theoretiker, ich bin ein Erfahrungsmensch. Im Zweifelsfall entscheidet bei mir die Erfahrung. Wenn die Erfahrung mich eines Besseren belehrt, werfe ich jede Begriffskonstruktion von Plato bis Marx und von Marx bis Wittgenstein über den Haufen. Das ist letzten Endes dann alles Wurst. Die Alternative zu den Verhältnissen im Jahr 1968 war nicht eine beliebige Freiheit, in der man Leute totschlägt, sondern es ging

darum, eine autoritätsfixierte Gesellschaft in eine mehr demokratische zu verwandeln.
Und das, meinen Sie, ist gelungen?
Ja, das meine ich. Sie können doch nicht wegdiskutieren, daß die Menschen in diesem Land heute ein ganz anderes Selbstbewußtsein als damals haben. Ein Lehrer verhält sich zu seinen Schülern vollkommen anders als in den fünfziger Jahren, ein Vorgesetzter zu seinen Untergebenen, ein Arzt zu seinen Patienten. Der Obrigkeitsstaat existiert nicht mehr. Den hatten wir aber. Ich habe es doch erlebt. Die Studentenrevolte war zivilisatorisch eine Notwendigkeit. Dazu stehe ich nach wie vor, um es einmal ganz klar zu sagen.
Notwendig erscheint im nachhinein alles, was geschieht, wenn Sie es historisch betrachten.
Ja, aber es muß welche geben, die das Notwendige tun. Ich bin kein Fatalist.
Ein Fatalist sitzt doch nicht da und tut nichts.
Natürlich nicht.
Der ist ja auch tätig. Nur glaubt er nicht, daß die Welt im ganzen zu ändern ist. Der flickt vielleicht in Bosnien ein von einer Granate zerrissenes Kind zusammen, obwohl er weiß, daß es eine Welt ohne Gewalt und Kriege nie geben wird. Der glaubt nur, daß er diesem einen Kind helfen kann.
Ja, sicher.
Der ist fatalistisch und dabei sehr human.
Ja, ist doch gut.
Der hat nicht die Absicht, eine revolutionäre Aktion zu starten.
Ja, weil die Verhältnisse es ihm nicht erlauben. Was einer tun kann, hängt von der Lage ab. Erkenne die Lage, hat einmal ein deutscher Dichter gesagt, der Herr Benn*. Nicht weil ich mir das Jahr 1968 gewünscht habe, ist es zustande gekom-

* Gottfried Benn, 1886–1956

men, sondern die Lage war plötzlich da. Ich habe mich zu dieser Lage verhalten. Ich mußte mich auch zu den Nazis verhalten.
Damals waren Sie noch sehr jung.
Ja, aber die wollten mich halt herumschubsen. Die wollten mich sogar in eine Uniform stecken. Dagegen habe ich mich gewehrt. Ich habe mich geweigert, die HJ-Tracht zu tragen, aber nicht aus politischen Gründen, sondern weil ich mir nicht gern befehlen lasse. Das war kein politischer Akt, sondern eine viszerale Entscheidung.
Eine was?
Das kam aus den Eingeweiden.
Wo standen Ihre Eltern politisch?
Das war so Bildungsbürgertum. Da gab es die weitverbreitete Haltung, zu sagen, mit diesen Leuten, den Nazis, könne man doch nicht gemeinsame Sache machen, das sei doch ein Gschwerl, ein Gesindel. Das heißt aber nicht, daß man Widerstand leistete.
Alfred Andersch hat die Wut Ihrer frühen Gedichte mit einem Haß auf Ihre bürgerliche Herkunft zu erklären versucht.
Ja, das kann er doch tun.
Wollen Sie dazu etwas sagen?
Nein. Denn, sehen Sie, es gibt über mich so viele Geschichten. Es gibt die Bruder-Leichtfuß-Geschichte von dem, der überall mitmacht und dauernd seine Überzeugungen wechselt, es gibt die Geschichte vom Verräter, der unzuverlässig und kein guter Genosse ist, es gibt die Deutschland-Geschichte über einen, der mit seiner Heimat Probleme hat. Das sind Legenden, mit denen man leben muß. An all diesen Geschichten ist etwas dran. Keine würde ich als absolut falsch bezeichnen. Aber warum soll ich sie mir zu eigen machen? Die anderen sollen ruhig ihre Storys erfinden. Die dürfen auch schimpfen. Ich betrachte das mit großer Gelassenheit.
Das stimmt nicht.

Doch.
Als vor einem Jahr in der ZEIT eine Glosse erschien, in der sie als »schönhubernd« bezeichnet wurden, hat Sie das sehr berührt.*
Aber ich habe nicht darauf reagiert.
Sie haben dieses Interview lange nicht geben wollen.
Würden Sie einem Blatt, das Sie für einen Nazi hält, ein Interview geben?
Das ist nicht die Frage, sondern es geht um die Grenzen Ihrer Gelassenheit.
Nein. Ich nehme mir nur die Freiheit, dort zu publizieren, wo es mir am besten gefällt.
*Die Glosse in der ZEIT war eine Antwort auf einen von Ihnen in der »Neuen Züricher Zeitung« veröffentlichten Artikel, in dem Sie sich unter anderem über die Modegewohnheiten heutiger Frauen äußern.***
Ja, das war doch ein sehr lustiger Aufsatz.
Der Feminismus, hieß es da, habe »als unerreichbaren, aber oft nachgeahmten Idealtypus den Trampel hervorgebracht«.
Das ist doch amüsant. Jede Bewegung hat auch ihre lächerlichen Auswirkungen. Das ist wie in der Pharmazie. Bei einer guten Arznei muß man immer mit negativen Nebenwirkungen rechnen. Wir haben zu Beginn von der revolutionären Rhetorik gesprochen, die oft nur dummes Gerede war, leerer Quatsch, extremistischer Blödsinn. Trotzdem war die Studentenbewegung genauso wie die Frauenbewegung ein politisch notwendiger Schritt.
Hatten Sie die Einsicht, daß von der Linken gequatscht wird, schon zu der Zeit, als Sie selbst noch dazugehörten?
Aber sicher. Ich habe schon damals geschrieben, das Ganze

* am 29. Oktober 1993
** Der Artikel hieß »Klamotten-Theater, ein Nekrolog auf die Mode« und erschien am 10. September 1993.

sei ein einziger Karneval. Nur wird das weniger gern zitiert. Das habe ich 1969 geschrieben. Damals wurde mir das übelgenommen.

Sie hatten ein distanziertes Verhältnis zu den Ereignissen.

Ja.

Wie konnten Sie aus der Distanz heraus den nötigen Kampfgeist entwickeln?

Lieber Herr Müller, wenn Sie in einer Demonstration durch Neukölln gehen, zum Beispiel, und man ruft: »Für ein rotes Westberlin«, das wurde damals gerufen, und Sie sehen oben an den Fenstern die Frauen, die da, auf Kissen gelehnt, herunterschauen und ihren Ohren nicht trauen, dann haben Sie doch, wenn Sie nicht ganz verblödet sind, einen Hintergedanken, also es wird Ihnen klar, daß es hinter dem Gedanken, der sich durch die Demonstration ausdrückt, noch einen anderen geben muß. Es gibt doch hinter jedem Gedanken einen Hintergedanken, und dieser Hintergedanke ist oft der spannendere. Die Welt ist ja widersprüchlich. Aber das liegt nicht an mir. Dafür kann ich nichts.

Das heißt, Sie sind mit einem leisen Schmunzeln bei dieser Demonstration mitmarschiert.

Nicht mit einem Schmunzeln. Ich sage ja nicht, daß das Demonstrieren nur Unsinn war. Das war, soweit es eben reichte, auch eine ernsthafte Sache. Da wurde etwas bewegt. Da wurde etwas in Gang gebracht. Da wurden Dinge gesagt, die endlich gesagt werden mußten, Herrgott noch mal. Die Bundesrepublik, wie wir sie heute kennen, ist doch damals überhaupt erst entstanden. Daß es da auch Auswüchse gab, dumme Verdächtigungen, Fanatismus, das macht doch nichts, das kommt in solchen Milieus immer vor. Fragen Sie einmal eine kluge Frau, die im Feminismus eine wichtige Rolle spielt, mit wem sie es dort zu tun bekommt. Da müssen Sie sich mit irgendwelchen verrannten Lesben oder dogmatischen Suffragetten zusammentun.

Aber das nimmt man in Kauf, weil man die Sache im ganzen für nötig hält. Man muß sie ja nicht lebenslänglich betreiben.

Das klingt so, als hätten Sie für die linke Sache das Opfer gebracht, sich mit Dummköpfen auseinanderzusetzen.

Nein, so war es nicht. Es hat ja auch Spaß gemacht. Es war auch sehr lustig. Es gab auch Highs. Sie müssen sich vorstellen, ein paar tausend Leute machen irgendwo etwas, und ganz Deutschland steht Kopf. Es hat doch auch seinen Reiz, zu sehen, wie man mit geringsten Mitteln eine hundertmal mächtigere Institution in Panik versetzen kann.

Sie meinen, den Staat?

Ich meine den SFB*, um ein Beispiel zu nennen. Der wurde besetzt und hat danach fünf Jahre lang die Rolläden nicht hochgezogen. Solche Angst hatten die. Im Bayerischen Rundfunk gibt es noch heute eine Eingangskontrolle.

Sie glauben doch nicht, daß das mit Ihrer Aktion vor achtundzwanzig Jahren zusammenhängt.

Na gut, es kann sein, daß das inzwischen zur Gewohnheit geworden ist.

Haben Sie den SFB nur besetzt, um dort Angst zu verbreiten?

Nein, ich habe den armen Genossen, die auf ihren alten Printmaschinen Flugblättchen druckten, gesagt, sie sollen das machen, damit sie mit ihrer Propaganda mehr Leute erreichen, und dann sind die hingegangen und haben verlangt, daß man ihnen Sendezeit zur Verfügung stellt.

Das ist doch zynisch.

Wieso?

Sie waren der Drahtzieher im Hintergrund. Die Genossen mußten zum Fronteinsatz.

Ja, Arbeitsteilung ist doch nichts Schlechtes.

Peter Weiss hat Sie einmal einen Spieler genannt.

* Sender Freies Berlin

Ach, der Weiss, der war ja in Wirklichkeit ein Ästhet, ein Künstler, der in diesen politischen Strudel geraten ist und gar nichts verstanden hat, weil er alles für bare Münze nahm. Er hat dann lauter marxistische Bücher gelesen und alles geglaubt, was da behauptet wurde.
Sie haben das nicht geglaubt?
Für mich war der Marxismus ein Werkzeugkasten. Ich finde die marxistische Idee immer noch brauchbar. Ich habe sie nicht in den Mülleimer geschmissen. Aber sie taugt nicht für alles. Wenn ich einen Nagel in die Wand schlagen will, muß ich einen Hammer benutzen. Aber wenn ich den Nagel herausziehen will, nützt mir ein Hammer nichts.
Wie würden Sie Ihr Verhältnis zu Günter Grass beschreiben?
Wir kennen uns viele Jahre. Unsere Kinder sind miteinander befreundet. Daß wir uns politisch nie einig waren, ist ja bekannt. Der Günter war immer ein guter Sozialdemokrat. Im Grunde hat er sich nie geändert.
Ein konsequenter Mensch.
Ja.
Eigentlich müßte Ihnen das tief zuwider sein.
Warum?
In Ihrem Essay »Das Ende der Konsequenz«, der 1980 erschien, plädierten Sie für mehr Beweglichkeit.
Ja gut, sicher gibt es da Temperamentsunterschiede.
»Gebenedeit sei die Anpassung«, schreiben Sie. Prinzipientreue habe in Deutschland zu Selbstzerstörung und Barbarei geführt.
Ja, das ist doch nicht falsch. Warum soll man auf etwas beharren, wenn man verstanden hat, daß es Unsinn ist?
Sie haben sich nie gescheut, Denkfehler zuzugeben.
Nein.
In Ihrer 1974 publizierten Aufsatzsammlung »Palaver« fordern Sie einen »emanzipatorischen Mediengebrauch« zur »Mobilisierung der Massen« und träumen von einer »Inter-

aktion der Teilnehmer«, durch die sich der Revolution »subversive Möglichkeiten« eröffnen.
Das habe ich mir längst abgeschminkt. Das war ein Irrtum. Das habe ich auch öffentlich korrigiert.
*Heute halten Sie den Fernsehapparat für eine »buddhistische Maschine«, die dem Zuschauer die »Annäherung an das Nirwana« ermöglicht.**
Ja, als Sozialhygiene hat das durchaus seine Funktion.
Machen Sie selbst Gebrauch davon?
Selten. Ich brauche diese Medizin Fernsehen nicht, weil ich nicht tagelang in einer schlecht gelüfteten Firma sitze mit dem Fräulein Lehmann, das im Vorzimmer gegen mich intrigiert. Mir genügt es, die Zeitung zu lesen. Ich muß aber auch sagen, daß ich es für ein seltsames Bedürfnis halte, sich jeden Abend diese Leichenschau anzusehen.
Sie meinen die Nachrichtensendung.
Ja, das ist doch pervers. Ich habe dieses Bedürfnis nicht. Ich muß das Messer im Bauch nicht sehen. Ich schaue mir auch nicht diese Filme an, in denen reihenweise die Leute erschossen werden.
Das kann man doch nicht auf die gleiche Stufe stellen.
Doch, das hat psychologisch den gleichen Kern.
Das eine ist Realität, das andere ist Erfindung.
Für mich ist das, was die Nachrichten zeigen, keine Realität. Die Abbildung ist nicht die Wirklichkeit.
Nein, aber Sie wissen, daß das, was die Tagesschau sendet, wirklich geschieht.
Das weiß ich nicht. Die rumänische Revolution**, bei der man Tausende Menschen auf Plätzen versammelt sah, war doch eine einzige Täuschung. Ich fahre seit zwanzig Jahren

* zitiert aus »Das Nullmedium« in: »Mittelmaß und Wahn«, erschienen 1991

** Volksaufstand, der am 25. Dezember 1989 mit der Hinrichtung des Diktators Nicolaie Ceausescu endete

immer wieder nach Jugoslawien. Ich kenne dort viele Leute. Jeder, mit dem ich gegessen, getrunken, mich unterhalten habe, hat für mich mehr Realität als alle Fernsehbilder. Ein Bild ist abstrakt.

Gut, aber die verstümmelten Körper nach einem Granateneinschlag auf dem Marktplatz von Sarajewo entstammen doch nicht dem Szenario eines Horrorfilms. Das haben Kameras aufgenommen.

Die Kameras stehen immer nur dort, wo etwas geschieht, das gerade in den Schlagzeilen ist, und die Absicht, die dahintersteckt, ist es, unsere Empörung zu wecken. Dagegen wehre ich mich, weil nichts daraus folgt, überhaupt nichts, null.

Ein sensibler Mensch reagiert mit Verzweiflung.

Ja, aber was ändert das?

Das ist nicht vorauszusehen. Die Verzweiflung stellt zunächst nur einen Endpunkt dar.

Jetzt sprechen Sie in eigener Sache. Ich weiß doch, Sie sind ein Verzweiflungsspezialist. Aber das führt uns nicht weiter. Ich bin kein Philosoph. Ich habe nichts davon, wenn ich mir Bilder ansehe, die mich verzweifelt machen.

Aber diese Bilder überfallen Sie doch. So schnell können Sie gar nicht ausschalten. Die kommen ja gleich nach Helmut Kohl.

Ich schaue mir auch den Kohl nicht an. Das wäre ja Zeitverschwendung. Der sagt doch nie was. Das ist in höchstem Maß unproduktiv. Lieber beschäftige ich mich mit meiner Tochter* oder arbeite. Es gibt tausend Sachen, die mich interessieren. Man muß weglassen können, ignorieren, denen das Maul stopfen. Man muß Prioritäten setzen.

Um das zu können, müssen Sie wissen, was wichtig ist.

* Enzensberger ist seit 1987 in dritter Ehe mit der Journalistin Katharina Kaever verheiratet. Im selben Jahr wurde die gemeinsame Tochter Theresia geboren.

Ja, das weiß ich doch. Ich weiß genau, was mir schmeckt.
Objektiv hat alles den gleichen Wert.
Ja gut, wenn Sie die Welt in toto betrachten, also von oben, von einer göttlichen Warte aus, dann ist alles gleich. Aber diese Perspektive kann ja nur der Weltherrscher haben, der Alleswisser. Der bin ich nicht. Der will ich auch gar nicht sein.
Weil Sie dann wahnsinnig würden.
Ja, oder total verzweifelt. Die totale Verzweiflung ist ja nichts anderes als die Negation der Allmächtigkeit.
Sind Sie ein glücklicher Mensch?
Ich komme ganz gut zurecht.
Das ist keine Antwort.
Wenn ich mein Leben mit dem anderer Leute vergleiche, muß ich sagen, es geht mir nicht schlecht. Ich ertrage das Leben. Ich beklage mich nicht. Ich hasse es, mich zu beklagen.
In Ihrem Gedicht »Chinesische Akrobaten« beschreiben Sie einen glücklichen Augenblick. »Eine Minute lang«, heißt es da, »während sich schneller und schneller und höher und höher immer mehr leere Teller drehen geisterhaft leicht am Himmel, aaaaaah, vergißt die Angst ihren Hunger und die Lust ihre Angst.«
Das ist doch gut.
Ja, aber was bedeutet es?
Das ist der Triumph des Künstlers, der die Angst überwindet eine Minute lang.
Die Angst vor der Lust.
Ja, die ist doch sehr verbreitet, sonst sähe die Welt heute anders aus.
Sind Sie dieser Künstler?
Das kann schon sein. Aber ich will Ihnen keine Selbstbeschreibungen liefern. Sie werden von mir keine Herzensergießungen hören. Die Poesie ist eine Möglichkeit, über

Dinge zu sprechen, über die man eigentlich nicht sprechen kann. Wer das lesen will, kann es tun. Dabei sollte es sein Bewenden haben. In den Gedichten ist mein Privates gut aufgehoben. Sie zu schreiben, entlastet mich. Das ist nicht aufdringlich. Das bleibt diskret. Ich bin gern unauffällig. Die Leute sollen sich nicht für mich, sondern für meine Bücher interessieren.

Sie wollen nicht offen über Ihre Gefühle sprechen.

Nein.

*In der »Süddeutschen Zeitung« war kürzlich** zu lesen, Sie wären ein Mensch, der am Sex keine Freude hat.*

Aha.

Behauptet wird dies von einer namentlich nicht genannten Studentin, mit der Sie offenbar ein Verhältnis hatten.

Ja, meinetwegen. Das kann man doch schreiben. Wir haben eine Pressefreiheit. Die ist etwas Lästiges. Aber die muß man ertragen. Das sind die Unkosten der Demokratie. Wer Pressefreiheit haben will, muß auch den Groschenjournalismus erdulden. Da sitzt in irgendeiner Redaktion so ein Mensch, der muß halt sein Geld verdienen. Aber warum soll ich mich daran beteiligen?

Haben Sie den Artikel denn nicht gelesen?

Nein.

Wollen Sie ihn haben?

Wahrscheinlich ist sowieso alles erlogen.

Über Frauen können wir uns wohl nicht unterhalten.

Doch, warum nicht?

Sie sind zum dritten Mal verheiratet.

Ja, aber das sind nur die standesamtlich dokumentierten Beziehungen.

Daneben gab es noch andere?

Natürlich. Soviel kann ich schon sagen, ich habe von Frauen

* in einem Porträt mit dem Titel »Enzensberger lebt« am 7. Oktober 1994

viel mehr als an Universitäten gelernt, politische Dinge, ästhetische Dinge, philosophische Dinge. Ich habe ganze Welten gelernt. Die Frau ist das ideale Medium, um zu lernen, weil man durch die Intimität einen viel direkteren Zugang zum Wissen bekommt. Ein erotisches Verhältnis ist immer auch ein Erkenntnisverhältnis. Mit einer Frau lernt man mühelos, verstehen Sie? Alles fliegt einem zu. Das ist ganz toll.

Sind Sie schon einmal für längere Zeit allein gewesen?

Ja, in jüngeren Jahren.

War das schwer?

Es war nicht angenehm. Aber, wissen Sie, ich finde, die Jugend ist sowieso keine beneidenswerte Phase des Lebens. Ich verstehe gar nicht, warum die Leute so einen Kult damit treiben. Ein junger Mensch ist labil, unsicher, schwankend, hat keine Souveränität, macht jede Dummheit mit. Denken Sie nur an diese Klamottensucht, ein Leben in der Diskothek, schrecklich. Wenn der eine ein Motorrad hat, muß der andere auch eines haben. Das ist doch entsetzlich. Man muß froh sein, wenn man das überstanden hat.

Sie wollen Ihr Leben unter Kontrolle haben.

Ja, ich will doch nicht dieser Lappen sein, mit dem die Welt geputzt wird.

In Ihren Jugendgedichten ist häufig vom Tod die Rede.

Ja, der Tod ist natürlich ein wiederkehrendes Thema in diesen Jahren. Der Gedanke an den Tod ist eine Obsession, wenn man jung ist, auch der Gedanke, sich umzubringen.

Haben Sie es versucht?

Nein, aber daran gedacht habe ich schon. Es gibt ein Adoleszenzpathos und eine Adoleszenzmelancholie. Dagegen ist auch gar nichts zu sagen. Das muß so sein. Ein Mensch, der nie an Selbstmord gedacht hat, ist doch irgendwie sonderbar. Mit dem stimmt doch was nicht.

Was hat Sie gerettet?

Ich glaube, ich habe mir im Laufe der Zeit einen Sinn für die Komik des Lebens erworben. Je älter ich werde, desto deutlicher sehe ich, daß das Leben eine Komödie ist, wenn auch mit viel schwarzem Humor, eine Tragikomödie.
Und Sie sind der Zuschauer.
Nicht nur. Ich operiere ja auch. Aber ich habe mir abgewöhnt zu glauben, daß ich mit dem, was ich tue, etwas Bestimmtes erreichen kann. Ich kann es nur anbieten. Was andere damit anfangen, weiß ich nicht.
Sie haben Ihre Illusionen verloren.
Ich entsinne mich nicht, welche gehabt zu haben.
In einem Interview, das unlängst im »Stern« erschien, sagten Sie, der Mensch könne ohne Utopien ganz gut leben, aber nicht ohne Wünsche.*
Ja, die Wünsche sind nicht aus der Welt zu schaffen.
Als Beispiel nannten Sie den Wunsch nach Gerechtigkeit.
Richtig.
Aber Gerechtigkeit ist doch die größte Utopie, die es gibt.
Moment, lassen Sie mich das erklären.
Sie verneinen die Notwendigkeit von Utopien und behaupten zugleich, der Mensch könne ohne den Glauben an die Möglichkeit einer gerechten Welt nicht existieren.
Nein, ich sage, der Wunsch ist das Primäre. Zuerst sind die Wünsche da. Die Utopie ist ein Rezept, das den Wunsch in ein Schema preßt. Ich behaupte, daß dieses Schema die Menschen wenig interessiert. Sie glauben nicht an Rezepte. Sie glauben nicht, daß die Verstaatlichung der Produktionsmittel automatisch zu einer gerechten Gesellschaft führt. Trotzdem haben sie den Wunsch nach Gerechtigkeit.
Obwohl sie wissen, daß er sich nie erfüllen wird?
Ja, sicher. Wünsche sind keine Willenssache. Die entstehen gleichsam hinter unserem Rücken von selbst. Alle Leute

* am 10. November 1994

wünschen sich zum Beispiel die glückliche Liebe, obwohl sie wissen, daß sie nicht sehr wahrscheinlich ist.

Ich bilde mir ein, ich habe sie schon erlebt.

Na wunderbar, schön für Sie.

Ich kann mich, obwohl ich sehe, daß andere unglücklich lieben, an ihr erfreuen. Es deprimiert mich aber, zu wissen, daß Kinder zu Krüppeln geschossen werden, auch wenn das in dem Land, in dem ich lebe, gerade nicht geschieht.

Da kann ich Ihnen jetzt auch nicht helfen.

Es ist doch schwer zu ertragen, daß es keinen Frieden ohne Krieg, kein Recht ohne Unrecht, das Gute nicht ohne das Böse gibt. Es bleibt immer ein Gleichgewicht...

Ja, gut.

... weil alles nur durch sein Gegenteil denkbar ist.

Das mag schon sein. Nur ist mir das zu abstrakt. Ihre Argumente sind mir, wenn ich das einmal einflechten darf, immer eine Spur zu hoch angesetzt. Ich bin kein Weltweiser. Ich kann das Welträtsel nicht lösen. Ich bin ein bescheidener Arbeiter im Weinberg, der versucht, sich über die eigene Konfusion etwas klarer zu werden.

Das klingt nach Resignation.

Nein, wieso? Ich lebe doch. Ich zahle meine Miete, ich esse, ich schreibe...

Sie meinen, solange sich jemand nicht das Leben nimmt, muß er noch Hoffnung haben.

Natürlich. Solange jemand nicht bei der Bank seine Daueraufträge storniert, soll er mir nichts von Resignation erzählen.

Was halten Sie für Ihre wichtigste Lebensleistung?

Das kann ich nicht sagen.

Sind es die politischen Essays oder mehr die Gedichte?

Vielleicht ist »Der Untergang der Titanic«* ein Werk mit einer längeren Halbwertzeit. Also das sehe ich als mein

* erschienen 1978

Hauptwerk an. Das hat formal einen gewissen Drive. Der war gar nicht leicht herzustellen. Aber bitte, ich möchte nicht, daß es so aussieht, als wollte ich hier Reklame machen. Ich ersuche Sie dringend, das zu vermeiden.

Man kann doch sagen, daß das Ihre bedeutendste Schöpfung ist.

Ja, aber nicht, weil ich es behaupte.

In welcher Verfassung müssen Sie sein, damit ein Gedicht entsteht?

Das weiß ich nicht. Ein bißchen bekommt man geschenkt, der Rest ist Arbeit.

Geschenkt von wem?

Sagen wir so, im Körper wird etwas ausgeschüttet. Das biochemische Korrelat zu dem, was wir Eingebung nennen, sind Botenstoffe, die man als Endorphine bezeichnet. Man hat einen Flash. Der Anlaß, aus dem ein Gedicht entsteht, ist ein plötzlicher Flash. Der hat nichts mit Vernunft zu tun. Denn das Dichten ist doch eine absurde Tätigkeit. Wer will schon Gedichte haben? Die gesellschaftliche Nachfrage nach Gedichten ist bekanntlich gering. Betriebswirtschaftlich gesehen ist das vollkommen unergiebig.

Ihr Geld verdienen Sie mit den Zeitungsartikeln.

Ja.

Dreißigtausend Mark bekommen Sie für einen längeren Aufsatz.

So ungefähr.

Damit gehören Sie zusammen mit Martin Walser und Botho Strauß zum Trio der Höchstbezahlten.

Ja, aber sonst verbindet mich wenig mit diesen beiden.

Besonders mit Botho Strauß lassen Sie sich ungern in einem Atem nennen.

Gott, das ist ein sehr talentierter Mann. Aber seine Präokkupationen sind nicht die meinen. Ich finde es indezent, sich so als tragische Figur darzustellen. Über das Tragische richtig

zu sprechen, ist schwer, weil das sehr leicht zu Selbststilisierungen führt, zur Selbstheroisierung, zum Kitsch. All diese Attitüden gefallen mir nicht.
Soll man über das Unheil ironisch schreiben?
Ja, man kann das ja durchblicken lassen. Man kann es andeuten. Es gibt immer ein kleines Fenster, wo man durchschauen kann. Wenn das latent bleibt, gut, aber darauf herumzureiten, das liegt mir nicht.
Tut Botho Strauß das?
Ja, ich meine, dieses ganze Zeug aus den zwanziger Jahren, auf das er sich dauernd beruft, Ludwig Klages, Rudolf Borchardt, all diese überständigen, abgeblaßten Motive ... Ich weiß nicht, warum er sich in die so verbeißt. Ein begabter Mensch muß doch erkennen, daß das keine relevanten Themen mehr sind. Aber ich will nicht über Kollegen sprechen. Das kann man den Reich-Ranickis* dieser Welt überlassen. Die sollen sich die Schriftsteller der Reihe nach hernehmen und ihnen ihre Urteile verpassen. Das ist nicht meine Sache.
Über Botho Strauß haben Sie sich schon früher geäußert.
Wo?
*In einem Artikel in der FAZ** über die Lyrik der achtziger Jahre.*
Ich habe keine Namen genannt.
Aber Sie haben zitiert. Dadurch waren die Namen leicht zu erraten.
Ich habe einen Zustand beschrieben. In unserer Kultur gilt der Lyriker als Gefühlsmensch, der ruhig auch doof sein kann. Über die fatalen Folgen, die das mitunter hat, habe ich mir Gedanken gemacht.
Sie gelten als der reine Verstandesmensch.

* Marcel Reich-Ranicki, deutscher Literaturkritiker, geb. 1920.
** »Meldungen von lyrischen Betrieb«, erschienen am 14. März 1989

Das ist genauso falsch.
Ihr Bruder Christian sagt, auf Herzensbildung hätten Sie »immer heruntergeschaut«.
Ach, der Christian, der weiß doch nichts.
Das Herz sei für Sie nicht die Mitte des Menschen.
Ja, laß sie doch alle reden! Ich meine, Gefühlsmensch, Verstandesmensch, mit solchen Begriffen jagt man Gespenster. Pappfiguren sind das, denen in der Wirklichkeit nichts entspricht. Ich habe sehr starke Gefühle bei manchen Gedanken und sehr starke Gedanken bei manchen Gefühlen. Ich verstehe diesen Gegensatz nicht. Ich liebe zum Beispiel die Mathematik. Meine Liebe zur Mathematik ist ein Höhenrausch, und ein Höhenrausch ist ein Gefühl. Also was soll dieser Quatsch? Das sind Klischees. Blödsinn ist das. Warum soll jemand, der Verstand hat, gefühllos sein? Warum soll eine gescheite Frau keine Gefühle haben? Viele Männer haben Angst vor gescheiten Frauen. Dabei ist eine gescheite Frau viel erotischer, weil sie ein ganzer Mensch ist, weil sie ein Hirn hat. Was soll daran störend sein?
Es heißt, kluge Frauen reden zu viel.
Wieso denn? Man kann doch aus Klugheit auch schweigen. Also das stimmt doch alles nicht. Das ist doch ganz dumm. Dummer Männerquatsch ist das, dummer Männerunsinn. Ich halte diese Trennung von Gefühl und Gedanke für künstlich und überflüssig. Wollten Sie darauf unser Gespräch aufbauen?
Nein.
Daß Sie das überhaupt vorbringen, finde ich unverzeihlich. Ein Denker, der beim Denken nicht fühlt, ist ein schlechter Denker. Zuerst muß eine Passion da sein. Der Körper muß mitspielen. Der Kopf allein genügt nicht. Das Denken ist eine vitale Beschäftigung.

Isabelle Huppert

Isabelle Huppert lernte ich kennen, weil ich in Werner Schroeters Film »Malina«* einen Journalisten spielte, der die von ihr dargestellte Hauptfigur interviewt. Es war eine stumme Rolle. Auf die für mich im Drehbuch von Elfriede Jelinek vorgesehenen »Entzückensschreie« und den »dröhnenden Lachanfall, der die Wohnung erzittern läßt«, hat Schroeter zum Glück verzichtet. Ich mußte nur mit dem Mikrophon in der Hand auf einem Sofa sitzen, dann der Schauspielerin verwirrt in ein anderes Zimmer folgen, schließlich fluchtartig das Weite suchen. Beim wirklichen Interview, das ich im Dezember 1990 in Paris mit ihr führte, war es umgekehrt. Schon auf meine erste Frage reagierte sie mit Gelächter. Über ihre Neurosen, sagte sie, wolle sie nicht mit mir sprechen. Daß sie es dann doch tat, verdanke ich dem Automatismus einer instinktiven Hartnäckigkeit, der immer dann, wenn das Scheitern droht, von mir Besitz ergreift. Wir trafen uns abends in der Bar des Hotels, in dem ich wohnte. Isabelle Huppert kam von Dreharbeiten zu Claude Chabrols Verfilmung der »Madame Bovary«. Sie war müde. Sie gähnte oft. Als sie vor Erschöpfung kaum noch antworten konnte, erhob sie sich lächelnd, reichte mir wortlos die Hand und entschwand. Das Interview erschien in der ZEIT vom 4. Januar 1991 mit dem Titel: »Ich treibe die Teufel aus«.

Sie haben sich jahrelang psychotherapeutisch behandeln lassen. Was war der Anlaß?
Oh, das ist privat. Darüber will ich nicht sprechen.

* nach dem gleichnamigen Roman von Ingeborg Bachmann

Wollten Sie Ihr Unbewußtes erforschen, um es in den Rollen, die Sie spielen, verwenden zu können?
Nein, mit meiner Arbeit hatte das nichts zu tun. Die Psychoanalyse ist eine Methode zur Selbsterfahrung. Ich habe das gemacht, um mit dem Leben besser fertig zu werden. Ich bin ein komplizierter Charakter. Ich habe manchmal Schwierigkeiten, das Leben auszuhalten. Auf der anderen Seite sind diese Schwierigkeiten das Futter für meine Kunst. Glücklicherweise bin ich Schauspielerin.
Haben Sie das, was Sie Futter nennen, nicht erst durch die Analyse aus sich herausgeholt?
Das kann ein Ergebnis sein. Aber es war nicht der Anlaß.
Sie sind, wie man weiß, durch Zufall zum Film gekommen. Ein Freund Ihres Vaters hat Ihnen 1970 eine Komparsenrolle verschafft.
An Zufälle dieser Art glaube ich nicht. Im Augenblick, da etwas geschieht, hält man es immer für Zufall. Doch später erkennt man, daß es kein Zufall war. Ich verspürte als junges Mädchen* eine große Leere in mir. Ich wußte nicht, was ich mit dem Leben anfangen sollte. Ich hatte kein Ziel. Schauspielerin zu werden, lag mir ganz fern. Trotzdem bin ich instinktiv in diese Richtung gegangen. Ich hatte wohl das unbewußte Gefühl, daß dieser Beruf mich erfüllen würde. Also war es nicht Zufall. Es war Bestimmung.
Warum, glauben Sie, ist der Schauspielerberuf der Traum aller Mädchen?
Nicht aller.
Aber sehr vieler.
Weil er für eine Frau die schönste Möglichkeit ist, sich auszudrücken.
Simone de Beauvoir war der Meinung, es sei deshalb der ideale Frauenberuf, weil die Frau darin am besten verwerten

* Isabelle Huppert wurde am 16. März 1953 in Paris geboren.

könne, wozu sie erzogen werde, nämlich anderen zu gefallen. Sie brauche nur ihren Narzißmus voll auszuleben.

Das ist richtig.

Simone de Beauvoir hat das eher verächtlich gemeint.

Gut, das ist ihr Problem. Trotzdem glaube ich, sie hat recht. Nur hat sie vielleicht übersehen, daß eine Schauspielerin, um gut zu sein, ihren Narzißmus mit Verstand einsetzen muß. Sie darf nicht in jeder Rolle alles, was in ihr ist, zeigen. Sonst würde sie immer das gleiche spielen.

Welche nur durch Anstrengung zu erlangenden Fähigkeiten sind nötig, um als Schauspielerin zu Erfolg zu kommen?

Das weiß ich nicht.

Mickey Rourke hat in einem Interview kürzlich gesagt, jeder Arsch könne Filmstar werden.*

Ich bin nicht Mickey Rourke. Aber ich kann Ihnen auch nicht erklären, was man können muß, um diesen Beruf zu haben. Ich glaube eher, man wird Schauspieler, weil man vieles *nicht* kann. Nicht Fähigkeiten, sondern Unfähigkeiten sind die Voraussetzung für diesen Beruf. Man hat eine Unruhe in sich, ein Unbehagen, viel Negatives. Als Schauspieler kann man das, wenn man Glück hat, in etwas Positives verwandeln, so wie ein Kaktus, der in der Wüste blüht. Man kann die Dämonen bannen.

Welche Dämonen?

Das Gift des Selbsthasses zum Beispiel. Es gibt jeden Tag mindestens einen Moment, in dem ich mich hasse oder mich schuldig fühle. Wir sind dazu erzogen, in Schablonen zu denken. Wenn wir diese Schablonen verlassen und ein etwas ungewöhnliches Leben wählen, entsteht in uns ein Gefühl der Schuld. Ich fühle mich schuldig, weil ich bekannt bin, gesund, glücklich, erfolgreich, verliebt oder nicht verliebt. Alles, was ich tue, eignet sich für mein Schuldgefühl. Ich

* amerikanischer Filmschauspieler, geboren 1955

habe eine leicht paranoide Tendenz. Dagegen kämpfe ich an. Ich möchte kein Opfer sein. Ich möchte mich nicht zerstört fühlen durch die Gesellschaft.

Die Frau in »Malina« haben Sie so gespielt, daß der Eindruck entsteht, sie zerstöre sich selbst.

Ja. Genau das macht die Geschichte so überraschend und so modern. Ich will für meine Zerstörung selbst verantwortlich sein. Wenn ich mich selbst zerstöre, bin ich immerhin noch aktiv. Ich bin Herr des Geschehens. Ich verliere nicht meine Würde. Das Gefühl, von einem anderen Menschen zerstört zu werden, reduziert mich zum Nichts. Ich glaube, Ingeborg Bachmann hat das auch so gesehen. Mein eigenes Opfer zu sein, ist kraftvoller und auch feministischer als anzunehmen, ich wäre das Opfer der Gesellschaft oder das Opfer der Männer.

Elfriede Jelinek, die das Drehbuch geschrieben hat, ist da anderer Ansicht.

Mag sein. Werner Schroeter* hat die Figur so inszeniert, wie ich sie spiele.

Was stört Sie am Feminismus?

Gar nichts.

Und was finden Sie gut?

Sehr vieles. Nur hat der Feminismus wie jeder Kampf seine Grenzen. Wenn man zu lange in eine bestimmte Richtung läuft, muß man, um die Wahrheit zu finden, wieder zurück.

Hat der Feminismus die Frauen glorifiziert?

Vielleicht. Aber das ist ganz normal. Jede Revolution muß übertreiben, um an ihr Ziel zu kommen. Anders können Sie keine Schlacht gewinnen. Ich glaube allerdings, der Punkt ist erreicht, an dem wir umkehren müssen, um das Gewonnene nicht zu verlieren.

Sie drehen gerade einen Film mit Claude Chabrol, »Madame Bovary«. In dem Roman von Flaubert wünscht sich die Frau

* deutscher Film- und Theaterregisseur, geboren 1945

einen Sohn. Da heißt es: »Der Gedanke, einen Sohn zu haben, war wie eine Entschädigung für ihre eigenen Schwächen. Ein Mann ist frei. Er kann Leidenschaften durchleben und Länder durchreisen, Hindernisse bewältigen und sich das Glück erobern. Eine Frau aber ist stets gefesselt...«

Ich erinnere mich nicht an die Stelle.

Als die Frau erfährt, daß sie statt eines Jungen ein Mädchen geboren hat, fällt sie in Ohnmacht.

Ja, die Szene ist auch im Film. Ich werde ohnmächtig beim Anblick des Mädchens. Aber ich dachte, es sei nur eine Gemütsanwandlung. Jetzt erst begreife ich.

Hat Ihnen Chabrol die Szene denn nicht erklärt?

Das braucht er nicht. Chabrol ist für mich so etwas wie Sternberg* es für Marlene Dietrich war. Er kennt mich besser als jeder andere. Wir brauchen keine kilometerlangen Gespräche. Wir verstehen einander auch ohne Worte. Ich habe die Szene gespielt, ohne zu wissen, warum ich in Ohnmacht falle. Ich denke nicht nach, wenn ich spiele. Es ist seltsam. In meinem Kopf passiert nichts, auch in sehr extremen Situationen. Ich weine doch in fast jedem Film. In »Malina« weine ich ununterbrochen. Aber ich denke an gar nichts dabei. Ich schaue ins Licht. Tränen kommen aus meinen Augen. Ich bin vollkommen ausgefüllt durch diesen Prozeß. Das einzige, was ich fühle, ist die Freude am Spiel. Es macht mir Spaß, mich zu zeigen. Auch das Weinen macht mir Vergnügen. Das ist sicher ein sehr narzißtischer Vorgang.

*Was empfinden Sie, wenn Sie über sich lesen, Ihr Gesicht sei »ein tiefes Wasser, in das man ohne Unterlaß schauen kann« oder »ein Abgrund, in dem man versinkt«?** Man hat Sie auch schon mit Greta Garbo verglichen.*

* Joseph von Sternberg, amerikanischer Filmregisseur, 1894–1969

** Das erste Zitat stammt aus einem Interview mit dem Filmregisseur Bertrand Tavernier in der »Süddeutschen Zeitung«, das zweite aus einer Filmkritik in der »New York Times«.

Würde ich daran denken, was man über mich schreibt, müßte ich den Drehort sofort verlassen. Ich könnte nicht spielen.
Aber wir sind ja jetzt nicht beim Drehen. Wie erklären Sie sich die Wirkung Ihres Gesichts?
Ich kann mir das nicht erklären. Ich weiß oft nicht, was ich tue, wenn die Kamera läuft. Ich kann nur sagen, daß Schauspielerin zu sein für mich bedeutet, den Leuten Fragen zu stellen. Antworten gebe ich nicht. Wenn der Zuschauer das Gefühl hat, in mein Gesicht endlos hineinzufallen, dann habe ich erreicht, was ich möchte. Dann ist mein Gesicht eine Frage, in der sich das Leben spiegelt, ungefähr so, wie wenn jemand Musik hört oder ein Gemälde betrachtet. Jedes Kunstwerk, jede Projektion menschlichen Fühlens ist eine Frage.
Legen Sie Wert darauf, schön zu sein?
Sicher. Denn auf gewisse Art schön zu sein, gehört zu meinem Beruf. Ich muß ja die Menschen verführen, damit sie zuschauen.
Die Verführung, das würde eine Feministin jetzt sagen, ist eine typisch weibliche Waffe.
Gut, aber es gibt ja auch Journalistinnen und Schriftstellerinnen, Huren und Heilige. Ich bin nun einmal Schauspielerin und nicht Mutter Teresa. Es gibt verschiedene Menschen und verschiedene Waffen. Warum sollen alle das gleiche machen? Es ist ja nicht leicht, schön zu sein. Es ist ein ständiger Kampf. Wer glaubt, Schauspielerinnen seien schön, weil sie von Gott so gemacht sind, der irrt. Ich kenne nur Schauspielerinnen, die Probleme mit ihrem Aussehen haben. Marlene Dietrich hat ihr ganzes Leben um Schönheit gekämpft.
Sie haben Ihre Tochter, die auch in »Malina« spielt, Lolita genannt.*

* geboren 1984

Ja, das ist doch ein sehr schöner Name.
Schon. Aber er kann zur Belastung werden.
Wieso denn? »Lolita« ist der Titel einer wunderbaren Liebesgeschichte.* Warum soll das eine Belastung sein? Vielleicht ist es problematisch, in Deutschland Adolf zu heißen. Ich weiß nicht, warum Sie alles so tragisch sehen. Sie sehen überall Komplikationen und Schwierigkeiten, und dann wollen Sie das in mich hineinprojizieren.
Was haben Sie denn erwartet? Als Komikerin haben Sie nicht Karriere gemacht.
Aber ich bin nicht das, was ich spiele. Ich bin nicht verantwortlich für die Rollen, die ich bekomme. Ich hätte zum Beispiel die Rolle der Julia Roberts in »Pretty Woman«** gut spielen können.
Aber sicher ganz anders.
Das stimmt. Sie haben recht. Ich hätte sie etwas mehr leidend gespielt.
Eben. Das ist der Unterschied.
Ja, aber ich möchte über mein Leiden nicht so viel sprechen. Ich möchte damit nicht wie mit einer Fahne herumgehen. Ich kann als Schauspielerin all meine Widersprüchlichkeit und Zerrissenheit in die Arbeit einfließen lassen. Sie können es mit einem Exorzismus vergleichen. Ich treibe die Teufel aus.
Also ist Ihre Kunst eine Art Therapie.
Ja.
Warum mußten Sie dann zusätzlich zur Analyse gehen?
Okay, ich will Ihnen sagen, welches Problem ich hatte, aber dann beenden wir dieses Thema. Ich hatte wie wahrschein-

* Gemeint ist Vladimir Nabokovs Roman »Lolita« über die Liebe eines älteren Mannes zu einer Zwölfjährigen.

** Hollywoodfilm von Garry Marshall über einen Millionär, gespielt von Richard Gere, der sich in eine Hure verliebt

lich sehr viele Menschen das Problem, daß ich plötzlich kein Kind mehr war. Ich wollte lange Zeit nicht erwachsen werden. Denn in dem Moment, in dem man erkennt, daß man kein Kind mehr ist, hat man das Paradies verloren. Man trägt Verantwortung. Man muß Entscheidungen treffen. Man muß sich selbst eine Richtung geben. Andererseits darf ich als Schauspielerin mein Kindsein nicht ganz verlieren, weil dieser Beruf, oder besser dieser Zustand, sehr viel mit Spielen zu tun hat, und auch mit Gehorchen. Ich führe aus, was andere sich ausgedacht haben. Das bedeutet, ich mußte, um im alltäglichen Leben zu funktionieren, erwachsen werden und gleichzeitig versuchen, genügend Kind zu bleiben, um nicht in meiner Arbeit zu scheitern.

Sie waren in Gefahr, schizophren zu werden.

In gewissem Sinn, ja.

Sie mußten sich schützen.

Ich durfte nicht in die Falle gehen, zu meinen, ich sei mit den Figuren, die ich spiele, identisch. Man wird sehr faul, wenn man das glaubt. Man schlüpft in eine Rolle wie in einen Pantoffel. Man arbeitet nicht. Also sage ich mir, ich bin nicht die Person, die ich spiele, obwohl ich weiß, daß ich meine persönlichen Erfahrungen und Gefühle benutze. Haben sie eine Zigarette für mich?

Ja, wollen Sie Feuer?

Ich zünde sie selbst an.

In einem früheren Interview haben Sie gesagt, die Natur der Frau sei es, sich hinzugeben.*

Das habe ich nicht gesagt. Ich habe gesagt, eine gewisse Passivität sei nötig, um Schauspieler sein zu können. Man muß sich von den Ideen eines anderen faszinieren lassen. Man muß es ertragen, gewünscht und begehrt zu werden. Ich gebe zu, Frauen fällt das leichter als Männern. Männer wollen

* in »Cosmopolitan«

meist herrschen und sich als die großen Eroberer fühlen. Aber es gibt Ausnahmen. Marcello Mastroianni* ist ein großartiger Schauspieler, weil er sich bei der Arbeit total feminin verhält.

*Jean-Luc Godard** stellt sich den Schauspieler als einen perfekten Roboter vor.*

Zu mir hat er gesagt, Schauspieler müssen gute Soldaten sein. Er redet so. Aber das macht mir nichts aus. Ich habe zwei meiner wichtigsten Filme mit ihm gedreht. Er hat mich nicht schlecht behandelt. Was für mich zählt, ist das Ergebnis. Ich meine, bis zu einem gewissen Grad heiligt der Zweck die Mittel.

Sie sind bereit, einem Regisseur bis ans Ende seines Wahnsinns zu folgen.

Habe ich das gesagt?

Ja.

Und was soll ich darauf jetzt erwidern?

In Deutschland könnte man diesen Satz vielleicht mißverstehen.

Nein, denn ich spreche nicht von Politikern, sondern von Künstlern, und ich traue mir zu, daß ich erkenne, wenn der Wahnsinn ins Böse kippt. Ich mache nicht blind alles mit.

Haben Sie zu einem Regisseur jemals nein gesagt?

Das war bisher nicht nötig.

Sie sind in Filmen oft nackt zu sehen.

In letzter Zeit nicht mehr.

Das Erstaunliche ist, daß Ihre Nacktheit nie anzüglich wirkt.

Ja, das ist interessant. Es bleibt völlig abstrakt. Im einen oder anderen Zuschauer mag es erotische Emotionen wecken. Aber in mir geschieht nichts, so als wäre mein Kopf vom Körper getrennt. Ich bleibe körperlos.

* verstarb am 19. Dezember 1996 72jährig in Paris

** französischer Filmregisseur, geboren 1930, mit dem Isabelle Huppert 1979 »Rette sich, wer kann (das Leben)« und 1981 »Passion« drehte

Sie schämen sich nicht.
Nein.
Sind Sie ein religiöser Mensch?
Mein Vater ist Jude, meine Mutter katholisch. Ich bin katholisch erzogen worden, und natürlich habe ich mir über Gott und Religion meine Gedanken gemacht. Ich frage mich, ob der Glaube vielleicht eine Lösung wäre.
Eine Lösung wofür?
Für das Leben. Für das Leiden im Leben. Wenn es mir schlecht geht, denke ich manchmal an diese Möglichkeit. Ich denke, es könnte ein Trost sein, aber ich bin mir nicht sicher. Am ehesten verbinde ich mit meiner Arbeit religiöse Gefühle. Vielleicht ist das, was ich tue, wenn ich Menschen verkörpere, eine Art Gottesdienst.
Der Film »Eine Frauensache«, in dem Sie die Hauptrolle** spielten, hat in Kirchenkreisen einen Skandal ausgelöst. Kinos wurden angezündet, Kinobesucher verletzt. Grund war ein kurzes Gebet, das Sie am Ende sprechen: »Gegrüßet seist du, Maria, voll der Scheiße, verfault ist die Frucht deines Leibs...«*
Ich weiß. Aber das wurde mißverstanden. Ich kenne viele gläubige Christen, die das überhaupt nicht schockiert hat.
Chabrol hat dem Papst die Schuld an den Krawallen gegeben. Er hat ihn einen reaktionären Schuft genannt.
Gut, das hat Chabrol gesagt. Ich sage das nicht.
Wollen Sie sich zu dem, was der Papst verkündet, nicht äußern?
Doch, aber ich bin vielleicht etwas müde.
Nehmen Sie Anteil am Weltgeschehen?
Natürlich nehme ich wahr, was geschieht. Ich sehe sehr viel.

* 1988 gedreht von Claude Chabrol
** eine Abtreiberin im Frankreich der vierziger Jahre, die zum Tod verurteilt und hingerichtet wird

Ich bin nicht unempfindlich. In Frankreich gibt es jetzt eine sehr starke Tendenz zu Rassismus und Judenhaß. Das finde ich schrecklich. Aber ich lehne es ab, so zu tun, als wäre ich mehr erschüttert als ich tatsächlich bin, auch wenn ich mir damit einige Sympathien erwerben könnte. Es gibt objektive und subjektive Gründe, verzweifelt zu sein. Ich leide nicht an der Welt. Ich leide an mir. Ich bin krank in meinem Blut, in meinem Fleisch. Ich hatte lange Zeit das Gefühl, es könnte dazu kommen, daß ich nicht mehr zu leben wünsche. Deshalb umgebe ich mich gern mit heiteren Menschen. Ich liebe die Leichtigkeit. Ich liebe Mozart. Ich bin nicht oberflächlich. Aber ich will nicht über so tiefe Probleme sprechen. Sie haben schon genug auf dem Band.

Harald Juhnke

Bei Harald Juhnke war schon 1982, als ich ihn interviewte, nicht sicher: Kommt er, oder kommt er nicht? Ich mußte damit rechnen, daß er zum vereinbarten Termin wegen Trunkenheit nicht erschien. Aber er kam, wenn auch leicht angeheitert. Der erste Teil des Gesprächs fand in der Bar des Berliner Hotels »Kempinski« statt. Zur Ausnüchterung bestellte er ein Filet mit Salat. Nach eineinhalb Stunden rief seine Frau an. Er hatte vergessen, daß er zu einer Party verabredet war. Tags darauf trafen wir uns ein zweites Mal. Mein Glück war, daß er mich am Tonfall als Österreicher erkannte. Zu Österreichern habe er ein besonderes Vertrauensverhältnis, weil sie ihm wegen seiner Besäufnisse keine Vorwürfe machten. Dazu seien die Deutschen zu spießig. Das ZDF hatte ihm gerade wegen anhaltenden Trinkens den Hinauswurf aus der Unterhaltungsserie »Leute wie du und ich« angedroht. Im Jahr davor war aus demselben Grund seine Live-Show »Musik ist Trumpf« ausgefallen. In Wien wäre das nicht passiert, sagte er. Dort habe man ihn auch im Rausch auf die Bühne gelassen. Der »Playboy«, in dem das Interview im März 1983 erschien, betitelte es mit dieser Zeile: »Ein offenes Gespräch mit dem Mann, den es feucht und fröhlich durchs Leben zieht.«

Sie sind der im Augenblick populärste Schauspieler Deutschlands, wenn auch mehr durch private Skandale als durch berufliche Leistung. War es das Ziel Ihrer Karriere, diese Popularität zu erreichen?

Nein, eigentlich nicht. Ich hatte zwar damit gerechnet, Karriere zu machen, aber die Popularität, die ich heute habe, ist beinahe erdrückend, weil ich mir nicht mehr selbst gehöre.

Jeder Schritt, den ich mache, in Richtung auf ein Mädchen zum Beispiel, hat sofort Konsequenzen. Man beobachtet mich ununterbrochen. Man fragt, was macht der Juhnke? Trinkt er? Hat er eine neue Geliebte? Ich fühle mich wie in einen Käfig gesperrt. Man lauert mir auf. Wieso werde ich denn dauernd belauert? Können Sie mir erklären, warum es am nächsten Tag gleich in der Zeitung steht, wenn ich nur irgendwo sitze und ein Glas Wein erhebe?

Vermutlich deshalb, weil infolge Ihrer Besäufnis immer wieder Fernsehsendungen ausfallen und Theatervorstellungen abgesagt werden müssen. Das macht doch Aufsehen.

Gut, aber warum sagt man auf der einen Seite, der Juhnke ist Alkoholiker, was bedeuten würde, daß ich krank bin, und erwartet auf der anderen Seite, daß ich mich völlig normal verhalte? Wie kann denn einer, der in einer Fernsehserie innerhalb einer Stunde sechs verschiedene Rollen spielt, überhaupt normal sein? Ich glaube, daß die sehr beamtete Seele des deutschen Fernsehens, sprich ZDF, nicht weiß, was sie mit mir tun soll. Man weiß, der Juhnke macht große Erfolge, aber man sieht nicht, daß die Ursache für diese Erfolge bestimmt nicht meine Normalität ist. Ich meine, es ist doch eine Inkonsequenz zu sagen, Alkoholismus ist eine Krankheit, und mich gleichzeitig anzugreifen, weil ich dieser Krankheit erliege. Jemand, der Nierensteine hat, wird doch auch nicht deswegen angegriffen.

Nein, aber er muß sich behandeln lassen.

Man schlägt mir andauernd vor, ich solle in eine Klinik, um eine Kur zu machen. Das kann ich nicht. Dort würde ich wahnsinnig werden. Ich brauch' keine Kur. Ich bin ja kein Alkoholiker im engeren Sinne. Sonst könnte ich mit dem Trinken ja gar nicht aufhören. Ein Alkoholiker muß, bevor er aufsteht, erst einmal einen Kognak kippen, sonst kann der sich gar nicht rasieren, weil ihm die Hände zittern. Der ist ganz dumpf. Bei mir ist das anders. Ich lalle und sabbele nicht, und ich habe mich auch immer dazu bekannt, daß ich trinke. Ich bin nicht jemand, der zu Hause auf der Toilette 'ne Buddel versteckt und dann immer heimlich dorthin geht, um einen Schluck zu nehmen. Ich trinke aus einer Stimmung heraus, aus Euphorie, wenn ich ganz oben bin und alle denken, mir geht es wundervoll. Dann will ich diese Hochstimmung halten, diesen glücklichen Augenblick. Ich sage immer, der Alkohol ist für mich eine Art Fluchtpunkt.

Wovor flüchten Sie?

Um das herauszufinden, brauche ich einen Psychiater, nicht einen, der mich heilt, sondern einen der mir die Ängste und den Druck nimmt, den ich manchmal empfinde. Ein Psychiater ist jemand, mit dem man reden kann, und danach ist es vergessen. Würde ich mit meiner Frau* über meine Probleme sprechen, würde sie mir das vierzehn Tage später vorhalten oder mir vielleicht Ratschläge geben, um mir zu helfen. Aber das kann sie nicht. Das kann niemand.

Fühlen Sie sich dem, was man von Ihnen verlangt, nicht gewachsen?

Ich fühle mich oft mir selbst nicht gewachsen. Ich renne weg, wenn ich der Meinung bin, daß ich keine Höchstleistung bringe. Einem normalen Schauspieler wäre es scheißegal, wenn er einmal nicht so in Form ist. Der würde dann eben auf der Bühne etwas langsamer sprechen. Aber ich habe dann im Kopf so eine Sperre. Wenn ich weiß, daß ich nicht gut bin, bekomme ich Depressionen.

Sie leiden unter Versagensängsten.

Ja, denn ich habe an mich immer die höchsten Forderungen gestellt, schon in der Schule. Ich war merkwürdigerweise in Mathematik sehr gut, obwohl ich gar kein mathematischer

* Susanne, geborene Hsiao, Tochter eines chinesischen Gastronomen und einer Ostpreußin, mit der Juhnke seit 1971 in zweiter Ehe verheiratet ist

Mensch bin. Aber das hab ich begriffen, und dann konnte ich das, während ich mich in den anderen Fächern, Latein, Sprachen, Geschichte, was mir heute wahnsinng leicht fällt, oft überfordert fühlte. Darunter litt ich, denn ich wollte in allem der beste sein. Sicher spielte da auch meine Herkunft eine gewisse Rolle. Mein Vater war Polizeibeamter. Nicht daß ich mich schämte, aber ich dachte, Gott, du bist aus so einfachen Verhältnissen, du wirst vielleicht von den anderen, die aus höheren Schichten kommen, nicht ernst genommen. Also war ich besonders fleißig, besonders keß. Ich wollte immer der ulkigste sein in der Klasse, was ich auch war. Ich habe dauernd Blödsinn gemacht, um das Gefühl einer gewissen Minderwertigkeit zu kompensieren.

Hatten Sie damals schon eine Vorstellung, welchen Beruf Sie einmal ergreifen würden?

Ich wollte Flieger werden. Meine Vorbilder waren Werner Mölders* und Adolf Galland**, diese Luftwaffenhelden. Ich war mit Begeisterung bei der Hitlerjugend, schon allein deshalb, weil ich dort das Segelfliegen erlernen konnte, was ich mir privat nicht hätte leisten können. Mein Traum war, als Soldat Karriere zu machen.

Dachten Sie daran, daß das unter Umständen tödlich ausgehen könnte?

Das war mir egal. Der Tod fürs Vaterland war ja damals was Tolles.

Wußten Sie überhaupt, was Sterben bedeutet?

Nein, das habe ich erst später begriffen, als der Krieg fast vorbei war. Ich war durch die Kinderlandverschickung in die Tschechei gekommen. Dort habe ich erlebt, wie neben mir mein bester Freund von einer Granate getroffen wurde und

* deutscher Jagdflieger, geboren 1913, stürzte am 22. 11. 1941 bei Breslau ab

** Luftwaffenoffizier im 2. Weltkrieg, 1912–1996

tot war. Sein Gesicht war ganz friedlich. Einen Moment hatte ich das Gefühl, eigentlich ist das ganz schön, der hat es geschafft, der ist heraus aus allem.

Sie wollten sterben.

Wahrscheinlich. Ich habe auch noch heute oft so Todessehnsucht. Ich wollte mich auch schon umbringen, aber dann sage ich immer, warum eigentlich? Es gibt so viele schöne Dinge. Über dieses Thema habe ich oft mit meinem Freund Harry Meyen* gesprochen vor seinem Selbstmord. Er war zuletzt schon ein ziemlich kaputter Mann, fing an zu trinken und wurde dann nie mehr nüchtern. Er hat es einfach nicht überwinden können, daß ihn Romy Schneider verlassen hatte. Er hat zum Beispiel nie die Vorhänge aufgemacht, das war schon merkwürdig. Da hab ich zu ihm gesagt, Mensch, Harry, guck doch mal raus, guck doch mal, die schöne Außenalster, laß uns heut' mal spazierengehen, trinken wir mal jetzt einen schönen Tee. Aber das konnte er nicht mehr. Also ist er in die Klinik gegangen. Dort ist ihm alles entzogen worden, der Alkohol, die Tabletten, und nach drei Monaten hat man ihn ausgerechnet am Ostersonnabend entlassen. Am Ostersonntag hat er sich aufgehängt. Das genau würde mit mir passieren, würde man mich von der Flasche abnabeln wollen. Ich hab manchmal Zustände, da glaube ich, daß der Meyen irgendwo auf mich wartet. Aber ich lebe ja viel zu gern. Ich will noch nicht weg sein.

Was gehört für Sie zu einem Leben, das reich genug ist, um sich nicht umzubringen?

Frauen natürlich. Der Sex ist mir wichtig. Aber das bedeutet nicht, daß ich mich umbringe, wenn es mit dem Sex mal vorbei ist. Könnte ich nicht mehr Theater spielen, das wäre ein

* deutscher Schauspieler und Theaterregisseur, von 1966 bis 1975 mit Romy Schneider verheiratet, nahm sich am 15. April 1979 im Alter von 54 Jahren das Leben

Grund. Aber da ich mit wahnsinniger Geschwindigkeit Texte auswendig lerne, muß ich das nicht befürchten. Ich denke, daß mein Kopf da noch lange mitmacht.
Ihr Kopf schon, aber die Theater werden Sie vielleicht nicht mehr haben wollen, weil man doch nie genau weiß: Kommen Sie, oder sind Sie wieder betrunken?
Ein Theater, in dem ich spielen kann, finde ich immer. Ich kann so viel. Ich geh' nicht unter. Es wird immer Leute geben, die mit mir arbeiten wollen, weil sie sagen, wenn der Juhnke hundert Vorstellungen zusagt und von diesen hundert dann vielleicht neun nicht spielt, weil er getrunken hat, dann ist mir das immer noch lieber, weil die einundneunzig Vorstellungen, die er spielt, bis unters Dach voll sind, während bei einem, der hier brav hundertmal herkommt, das Theater nicht mal zur Hälfte besetzt ist. Die Leute wollen mich sehen. Denen ist es völlig Wurst, was ich privat alles treibe, und wenn ich zwischendurch kleine Kinder fresse. Ich bin für die Leute irgendwie ein Idol geworden, wahrscheinlich ein Idol dieser heutigen Zeit. Vor zwanzig Jahren wäre das noch nicht möglich gewesen. Aber heute ist es doch so, daß sich die Leute nach Aussteigern sehnen, also nach jemandem, der wie Juhnke macht, was er will, der sich eine andere Frau nimmt, der über die Grenzen hinauslebt, der beispielsweise auch keine Angst hat vor seinen Vorgesetzten, sondern sagt, heute hab ich keine Lust aufzutreten. Wenn mir ein Intendant oder ein Regisseur nicht gefällt, dann sage ich zu dem, du bist doch eine faule Nuß, leck mich am Arsch. Dann werde ich vielleicht rausgeschmissen. Aber das ist mir egal. Ich lebe den Leuten vor, was sie sich wünschen, aber wozu ihnen der Mut fehlt. Ich versteh' manchmal gar nicht, warum sie mich alle so lieben, aber sie lieben mich.
Woran merken Sie das?
An den Briefen, die ich bekomme. Die gehen oft bis zur Selbstaufgabe. Die Leute haben gar keine Hemmungen. Die

sagen auch nicht Herr Juhnke, sondern Harald. Ein Taxifahrer hat neulich zu mir gesagt, Harald, Mensch, bleib doch bloß in Berlin, da machst du brav dein Theater, machst dein Fernsehen, in München* flippst du nur wieder aus, da sind die doofen Weiber, die bringen dich auf dumme Gedanken. Also die Leute leben richtig mit mir. Ich glaube, das hat es in dieser Größenordnung noch nie gegeben. Mich hat der Helmut Schmidt, als er noch Kanzler war, einmal besucht. Ich spielte gerade in Hamburg Theater. Er saß drei Stunden in meiner Garderobe, das fand ich erstaunlich. Er sagte, Harald, Sie könnten eigentlich in die Politik gehen, denn Sie haben etwas, was auch mir nachgesagt wird, Sie haben Charisma. Das hat auch der große Schauspieler und Regisseur Fritz Kortner** zu mir gesagt. Wir trafen uns in der Wiener Eden-Bar, das ist so ein Nobelschuppen. Ich sang das Lied des Mackie Messer aus der »Dreigroschenoper«. Da sagte Kortner, oh Gott, Juhnke, Sie machen eine große Karriere, aber Sie werden, wenn Sie erfolgreich sind, angegriffen. Genauso ist es passiert. Es gibt Kollegen, die sagen, der Juhnke hat sich Dinge geleistet, da wäre ein anderer längst weg vom Fenster. Aber ich schaffe es immer wieder, nach oben zu kommen. Darüber sind die Kollegen natürlich sauer.

*Meinen Sie jetzt Rudi Carell***, der Sie einmal einen »Arschkriecher« nannte?*

Nein, den meine ich nicht, denn der hatte ja nicht ganz unrecht mit dem, was er sagte. Er sagte, der Juhnke ist jemand, der so viel draufhat, der hat auf dem Showsektor eigentlich gar nichts verloren, der ist so vielseitig, was will der bei uns?

* Im Frühjahr 1981 spielte Juhnke in »Happy End« von Bert Brecht (Musik: Kurt Weill) am Münchner Residenztheater. Seine Mitwirkung in »Der Snob« von Carl Sternheim sagte er ab.

** 1892–1970

*** holländischer Showmaster, geboren 1934

Im Grunde wollte er damit zum Ausdruck bringen, daß eine Sendung wie »Musik ist Trumpf« unter meinem Niveau war, was ja nicht falsch ist. Mich hat damals nur sehr verletzt, daß er mich ausgerechnet mit Hans Rosenthal* in einen Topf warf. Aber erstens hatte er, wie mir glaubwürdig versichert wurde, mindestens zehn Flaschen Bier getrunken, als er das sagte, und zweitens hat er sich später öffentlich bei mir entschuldigt. Das zeugt doch von einer gewissen Größe.

Welche Arbeit würde Ihrem Niveau denn entsprechen?

Mein Wunsch war es immer, seriöses Theater zu spielen. Ich müßte richtig gefordert werden. Also Rudolf Noelte** zum Beispiel, der ja ein großer deutscher Regisseur ist, will mit mir unbedingt »Die Hose« von Sternheim machen. Noelte sagt, ich fordere den Juhnke so sehr, daß er an der Arbeit Spaß hat, daß er nicht ausflippt. Ich könnte mir vorstellen, daß er damit recht hat. Das ZDF hatte doch vor, aus mir einen lieben netten Peter Alexander*** zu machen. Aber das geht nicht. Dagegen habe ich mich mit allen Krawallen und Skandalen gewehrt. Wissen Sie, was ich schon überlegt hab? Ob ich nicht in die DDR gehen sollte, um dort wieder ganz normal Theater zu spielen.

Würde Ihnen dort nicht der Luxus fehlen, mit dem Sie sich hier umgeben können?

Nein, ich könnte in dem Moment, wo ich mich ausgefüllt fühle, ganz ohne Luxus leben. Ich könnte in Magdeburg, obwohl das eine schlimme Stadt ist, sehr glücklich sein, wenn ich dort am Theater der erste wäre. Was bedeutet es denn, daß ich der große Juhnke bin? Es bedeutet, sich ununterbrochen zur Wehr setzen zu müssen gegen Leute, die von mir etwas wollen, was ich im Grunde nicht will. Wieso soll ich

* deutscher Quizmaster (»Dalli Dalli«), 1925–1987

** deutscher Theaterregisseur, geboren 1921

*** österreichischer Filmschauspieler und Entertainer, geboren 1926

mich von den kleinkarierten Leuten beim ZDF dauernd einschränken lassen? Entweder man arbeitet mit mir, dann weiß man, daß mit dem Alkohol etwas passieren kann, denn ich bin ja kein heuriger Hase, oder man arbeitet nicht mit mir, dann soll man es sagen. Es gibt heute zwei Schauspieler, über die wird ununterbrochen gesprochen im Zusammenhang mit Weibern und Alkohol. Der eine ist Richard Burton*, der andere bin ich. Gibt's noch einen? Nein. Der Burton hat mich neulich erst angerufen, da war ich gerade in München, und hat gesagt, Harald, wir müssen uns mal unterhalten, wir haben ein gemeinsames Problem, das ist der Whisky. Der Unterschied ist nur, daß es bei Richard Burton toleriert wird, wenn er mal ausfällt, bei mir nicht.

Wollen Sie, daß Ihnen das ZDF den Hahn abdreht?

Ich drehe ihn selbst ab.** Ich will meine Ruhe haben.

Glauben Sie, Sie würden es aushalten in dieser Ruhe?

Ganz ruhig wird es ja nie sein. So unberühmt kann ich gar nicht mehr werden. Die absolute Ruhe habe ich erst, wenn ich tot bin. Nur diese Massenpopularität will ich jetzt schon abbauen. Wenn Juhnke heute Ärger hat mit dem Sender Dingsbums, steht darüber morgen in »Bild« eine Geschichte. Das war früher nicht so. Nehmen Sie zum Beispiel einen Mann wie Hans Albers.*** Das war ein richtiger Alkoholiker. Der hat im Atelier beim Schminken schon eine halbe Flasche Kognak getrunken. Aber kein Mensch hätte sich erlaubt, den in die Klatschspalte zu schieben.

Der hat auch nicht ständig die Zeitungen mit dem neuesten Klatsch beliefert.

Was soll ich denn tun, wenn mich die Bild-Zeitung anruft? Soll ich sagen, leckt mich am Arsch? Das kann ich nicht sagen.

* verstarb 1984

** Erst 1984 trennte sich das ZDF endgültig von Harald Juhnke.

*** deutscher Filmschauspieler, 1891–1960

Warum nicht?
Weil das Leute sind, mit denen ich sehr gut ein Glas Wein trinken kann. Aber es ist doch so, daß ich die Presse letzten Endes nur auf die Schippe nehme, denn ich tue Dinge, wo die Leute am Anfang der Woche nicht wissen, ob sie es schreiben sollen, weil am Ende der Woche schon wieder etwas ganz anderes der Fall ist. Das gefällt mir. Ich erzähle denen immer Weibergeschichten, die sie dann schreiben. Aber die stimmen überhaupt nicht.
Nie?
Doch, manchmal schon. Es wäre ja schlimm, wenn bei mir gar nichts mehr stimmte.
Stimmte es, als man schrieb, Sie hätten Uschi Glas[*] in betrunkenem Zustand an den Haaren gezogen?
Nein, das ist Blödsinn. Wir haben uns sehr gut verstanden. Ich hatte mich in die Uschi verliebt, ich glaube, sie auch in mich. Aber sie war ja zu dieser Zeit schon mit ihrem jetzigen Mann[**] zusammen. Also habe ich gar nicht versucht, sie zu erobern.
Wäre es Ihnen, wenn Sie gewollt hätten, gelungen?
Gott, ich hätte sie ja mit Komplimenten und Blumen eindekken können. Jede Frau ist irgendwann weichzukriegen. Die Uschi wäre für mich sehr gut gewesen, weil sie eine realistische Frau ist. Die könnte auch auf dem Münchner Viktualienmarkt einen Blumenstand haben. Sie ist im Gegensatz zu mir keine Phantastin. Sie schwebt nicht. Aber sie war die erste, die zu mir gesagt hat, wieso machst du dich eigentlich so verrückt mit dem Fernsehen, du bist doch jemand, bleib doch jetzt hier und trink mit mir um Gottes willen eine Flasche Champagner. Wir probten damals gerade das Stück

* deutsche Film- und Fernsehdarstellerin, geboren 1944
** Bernd Teeweg, von Beruf Filmkaufmann, mit dem Uschi Glas seit 1981 verheiratet ist

»Spiel mit dem Feuer«*. Sie hat sich meiner sehr angenommen.

Aber geheiratet hat sie dann einen anderen.

Ich glaube, daß Frauen sehr gut unterscheiden können, ob sie mit einem Mann nur Spaß haben wollen oder ob sie ihn ernst nehmen, also eine Verbindung eingehen wollen. Mein Problem ist, daß die Frauen Angst vor mir haben, weil sie sagen, der ist so schwierig, so ich-bezogen, was er auch zugibt, dem möchte ich mich nicht in die Hände geben. Mit mir wollen sich die Frauen eigentlich nur amüsieren, weil sie wissen, ich bin bestimmt nicht langweilig, mit mir ist dauernd was los, ich bin auch im Bett ganz gut, vielleicht nicht besser als jeder andere, aber auf jeden Fall ist es mit mir immer lustig, also nicht nur so ein Gebumse und dann die toten Momente, sondern da wird diskutiert, da wird Phantasie freigesetzt. Mir haben schon Hausfrauen geschrieben, die wollten es mit mir in der Küche treiben. Die denken, mit dem Juhnke kann man verrückte Sachen machen, der geht nicht ins Bett mit einer wie jeder normale Mensch.

Hat nicht der Alkohol auf Ihre Potenz eine dämpfende Wirkung?

Ich hab noch nie erlebt, daß ich impotent war. Ich erreiche beim Trinken einen Punkt, wo ich selbst nicht mehr will, Gott sei Dank. Wahrscheinlich könnte ich dann auch nicht mehr. Da will ich allein sein, alleine trinken, Musik hören. Ich mag Brahms wahnsinnig gern. Das geht bei mir von Brahms bis Sinatra. Das kommt auf die Stimmung an. Ich hab manchmal Stimmungen, die ich ganz bewußt traurig halte. Da muß alles dunkel sein, da dürfen nur ein paar Kerzen brennen. Ich sitze im Stuhl, rauche eine Zigarette und denke und komme aus dem Denken nicht mehr heraus. Das

* Boulevardkomödie von Martin Worth und Peter Yeldham, Juhnke spielte 1979 in der deutschen Erstaufführung am Münchner »Theater in der Briennerstraße«.

wird immer weiter. Je mehr ich trinke, um so klarer werden meine Gedanken. Es entstehen natürlich auch wirre Dinge, aber durch das Wirre hindurch habe ich manchmal Einfälle, die sind ganz erstaunlich. Ich fühle mich befreit, wenn ich getrunken habe.

Warum wollen Sie in diesem Zustand allein sein?

Ich habe dann zu viel Gefühl.

Und das wird nicht erwidert?

Na, wer soll das erwidern? Wer will diese Anstrengung des Gefühls, diese Unbedingtheit schon auf sich nehmen? Ich passe nicht in die heutige Zeit. Früher, im Mittelalter, wenn Sie ein Raubritter waren, konnten Sie Ihre Braut einfach rauben und konnten Ihr Leben leben, wie Sie es wollten.

Aber nur, wenn Sie einer höheren Schicht angehörten.

Dazu wäre ich von vornherein prädestiniert gewesen. Ich hätte mich hochgeschossen.

Können Sie Ihre Gefühle nicht mit Ihrer Ehefrau teilen?

Meine Frau ist sehr introvertiert, ein verschlossener Typ. Ich habe es immer als Nachteil empfunden, daß sie nach einer Sendung oder einem Theaterabend, an dem ich spielte, ihre Begeisterung nicht ausdrücken konnte. Andere Schauspielerweiber kommen und fallen dir um den Hals. Meine Frau ist da anders. Der Vorteil ist, daß sie in schwierigen Situationen auch ihre Zerknirschtheit zurückhält. Nur wenn sie getrunken hat, geht sie aus sich heraus. Sie ist nie besoffen. Ein leichter Schwips ist das höchste. Dann ist sie besonders zärtlich.

Sind Sie von Ihrer Frau jemals betrogen worden?

Ich glaube nicht. Aber ich habe erst neulich gedacht, vielleicht wäre es gut, wenn sie jemanden hätte, denn dann würde sie mir das schlechte Gewissen nehmen. So wie ich lebe, kann man doch niemandem zumuten, mir die Treue zu halten. Ich habe mir auch schon überlegt, ob es nicht für mich besser wäre, allein zu leben, mit wechselnden Freundinnen, so lange es eben geht. Ich müßte dann jemanden haben, einen jungen Mann, der sich nebenbei etwas verdienen will, so eine Art Butler, der mich fährt und den Haushalt macht.

Was sagt Ihre Frau zu solchen Plänen?

Ich kenne soundso viele Freundinnen von ihr, die sagen, sie würde sich nie von mir scheiden lassen, wenn ich nicht tabula rasa mache, weil sie es natürlich toll findet, daß sie einen so berühmten Mann hat. Sie lernt durch mich tolle Leute kennen, die nie auf den Gedanken kämen, sie ohne mich einzuladen, abgesehen von einem ganz kleinen Kreis, mit dem aber ich nicht so gut kann. Die Gesellschaft meiner Frau ist ziemlich oberflächlich. Was mich wahnsinnig stört, sind diese langweiligen Gespräche über Mode und Autos. Das macht mich krank. Da müßte ich mich eigentlich jedesmal vollaufen lassen.

Sind Sie in Ihrem Leben je einer Frau begegnet, die Sie als geistig ebenbürtig empfunden haben?

Es gab eine brasilianische Tänzerin, die auf mich großen Einfluß hatte. Da war ich zum erstenmal wirklich glücklich. Die hat nie aufgepaßt, wieviel ich trinke. Eigentlich war ich blöde, daß ich mich damals nicht habe scheiden lassen. Ich glaube, für mich wäre es das beste, eine Frau zu haben, die auch einen Beruf hat, zum Beispiel Jil Sander*, das ist eine elegante Frau und außerdem eine Geschäftsfrau.

Ist Ihnen die jung genug?

Alter spielt bei mir keine Rolle. Es ist mir erst in letzter Zeit öfter passiert, daß ich um so viel jüngere Mädchen hatte, zum Beispiel eine neunzehnjährige Stewardeß, die war ganz cool. Ich habe zu ihr gesagt, ich bin doch zu alt für dich,** stell dir das einmal in zehn Jahren vor, da bin ich fast Mitte

* deutsche Modeschöpferin, geboren 1943

** Harald Juhnke wurde am 10. Juni 1929 in Berlin geboren.

sechzig. Darauf hat sie geantwortet, Harald, das macht doch nichts, in zehn Jahren bin ich neunundzwanzig, habe durch dich eine Menge Leute kennengelernt, da gehe ich doch ab wie die Post. Nur was passiert dann mit mir? Ich bin dann alt und alleine.

Sind sie altersversichert?

Ich bin bei der Künstlersozialkasse, außerdem habe ich Wertpapiere. Aber ich verbrauche auch eine Menge. Wir leben auf großem Fuß, ich rauche Davidoff, trinke nur die teuersten Weine, bin kostbar angezogen. Außerdem habe ich große Verpflichtungen meiner ersten Frau* gegenüber.

Woran ist Ihre erste Ehe gescheitert?

Meine erste Frau verehrte kolossal O. W. Fischer**. Sie wollte immer, daß ich so wäre wie er. Aber das war völlig unmöglich. Ich kann O. W. Fischer nicht ausstehen, schon allein wie er spricht, diese verschachtelten Sätze. Das ist jemand, der sich sein ganzes Leben etwas vorgemacht hat. Wenn den ein Bühnenarbeiter geduzt hat, wurde er wütend und hat sich das streng verbeten. Ich kenne Filmleute, die hätten ihm am liebsten eine Lampe auf den Kopf fallen lassen, weil er von einer unausstehlichen Arroganz war. Ich bin das genaue Gegenteil. Mich mögen gerade die einfachen Leute. Mit mir kann man sich hinsetzen und reden. Ich muß mir meine Sicherheit nicht von außen holen. Ich muß keine Wand um mich aufbauen, um zu zeigen, wie groß ich bin. Meine erste Frau und ich, wir waren einfach zu unterschiedlich. Die Ehe hat neun Jahre gedauert, aber sie war nur zwei Jahre gut. Dann fing ich schon an, sie zu bescheißen.

*1954 starb Ihre Tochter***. Sie war erst vierzehn Monate alt. Wie sind Sie damit fertiggeworden?*

* Sybil Werden, Schauspielerin und Tänzerin

** Otto Wilhelm Fischer, österreichischer Filmschauspieler, geboren 1915

*** Barbara

Ich versuchte, es zu verdrängen. Meine Frau hat behauptet, das Kind wäre unter Alkohol gezeugt und deshalb nicht lebensfähig. Die Ärzte haben mir das zwar ausgeredet. Das Kind hatte von der Geburt eine Verletzung im Rückenmark. Das hatte mit mir nichts zu tun. Trotzdem bin ich das Gefühl der Verantwortung nie losgeworden, auch nicht, als zwei Jahre später mein erster Sohn* zur Welt kam, der vollkommen gesund war. Er ist heute siebenundzwanzig.

Haben Sie zu ihm ein gutes Verhältnis?

Wir haben insofern ein etwas gespanntes Verhältnis, als ihm fehlt, was ich habe, Kraft und Ehrgeiz. Er studiert immer noch rum. Ganz abgesehen, daß er mir auf der Tasche liegt, müßte er doch allmählich von sich aus versuchen, sich selbständig zu machen.

Stimmt es, daß er Sie entmündigen lassen wollte?

Ach, das war Quatsch. Das hat folgende Vorgeschichte. Ich hatte in einer Talkshow** mit Blacky Fuchsberger*** Franz Josef Strauß gegen André Heller+ in Schutz genommen, weil ich finde, daß ein Showmann nicht das Recht hat, sich im Fernsehen für oder gegen eine politische Partei auszusprechen, sonst bekämen wir ja eine Tele-Demokratie, in der irgendwelche Stars, die von den politischen Zusammenhängen auch nicht mehr kapieren als jeder andere, ihre Fans beliebig beeinflussen könnten. Da würde dann auch Rummenigge++ was sagen oder Beckenbauer oder Kulenkampff oder Juhnke. Das fände ich sehr gefährlich. Fuchsberger ist nach der Sen-

* Peer, geboren 1956

** »Heut Abend«, produziert vom Bayerischen Fernsehen

*** Joachim Fuchsberger, Spitzname »Blacky«, geboren 1927, deutscher Filmschauspieler und Fernsehmoderator

+ österreichischer Unterhaltungskünstler, geboren 1947

++ Karl-Heinz Rummenigge, ehemaliger Stürmer beim FC Bayern

dung zu mir gekommen. Wir haben Champagner getrunken. Zunächst sagte er, er habe es toll gefunden, daß endlich mal etwas los war, aber dann fing er plötzlich an, mich zu beschimpfen und nannte mich einen Schädling. Darauf sagte ich, wenn du der Meinung bist, daß ich deine Kreise so störe, dann muß ich weg, dann gehe ich eben wie König Ludwig* ins Wasser. Das ist natürlich ein Scherz gewesen. Aber Fuchsberger hielt es für eine Selbstmorddrohung und rief die Polizei an. Die ist dann mit einem Arzt gekommen, da war auch mein Sohn dabei. Die wollten mich in eine Anstalt einweisen. Als ich mich wehrte, sind die Worte gefallen, man könnte mich ja auch entmündigen lassen. Ich glaube nicht, daß das ernst gemeint war. Die Polizisten sind dann auch bald wieder abgezogen.

*Entsprach Ihr Einsatz für Franz Josef Strauß** Ihrer politischen Überzeugung?*

Ich hätte Helmut Schmidt genauso verteidigt. Ich bin eigentlich gar kein Strauß-Freund. Bevor ich ihn kannte, hatte ich über ihn gar keine Meinung. Heute sage ich, oh Gott, das ist doch eigentlich ein gescheiter Mann. Ich habe mich sehr interessiert mit ihm unterhalten. Er hat mich nach dem Skandal angerufen. Wir waren essen. Er sagte, er verstehe meine Schwierigkeiten, aber ich sollte mich unter keinen Umständen ändern, ich müsse so sein wie ich bin, sonst würde ich meine Begabung verlieren. In diesem Zusammenhang fiel auch der Satz, Genie und Wahnsinn lägen oft nah beieinander. Das ist natürlich in meinem Fall übertrieben. Ich hatte den Eindruck, daß er damit eher sich selber meinte.

Sie selbst würden sich nicht als Genie bezeichnen?

Nein, obwohl es Leute gibt, die behaupten, ich hätte eine ähnliche Ausstrahlung wie Marlon Brando, der doch be-

* König Ludwig II. von Bayern, ertränkte sich am 13. Juni 1886 im Starnberger See

** verstarb 1988

stimmt ein Genie ist. Ich habe ihn oft synchronisiert. Brando ist für mich die Inkarnation des totalen Menschen. In ihm ist alles vereint. Er ist brutal, kann aber auch hilflos sein wie ein Kind, und aus dieser Hilflosigkeit heraus wird er bacchantisch, wahrscheinlich um nicht verletzbar zu werden und sich abzuschotten gegen die Menschen.
Ist das eine Selbstbeschreibung?
Das müssen Sie entscheiden.
In Ihren Memoiren »Die Kunst, ein Mensch zu sein« schreiben Sie, als Kind wären Sie gern ein diktatorischer Staatschef gewesen. Was verbanden Sie damals mit dem Leben eines Diktators?*
Unabhängigkeit.
Haben Sie dabei an Adolf Hitler gedacht?
Ja, ich dachte, der kann seine Gedanken so, wie er will, in die Tat umsetzen, was er ja auch leider gemacht hat. Natürlich bin ich mir des Verbrecherischen daran nicht bewußt gewesen. Ich sage immer, wenn Hitler gesoffen hätte, hätte es kein Drittes Reich gegeben, weil durch das Trinken eine gewisse Verbrüderung erreicht wird, eine Gleichschaltung der Menschen. Man zeigt die Gefühle. Ich könnte mir vorstellen, daß es sehr nützlich wäre, wenn Ronald Reagan** mit Breschnew*** einen gesoffen hätte. Man hätte versuchen müssen, in betrunkenem Zustand eine Situation zu erreichen, auf der man am nächsten Tag nüchtern hätte aufbauen können.
Wie reagierten Sie auf die Meldung vom Tode Hitlers?
Ich war verzweifelt, weil ich mir nicht vorstellen konnte, wie es weitergehen sollte in Deutschland. Ich sah die zerstörten Städte und dachte, das ist jetzt Wüste, das bleibt so, wir wer-

* erschienen 1981 im Moewig-Verlag
** Präsident der USA von 1981 bis 1989
*** Leonid Breschnew, sowjetischer Staatschef, verstarb 1982

den von den Russen hier eingekerkert oder verschickt nach Sibirien. Das war so ein Untergangsdenken.

Wie lang hielt das an?

Nicht lang. Es ist ja dann rasch wieder bergauf gegangen. 1950 bekam ich mein erstes Theaterengagement in Neustrelitz. 1953 wurde ich für den Film entdeckt. Ich bin sehr schnell auf dem Unterhaltungssektor groß eingestiegen, habe alles gemacht, um zu Geld zu kommen, diese schlimmen Klamottenfilme, »Schön ist die Liebe am Königsee«, »Wenn Mädchen ins Manöver ziehn« oder »Piefke, der Schrecken der Kompanie«, wo ich in langen Unterhosen auftrat, worüber die Leute natürlich gewiehert haben.

Schämen Sie sich heute für diese Filme?

Ich habe mich schon damals geschämt. Aber man lernte Leute kennen. Ich habe mit Hans Albers gedreht. Ich fühlte mich zu O. E. Hasse* sehr hingezogen, zu Hubert von Meyerinck**, Wilfried Seyferth***. In dieser Zeit war ich besonders glücklich, weil ich Freunde hatte, mit denen ich meine Probleme besprechen konnte. Vielleicht bräuchte ich wieder eine starke Männerfreundschaft, denn bei allem Selbstbewußtsein, das ich an den Tag lege, möchte ich mich auch einmal gehen lassen, so daß ich nicht der große Juhnke bin, sondern mich einer an der Hand nimmt und sagt, nun paß mal auf, das kriegen wir schon wieder hin. Ich habe mit Frauen nie so gut über mich sprechen können. Mir fehlt ein Freund, bei dem ich mich, auf gut deutsch gesagt, auch mal ausweinen könnte.

Ist Ihr Vater + für Sie so ein Freund gewesen?

Mein Vater hatte für mich immer sehr großes Verständnis. Er ist auch, als ich für längere Zeit ins Gefängnis mußte, sehr

* Otto Eduard Hasse, deutscher Schauspieler, 1903–1978

** deutscher Filmschauspieler, 1896–1971

*** Theater- und Filmschauspieler, gestorben 1954

\+ starb 1981

nett gewesen. Ich war wegen Trunkenheit am Steuer und Widerstand gegen die Staatsgewalt zu sieben Monaten ohne Bewährung verurteilt worden. Das hat ihn sicher gekränkt. Aber er hat es mir später nie vorgeworfen. Er sagte, das ist nun einmal passiert, das ist eben dein Temperament, aber du wirst da herauskommen, du kommst immer wieder heraus. Er wußte, ich bin ein Stehaufmännchen, ich bin nicht totzukriegen. Ich bin keiner, der Mitleid hervorruft.

War Ihr Gefängnisaufenthalt eine Erfahrung, die Ihr späteres Leben beeinflußt hat?

Ich sage immer, es war ganz gut, das einmal erlebt zu haben. Ich weiß jetzt, was es bedeutet, wenn man eingesperrt ist. In eine schlimmere Situation kann ich nun nicht mehr kommen. Denn meinen Führerschein habe ich damals verloren, und das schlimmste, was mir passieren könnte, wäre, daß ich betrunken Auto fahre. Ich bin ja nicht jemand, der irgendwo einbricht oder Leute umbringt. Ich werde nicht aggressiv, wenn ich getrunken habe, sondern neige dann eher zur Selbstanklage. Ich habe zum Beispiel noch nie Möbel zerschlagen. Meine Frau wundert sich immer, wie diszipliniert ich bin, wenn ich gesoffen habe. Es ist noch nie vorgekommen, daß ich angezogen ins Bett fiel. Ich hänge meine Anzugjacke über den Bügel und spanne die Hose in einen Hosenspanner.

Was ist eigenlich so schlimm daran, wenn Sie in einer Fernsehshow betrunken auftreten?

Das möchte ich auch gerne wissen. Es gibt viele Leute, die gerne getrunken haben und im Rausch ihre besten Inspirationen hatten. In der Schweiz und in Österreich ist das überhaupt kein Problem. Voriges Jahr habe ich von einer Wiener Faschingsgesellschaft eine Auszeichnung bekommen* und bei dieser Gelegenheit mit dem österreichischen Vizekanz-

* den »Lieben Augustin«

ler* gesprochen. Er fragte mich, warum ich nicht trinke. Ich sagte, weil die deutsche Presse da ist. Das hat er überhaupt nicht verstanden. Wenn mich das deutsche Fernsehen vor die Tür setzt, wäre mir das eigentlich recht. Dann drehe ich eben Filme oder spiele Theater. Ich kann heute auf das Fernsehen verzichten. Daß ich deshalb in der Versenkung verschwinde, kann nicht passieren, weil mein Talent zu groß ist. Ich habe irgendwie das Gefühl, daß ich trotz allem ein Glückskind bin. So tief ich auch falle, mir wird immer wieder geholfen werden.

Von wem?

Ich habe eine sehr starke Beziehung zu Gott. Ich gehe zwar nicht in die Kirche. Aus der bin ich ausgetreten, weil es mich geärgert hat, dauernd Kirchensteuer nachzahlen zu müssen. Aber ich bete manchmal. Ich bin auch sehr abergläubisch. Als ich einmal vor einer Premiere durch die Stadt ging, kam ein Totenwagen vorbeigefahren. Da habe ich mich plötzlich so frei gefühlt, daß ich sicher war, der Abend würde ein Riesenerfolg sein, und er wurde dann wirklich einer.

* Fred Sinowatz, war später (von 1983 bis 1986) österreichischer Bundeskanzler

Wolfgang Koeppen

Mein Interview mit Wolfgang Koeppen, das in der ZEIT vom 15. November 1991 unter der Überschrift »Ich riskiere den Wahnsinn« erschien, hatte ein Nachspiel, weil der Schriftsteller darin den Germanisten Karl Prümm wegen dessen Behauptung, er, Koeppen, sei 1933 »der Faszination des Faschismus« erlegen, einen Idioten nennt. Prümm wehrte sich, ebenfalls in der ZEIT, mit einem vierspaltigen Aufsatz, in dem er seinen Vorwurf durch fadenscheinige Argumente und mit Halbzitaten, die nichts beweisen, zu erhärten versuchte. Sein Fazit: Koeppen sei, um nach dem Krieg als Streiter gegen das Verdrängen auftreten zu können, »selber zum Retuschieren und Verdrängen gezwungen« gewesen, »zum Vergessen und Überspringen jener Phase des illusionären Einverständnisses mit der Macht«. Der Angegriffene reagierte mit einem kurzen, wie ich fand, überflüssigen »Widerspruch«. Im Gespräch mit mir hatte er seine Position schon klar dargelegt. Nicht alles habe ich, da ich die Attacke nicht voraussehen konnte, in die schriftliche Fassung des über dreistündigen Interviews aufgenommen. Die Berufung des Dichters, so Koeppen, sei es nicht, zu urteilen, sondern zu ertragen, was geschieht. Die Machtübernahme Hitlers und deren Folgen hätten ihn nicht überrascht, eher erschreckt. In Berlin habe er einmal den Abtransport von Juden mit angesehen. Er habe gewußt, wohin man sie bringen würde, aber er »hätte es töricht gefunden«, wäre er »auf die Schutzmannschaften zugestürzt und hätte geschrien, laßt das sein«. Ich fragte ihn, ob er sich im nachhinein als Mitläufer fühle. Er überlegte lang. Dann sagte er: »Mitläufer zu sein, ist bis zu einem gewissen Grad das Wesen der menschlichen Existenz. Sonst müßte doch jemand, der von den Greueln im bosnischen Krieg erfährt, sofort ein Seil holen und sich erhängen.«

Ihr letzter Roman, »Der Tod in Rom«, ist 1954 erschienen. Danach ist Ihnen das einzigartige Kunststück gelungen, Ihr Schweigen in den Rang einer literarischen Leistung zu heben.
Das ist nicht mir gelungen. Das haben andere getan.
Ich zitiere: »Wolfgang Koeppen ist einer unserer größten Schriftsteller. Er ist es auch, weil er so lange geschwiegen hat und vielleicht lange noch schweigen wird.«
Haben Sie das geschrieben?
Nein, die Frankfurter Rundschau.
Gott, es hat viele Schriftsteller gegeben, die jahrelang nichts veröffentlicht haben, oder sie waren klug genug, im rechten Zeitpunkt zu sterben. Es bereitet mir Unbehagen, daß Leute fragen: Wann kommt der nächste Roman? Aber Tatsache ist, daß ich gerade an einem sitze. Er heißt »Das Schiff«. Leider gefällt er mir nicht. Ich hätte ihn längst aufgegeben, wenn Siegfried Unseld, mein Verleger, ihn nicht unbedingt haben wollte. Ich hatte eine Schiffsreise gemacht und Unseld, als ich zurückkam, erzählt, was mir alles passiert war. Er hat sich halb totgelacht.
Angekündigt haben Sie schon viele Romane, auch Titel bekanntgegeben, »In Staub mit allen Freunden Brandenburgs«. »Tasso«, »Ein Maskenball« ...
Ja.
1970 wollten Sie den Untergang Europas beschreiben.
Daran kann ich mich nicht erinnern.
Finden Sie keinen Sinn mehr in der literarischen Arbeit?
Das wäre kein Grund, damit aufzuhören, denn sinnlos ist alles. Würde ich ein normales Leben führen mit einem normalen Beruf, fände ich das nicht weniger sinnlos. Einen Sinn erwarte ich nicht. Das Schreiben ist gelegentlich ein Rettungsboot im Meer der Sinnlosigkeit.
Ertragen Sie es, zu leben, ohne zu schreiben?
Sehr gut sogar. Es gibt Tage der Melancholie, aber die kön-

nen auch schön sein. Ich müßte es machen wie Thomas Mann, der sich jeden Morgen um acht an den Schreibtisch setzte, auch wenn er keine Lust und keine Einfälle hatte. Dazu fehlt mir die Disziplin. Ich halte Arbeit für einen Fluch im biblischen Sinne. Im Schweiße deines Angesichts sollst du dein Brot verdienen. Es ist eine uns aufgebürdete Last. Damit müssen wir fertigwerden.

Ihr Verleger zahlt Ihnen monatlich eine gewisse Summe, die das, was durch Ihre Bücher hereinkommt, weit übersteigt.

Das ist richtig.

Haben Sie kein schlechtes Gewissen?

Nicht im geringsten.

Wissen Sie, wie Ihr Verleger darüber denkt?

Ich habe mit ihm nie darüber gesprochen, er auch nicht mit mir.

In der Zeitung stand, er erwarte von Ihnen den deutschen »Ulysses«.

Um Gottes willen, reden Sie ihm das bloß nicht ein.

Nach den Gesetzen der Marktwirtschaft sind Sie für ihn ein Verlustgeschäft.

Was geht mich die Marktwirtschaft an? Manche Schriftsteller haben das Geldproblem schon mit der Geburt gelöst. Flaubert, Proust, Gide waren Erben. Das gibt es auch. Musil war in einer ähnlichen Lage wie ich. Dem ging es sogar noch schlechter. Rowohlt jammerte dauernd, was Unseld nicht tut, daß er Herrn Musil sein Leben lang finanzieren müsse. Ein Autor ist für einen Verleger eine Investition va banque. Irgendwann kommt das Geld wieder herein, in manchen Fällen erst nach dem Tode. Aber so viel bekomme ich gar nicht. Ich hätte gern mehr Geld zur Verfügung. Ich möchte zum Beispiel, wann immer ich will, nach New York fliegen können.

Dazu müßten Sie Ihren Roman fertigschreiben.

Das sehe ich eben nicht ein.

Wie viele Seiten haben Sie schon?
Ungefähr hundertfünfzig.
Das reicht doch! Jetzt lassen Sie das Schiff einfach untergehen, und Unseld ist selig.
Sie haben recht. Das habe ich mir auch überlegt.
Stimmt es, daß Sie in jungen Jahren darauf versessen waren, besonders dicke Bücher zu schreiben?*
Ja, das war kindisch. Ich war Redakteur beim Berliner Börsen Courier und hatte ein Buch begonnen, »Memoiren eines Neunzigjährigen«. Das Manuskript ist im Krieg leider verbrannt. Meine Vorstellung war, mich morgens wie ein Sklave an die Arbeit zu setzen und nachmittags das Leben eines Bohemiens zu genießen. Mein erster Roman, »Eine unglückliche Liebe«, ist so entstanden. Das war 1933, in diesem entsetzlichen Unglücksjahr, in dem aber noch ziemliche Freiheit herrschte. Die meisten glaubten, daß alles nicht so schlimm werden würde. Ich glaubte das nicht. Ich wußte sofort, daß Hitler Krieg machen würde.
Haben Sie das geschrieben?
Das war nicht mehr möglich. 1934 bin ich nach Holland in die Emigration gegangen. Der Lektor meines damaligen Verlegers Cassirer**, Max Tau, kam zu mir und bedrängte mich, einen zweiten Roman zu schreiben. Daraus wurde »Die Mauer schwankt«. Das Buch beginnt mit einer Schilderung tyrannischer Zustände in einem Balkanland. Also das war schon deutlich.
Trotzdem haben es die Nazis geduldet.
Weil es keiner gelesen hat.
Das stimmt nicht. Es wurde sogar neu aufgelegt.
Ja, weil Cassirer Jude war und sein Verlag aufgelöst wurde. 1939 kam das Buch unter dem blöden Titel »Die Pflicht« neu

* Koeppen wurde am 23. Juni 1906 in Greifswald geboren. Er verstarb am 15. März 1996 in einem Münchner Altersheim.

** Bruno Cassirer, 1872–1941

heraus. Mir war das nicht recht. Aber was hätte ich tun sollen?
Warum sind Sie 1938 nach Deutschland zurückgekehrt?
Aus finanziellen Gründen. Die Einnahmen aus meinen Büchern durften nicht ausgeführt werden, und in Holland verdiente ich nichts. Später hat man behauptet, ich sei bei Kriegsausbruch freiwillig zu den Fahnen geeilt. Aber ich war nicht einen einzigen Tag Soldat. Also das ist eine glatte Lüge. Ich habe mich wie andere Autoren beim Film untergestellt und Drehbücher geschrieben. 1944, als man verlangte, ich solle einen Filmstoff auf Parteilinie trimmen, bin ich untergetaucht. Das letzte Kriegsjahr habe ich illegal in einem Keller verbracht.
1982 schrieb Karl Prümm in der Literaturzeitschrift »Schreibheft«: »Die Unerbittlichkeit, mit der Koeppen bis heute die Verleugnung und Verharmlosung der Nazivergangenheit bekämpft, ist gewiß entscheidend geprägt durch die schmerzhafte Erkenntnis, wie nahe die eigenen Wunschbilder an die verführerische Seite des Nationalsozialismus herangerückt waren.«
Verzeihen Sie, aber dieser Mann ist ein Idiot.*
Er meint, Sie seien der »Faszination des Faschismus« erlegen. Ihr Roman »Die Mauer schwankt« enthalte »nationalistische Phrasen«.
Das ist eine grobe Verleumdung. Keine Zeile in diesem Buch rechtfertigt eine solche Behauptung.
Zum Beweis wird folgende Stelle zitiert: »Draußen geschahen die Kämpfe. Aus den Kämpfen würden die Werte kommen. Und mit den Werten vielleicht das lebenswertere Leben.»
Ja, so denkt meine Romanfigur. Aber die ist von mir durchaus kritisch gesehen. In Heinrich Manns »Untertan« wimmelt es

* Der Wortlaut von Karl Prümms Entgegnungen auf diesen Angriff und die Entgegnung von Wolfgang Koeppen auf S. 244 ff.

von nationalistischen Phrasen, aber die spricht nicht Heinrich Mann, sondern die Figur, die er erfunden hat. Solche Vorwürfe sind lächerlich. Kästner hat man vorgeworfen, er sei unter den Nazis am Kurfürstendamm gesessen und habe Sekt getrunken. Dabei war Kästner durch sein Gedicht »Wenn wir den Krieg gewonnen hätten...« der in Deutschland am meisten gefährdete Mensch. Die Nazis wollten ihn hängen. Daß er trotzdem blieb, ist eine besonders mutige Haltung.
Haben Sie je daran gedacht, das Regime aktiv zu bekämpfen?
Sollte ich Bomben legen?
Zum Beispiel.
Das ist nicht meine Art. Ich kann mit Bomben nicht umgehen. Außerdem halte ich Attentate für sinnlos, weil sie den Gang der Geschichte nicht ändern können. Mein Widerstand war, charakterlich bedingt, passiv. Ich habe nichts für die Nazis getan, und ich habe vieles nicht getan, was von einem deutschen Bürger damals erwartet wurde.
Haben Sie jemals Schuld empfunden?
Ja, in einer bestimmten Situation in meinem privaten Leben.
Ihrer Frau gegenüber?*
Ja.
Sie war Alkoholikerin.
Ja, sie konnte zuletzt nicht mehr auf den Beinen stehen. Da habe ich sie in eine Klinik einweisen lassen. Ich habe sie weggegeben. Das machte mir Schuldgefühle.
Aber es war die einzige Möglichkeit.
Trotzdem. 1985 ist sie gestorben.
Wissen Sie, warum sie getrunken hat?
Das habe ich nie erfahren. Sie trank bereits, als ich sie kennenlernte. Sie war sechzehn Jahre alt. Ich traf sie kurz nach dem Krieg. Wir feierten ihren Geburtstag. Damals fand ich

* Marion

ihr Trinken noch lustig. Ich wußte nicht, daß es ein Leiden war, eine Krankheit.
Hat die Trunksucht Ihrer Frau Sie am Schreiben gehindert?
Diese Frage beantworte ich eigentlich nicht. Ich liebte diese Frau. Natürlich gab es rein praktisch Verhinderungen. Manchmal habe ich mir ein Zimmer in einem Hotel genommen, wenn ich in der Wohnung nicht schreiben konnte. »Das Treibhaus«* ist zum größten Teil im Bunkerhotel unter dem Stuttgarter Marktplatz entstanden.
In diesem Buch gibt es eine Frau, die trinkt, weil sie den Gedanken an die Schrecken des Krieges nicht aushält.
Das war bei meiner Frau nicht der Fall.
Wie lenken Sie sich von der Verzweiflung ab?
Ich lenke mich überhaupt nicht ab. Das will ich nicht. Ich würde niemals zur Flasche greifen, um mich von einer Weltfurcht, einer realen oder eingebildeten, abzulenken. Ich trinke, weil es mir schmeckt, hauptsächlich Whisky. Aber ich bin nicht süchtig. Ich halte mich auch nicht für einen Gescheiterten, wie manchmal zu lesen ist. Warum auch? Das Scheitern ist ein Thema in meinen Romanen. Auf mich ist das nicht übertragbar.
Es gibt Äußerungen von Ihnen, die einen anderen Eindruck erwecken.
Man sagt so viel im Laufe der Jahre.
*In einem Gespräch mit Christian Linder** haben Sie von »tiefen Depressionen« gesprochen, von der »Unfähigkeit, mit dem Leben fertig zu werden.«*
Mag sein. Man hat auch geschrieben, daß man sich um mich kümmern müsse. Das hat mich geärgert.
Sie wollen kein Mitleid.
Nein, absolut nicht.
1961 erschien Marcel Reich-Ranickis berühmter Artikel

* erschienen 1953
** in der FAZ vom 19. 6. 1971

»Der Fall Wolfgang Koeppen«, * *in dem er schlechte Kritiken für Ihr Verstummen verantwortlich machte.*
Ja, aber so schlecht waren die Kritiken gar nicht. Das ist eine Legende. Ich war, als dieser Artikel erschien, in Athen und kaufte mir dort die Zeitung. Als ich die Überschrift sah, dachte ich, was hat er denn jetzt entdeckt? Habe ich vielleicht silberne Löffel gestohlen?
Sie haben andere Gründe für Ihr Nicht-Schreiben angegeben.
Ja.
Die Überflutung durch Schreckensberichte, die aus dem Fernsehen kommen.
Unter anderem.
»Die immerwährende Information, die Public Relations des Todes, das Fernauge im Bett läßt den Erzähler verstummen ... Im Meer der unerhörten Ereignisse ertrinken Autor und Leser.«
Ja, ich sehe mir täglich die Sieben-Uhr-Nachrichten an.
Peter Handke hält das für einen Fehler. Er ist stolz darauf, sein Schreiben zu retten, indem er die Weltereignisse draußen läßt. **
Das ist die Sache von Peter Handke.
Ist Literatur so wichtig, daß man sie auf diese Art schützen muß?
Ich bewerte das nicht. Ich würde, wenn ich nicht fernsähe, aus den Zeitungen wissen, was vor sich geht.
Aber Sie machen es nicht zum Stoff Ihrer Bücher.
Nein, doch täte ich es, wäre das sicher eine warnende Stimme. Ich würde schreiben, daß sich die Greuel, die gerade in Jugoslawien geschehen, nicht wiederholen dürfen.
Was würde das ändern?
Nichts.
Das Böse ist nicht aus der Welt zu schaffen.

* in der ZEIT

** nachzulesen in »André Müller im Gespräch mit Peter Handke«, Bibliothek der Provinz, 1993, Seite 99

Nein.
Hegel hat es als nötige Durchgangsstation zum Guten bezeichnet.
Das gefällt mir sehr gut. Aber selbst in diesem Satz verbirgt sich ein Vorwurf. Ich halte das Schreiben für eine Tätigkeit, zu der auch Moral gehört. Das heißt nicht, daß man sich positiv äußern muß. Man kann auch etwas Pessimistisches schreiben. Die Moral, die ich meine, ist heimlich, eine ganz kleine Giftpille, kein Kaiserdenkmal.
Das sind jetzt Worte.
Ja, soll ich singen?
In Ihrem Roman »Der Tod in Rom« vergleichen Sie den Menschen mit einem Esel. Sie schreiben: »Zum Glück hat man ihm Scheuklappen angelegt, damit er nicht merkt, daß es nie voran, sondern immer im Kreise geht, daß er keinen Wagen, sondern ein Karussell bewegt, und vielleicht sind wir eine Belustigung auf dem Festplatz der Götter.«
Eine gelungene Stelle.
Ja, aber was drückt sie aus?
Ich sehe darin ein gewisses Mitgefühl mit dem Esel.
Nicht auch eine Anklage gegen die Götter, die sich an seinen Qualen erfreuen?
Nicht unbedingt. Ich sage nicht, Gott ist schuld. Die Frage, ob Gott recht tut, ist offen. Vielleicht kommt er gegen das Entsetzliche, das er geschaffen hat, nicht mehr an. Vielleicht ist er bestürzt über die eigene Schöpfung. Die Freude ist ihm vergangen. Aber das Karussell dreht sich weiter.
Wer so denkt, ohne sich abzulenken, der wird verrückt.
Ich riskiere den Wahnsinn.
In einer Wiener Zeitung war kürzlich zu lesen, Sie hätten sich in ein neunzehnjähriges Mädchen verliebt, das Sie heiraten möchte.*

* »Die Presse« vom 22. Juni 1991

Darauf gehe ich ungern ein.
Trotzdem die Frage: Ist Liebe nicht auch eine Ablenkung im höchsten Sinne?
Dazu muß ich leider sagen, daß mich dieses Mädchen zeitlich nicht sehr in Anspruch nimmt. Ich treffe es manchmal. Aber eigentlich ist die Geschichte schon wieder vorbei. Mir wäre lieber, wenn Sie das weglassen könnten. Von einem Mann in meinem Alter wird erwartet, daß er seine Gedanken auf anderes richtet.
Auf den Tod.
Ja.
Wollen Sie lange leben?
So lange wie möglich.
*In einer kurzen Erzählung**, *die 1960 erschien, beschreiben Sie, was Sie im Jenseits erwarten.*
Im Grab, nicht im Jenseits.
Da heißt es: »Nichts wird sein, kein Schmerz, keine Angst ... Keine Engel. Kein Teufel. Nichts. Nur daß du es weißt.«
Ja, grausig. Der Tod ist ein Nichts, aber dieses Nichts wird uns bewußt sein.
Woher wissen Sie das?
Ich weiß es nicht. Es ist mir eingefallen. Es muß ja nicht stimmen.
Haben Sie es geträumt?
Nein.
Seltsam.
Ja, ich finde, ein Schriftsteller muß etwas geheimnisvoll bleiben. Ich war einmal zu Besuch bei meinem ersten Verleger, Bruno Cassirer, der später nur noch der Jude Cassirer war. Der hatte ein Traberpferd, und da ich mit Pferden gut stehe, sprach ich es an. Cassirer stand daneben und sagte: Sie haben mit meinem Pferd gesprochen. Sonst schweigen Sie

* »An mich selbst«, später veröffentlicht unter dem Titel »Thanatologie«

immer, ich weiß gar nichts von Ihnen, aber mit meinem Pferd sprechen Sie. Auf diese Weise kam es zu einem Vertragsabschluß, worüber ich natürlich sehr glücklich war.

Schriftsteller zu sein, war von Kind auf Ihr Wunsch.

Ja, als kleiner Junge habe ich ein Schild an meine Tür gehängt. Darauf stand: Herr Tod, Literat.

Hans-Joachim Kulenkampff

Mehr als für den Inhalt meines Interviews mit Hans-Joachim Kulenkampff interessierten sich die Leser der ZEIT, in der es am 24. Dezember 1992 erschien, für die gelegentlich derbe Ausdrucksweise des Fernsehlieblings. Arbeitsminister Norbert Blüm fragte telefonisch durch seinen Referenten an, ob Kulenkampff betrunken gewesen sei. Ein »Arschloch« wolle er sich nicht nennen lassen, er werde eine Entgegnung schreiben. Leider hat er seine Drohung nicht wahr gemacht. Karl-Heinz Kreter aus Alfeld vermutete in einem Leserbrief, ich habe »wohl die Primitivität und Gossensprache« des Befragten »entlarven« wollen, von Franz Schulz aus Pyrmont bekam ich eine selbst gefertigte Fotomontage, auf der neben einigen Textpassagen das Bild einer ihre Notdurft verrichtenden Dame zu sehen war, und Anne Striegler aus Darmstadt unterzog sich der Mühe, die während des Gesprächs benutzten »Wörter aus der Fäkalsprache« zu zählen. Ich hatte den Quizmaster am 8. November in seinem Haus in Seeham bei Salzburg besucht. Als ich das geschriebene Interview zwei Wochen später nach Hamburg schickte, riet ich aus Gründen der Pietät davon ab, es zu den Weihnachtsfeiertagen zu drukken. Daß es die ZEIT, meinen Bedenken zum Trotz, dann ausgerechnet am Heiligen Abend erscheinen ließ, hat sicher nicht dazu beigetragen, die sachliche Auseinandersetzung mit den darin abgehandelten Themen zu fördern.

Sie wollten als junger Mann Charakterdarsteller werden. Ihre Idole waren Gründgens und Hilpert. Ihre Fernsehkarriere haben Sie als Abstieg bezeichnet.*

Ja, aber ich hatte auch großes Glück, denn müßte ich heute

* Heinz Hilpert, deutscher Theaterregisseur, 1890–1967

mein Geld beim Theater verdienen, dann müßte ich vertreten, daß die Töchter von König Lear auf der Bühne in einen Eimer pinkeln und der Herzog von Burgund das dann säuft. Ich möchte auch nicht Hamlet auf dem Motorrad spielen oder mich im Schlamm auf dem Boden wälzen. Den heutigen Regisseuren ist doch scheißegal, was der Autor will. Ein gütiges Geschick hat mich davor bewahrt, das machen zu müssen.

Auch über das Fernsehen haben Sie sich verächtlich geäußert.

Nicht verächtlich.

Man könne dreißig Programme empfangen, aber, Zitat: »Dreißigmal Scheiße ist auch nur Scheiße.«

Das hat mein Sohn* gesagt.

Aber Sie wiederholen es gern.

Es ist ja auch richtig. Nur hat das nichts mit Verachtung zu tun. Ich weiß, wie schwer es ist, Fernsehen zu machen. Was mich schmerzt, ist, daß der Anspruch, mit dem wir angetreten sind, ich war ja von Beginn an dabei, ein viel höherer war als der jener Leute, die heute das Sagen haben. Ich glaube, daß das Fernsehen in den letzten vierzig Jahren das Verhalten der Menschen maßgeblich beeinflußt hat. Wäre man einen anderen Weg gegangen, hätte man sie positiv beeinflussen können.

Hat das Fernsehen die Menschen verblödet?

Es hat sie unempfindlich gemacht. Eine Untersuchung hat kürzlich ergeben, daß in Amerika ein Kind von seinem vierten bis vierzehnten Lebensjahr 16 000 Morde im Fernsehen sieht. Man sagt immer, der Mensch sei ein Produkt seiner Umwelt. Zur Umwelt gehört auch das Fernsehen. Ich bin überzeugt, daß die Brutalitäten und Gemeinheiten, die das Fernsehen von morgens bis abends zeigt, zu einer Steigerung der Kriminalitätsrate führen.

* Kai Joachim Kulenkampff, praktizierender Arzt in Wien

Die Leute wollen das offenbar sehen.
Ja, aber sie müssen ja nicht alles, was sie wollen, bekommen. Wozu gibt es Gesetze? Ließe man den Menschen immer tun, was er will, gäbe es auf der Welt nur noch Mord und Totschlag. Man richtet sich nach den Einschaltquoten. Die höchste Einschaltquote hätte eine Sendung, in der man Hinrichtungen zeigt. Die Zuschauer müßten entscheiden können, ob das durch Erhängen, Vergasen oder auf dem elektrischen Stuhl geschieht.
Das ist der Nachteil der Demokratie im Fernsehen.
Nein, das ist der Nachteil des Kapitalismus. Das Fernsehen ist ein Riesengeschäft geworden. RTL erzielt allein in diesem Jahr* mit nur tausend Beschäftigten mehr als 200 Millionen Mark Reingewinn, und das wird sich noch steigern.
Die Alternative wäre, dirigistisch von oben einzugreifen.
Nicht von oben, sondern von einem höheren Anspruch her. Ich bin in einer Zeit jung gewesen, in der es noch gar kein Fernsehen gab. Damals war die Kriminalität nicht so hoch.
Dafür gab es Krieg.
Ja, aber in den Krieg ist man doch aus hehren Motiven gezogen, nicht aus den kleinen, gemeinen Beweggründen, aus denen man eine Bank überfällt. In den Krieg ging man, um sein Vaterland zu verteidigen. Damals waren die Deutschen noch Patrioten. Sie haben das letzte Hemd ausgezogen, haben ihr Gold geopfert, ihre Skier, ihre Winterkleidung. Das macht heute keiner. Sie haben jeden Sonntag Eintopf gefressen, und das alles aus Überzeugung, für ein gutes Ziel, wie sie glaubten. Oder ist Patriotismus was Böses? Ich unterstelle auch Herrn Milosević** nicht, daß er aus purer Bosheit in Bosnien einmarschiert.
Das Böse tarnt sich immer mit edlen Motiven.

* 1992
** Slobodan Milosević, seit 1989 Präsident der Republik Serbien

Ja, sehen Sie! Keiner sagt, wir vernichten jetzt Babylon, damit es endlich verschwunden ist. Die Araber sagen, wir vernichten Israel, damit dort ein blühendes Reich Gottes entstehen kann. Jede Zerstörung wird erklärt durch einen höheren Zweck.

Ist das nicht furchtbar?

Das ist die menschliche Natur. Schon Goethe sagte, weh dem, der Böses in die Welt bringen muß. Der Mensch ist doch ein armes Schwein. Man muß mit ihm Mitleid haben. Das Leben ist kein Honigschlecken. Schon die Tatsache zu leben, ist eine Leistung. Deshalb habe ich Respekt vor einem Mann, der, sagen wir, achtzig Jahre hat leben müssen. Der hat was geleistet, ob er wollte oder nicht, ich bin ja jetzt selber ein alter Kacker*, der hat geliebt, gesoffen, geraucht, gelitten, war krank, gesund, hat Menschen verloren, die ihm nahestanden. Das Leben als solches auszuhalten, ist schwer genug.

Was war das Schrecklichste in Ihrem Leben?

Das weiß ich nicht.

*1957 ist Ihr erster Sohn bei einem Autounfall tödlich verunglückt. Er war vier Jahre alt.***

Ja, das war sicher das Schrecklichste. Aber darüber rede ich nicht.

Ist es Ihnen unangenehm, öffentlich Schmerz zu zeigen?

Man sagt, es gibt eine Intimsphäre. Ich meine, die bezieht sich auch auf das Psychische. Herr Adenauer hat sich beim Beten im Kölner Dom fotografieren lassen. Das hat ihm vielleicht sogar Stimmen gebracht. Ich würde mich, ginge ich in die Kirche, beim Beten nicht fotografieren lassen. Jeder in-

* Hans-Joachim Kulenkampff wurde am 27. April 1921 in Bremen geboren.

** Der Unfall ereignete sich auf der Autobahn zwischen Stuttgart und Ulm. Kulenkampffs PKW, den seine Frau Gertraud lenkte, geriet, als sie einem ausscherenden Lastwagen ausweichen wollte, von der Fahrbahn ab und überschlug sich mehrmals.

telligente Mensch weiß, daß auch jemand wie ich schmerzliche Erlebnisse hat. Ich bin kein Mensch von einer gleichbleibenden dämlichen Fröhlichkeit. Auch ich weine, wenn mir danach zumute ist.

Sie haben im Zweiten Weltkrieg an der Ostfront gekämpft.

Wen interessiert denn das?

1943 wurden Sie mit erfrorenen Zehen in die Heimat entlassen.

Ja, die Zehen habe ich mir selbst abgeschnitten. Das hat auch Amundsen* gemacht. Warum soll ich das hier erzählen? Jeder anständige Mensch schneidet sich im Winter die Zehen ab. Solche Katastrophen geraten mir, wenn ich darüber spreche, schon nach kurzer Zeit zur Satire und nach vierzig Jahren zum reinen Blödsinn. Ich habe im Krieg so viel Grauenvolles gesehen, Schlachtfelder, auf denen Tausende Tote lagen. Das wird, Gott sei Dank, immer wieder vergessen. Sonst könnte man gar kein normaler Mensch mehr werden. Auch was die Serben und Kroaten sich antun, wird man in fünfzig Jahren vergessen haben.

Manche verdrängen es heute schon.

Ja, weil sie nicht persönlich betroffen sind.

Aber sie sehen die Fernsehbilder.

Das ist doch harmlos.

Zerstückelte Leichen, verstümmelte Kinder …

Man sieht im Fernsehen nicht, wie es geschieht, und wenn, dann denken die Leute, es sei ein Krimi. Man stumpft ab mit der Zeit, und das muß auch so sein. Wenn Sie im Krieg den ersten Erhängten sehen, zittern Sie noch am ganzen Leib, dann sehen Sie einen zweiten und dritten, und schließlich interessiert Sie das einen Scheiß, weil Sie ja nicht bei jedem Aufgehängten verrückt spielen können. Gewöhnung kann auch etwas Positives sein.

* Roald Amundsen, norwegischer Polarforscher, 1872–1928

Dumm sein und Arbeit haben, das ist das Glück.
Habe ich das gesagt?
*Nein, Gottfried Benn.**
Ich kenne viele Blöde, die sehr unglücklich sind. Ich glaube nicht, daß Dummheit glücklich macht. Ich möchte nicht noch dußliger sein, als ich es ohnehin schon bin. Man kann durch Wissen alles mögliche werden, skeptisch, zynisch, vielleicht sogar tolerant, unglücklich nicht.
Aber hoffnungslos.
Das ist richtig. Ich bin kein hoffnungsvoller Mensch. Ich könnte mir denken, daß der Mensch auf die Erde gekommen ist, um sie irgendwann zu vernichten, nicht mit Absicht, sondern weil sein Naturell es verlangt. Er will immer mehr haben, alles vergrößern, verbessern, ewiges Wachstum. Dadurch bringt er sich und alles andere um. In der Medizin werden Dinge erfunden, von denen man jetzt schon weiß, daß sie uns schaden werden. Ich bin überzeugt, hätten wir die Möglichkeit, etwas zu erfinden, um mit einem Knopfdruck einen ganzen Kontinent in die Luft zu sprengen, wir würden diese Erfindung machen. Der Mensch will sich ausbreiten. Er will besitzen. Was einer hat, müssen alle haben. Man verschuldet sich bis zu den Haarwurzeln, um ein dickes Auto zu kaufen, ein Haus, eine Jacht, und plötzlich, weil die Konjunktur ein bißchen rückläufig ist, geht ein großes Gezeter los. Solange die Wirtschaft florierte, hat der Staat noch und nöcher Geld ausgegeben. Nun gibt es einen Anflug von Stagnation, schon macht er Schulden wie ein Stabstrompeter, obwohl es immer hieß, es käme überhaupt nicht in Frage, sich zu verschulden.
Sie hätten Politiker werden sollen.
Das wäre ich gern geworden, aber ich wäre es nur acht Tage geblieben. Meine Frau sagt immer, ich müßte Diktator wer-

* in dem Gedicht »Eure Etüden«, geschrieben zwischen 1949 und 1955

den. Denn wenn ich etwas vorschlage und es wird nicht so gemacht, wie ich sage, dann gehe ich. Ich kann doch nicht die Verantwortung für, sagen wir, ein Finanzsystem übernehmen, wenn das, was ich für richtig halte, nicht geschieht oder durch Kompromisse verwässert wird. Ich würde zum Beispiel, um dem Osten auf die Beine zu helfen, eine Vermögensabgabe beschließen. Unter Herrn Hitler wurde jede Rede mit einem »Sieg Heil« auf den Führer beendet, nach 1948 hieß es, unser höchstes Ziel sei ein wiedervereinigtes Deutschland. Das haben wir jetzt. Aber keiner ist bereit, auch nur eine Mark dafür zu bezahlen. Wir haben unseren Patriotismus auf den Müllhaufen der Geschichte geworfen. Als ich vor dreißig Jahren in einer Quizsendung das Wort »DDR« benutzte, oh Gott, da haben sie alle geschrien. Herr Springer* hat mich in seiner Zeitung** zur Sau gemacht. Aber wo sind sie jetzt, diese Superpatrioten, diese Arschlöcher? Warum stiftet der Springer-Verlag nicht eine halbe Milliarde, oder Herr Burda***, Herr Bertelsmann+? Was tut Mercedes für die Brüder und Schwestern im Osten? Was macht BMW?

Sie haben sich auch später noch öfter den Mund verbrannt.

Ja, ich habe Herrn Geißler++ mit Goebbels verglichen. Das war eine Verwechslung. Ich hatte Herrn Stoiber+++ gemeint, weil der sagt, die Nationalsozialisten seien auch Sozialisten

* Axel Caesar Springer, Verleger, 1912–1985

** »Bild«

*** Hubert Burda, geb. 1940, Verleger mehrerer Zeitschriften, u. a. »Bunte«, »Focus«, »Freizeit Revue«

\+ Gemeint ist die Bertelsmann-Verlagsgruppe, die 1971 von ihrem Inhaber Reinhard Mohn in eine Aktiengesellschaft umgewandelt wurde.

++ Heiner Geißler, CDU-Politiker, von 1977 bis 1989 Generalsekretär seiner Partei, seit 1991 stellvertretender Fraktionsvorsitzender im Bundestag

+++ Edmund Stoiber, CSU-Politiker, ab 1988 bayerischer Innenminister, seit 1993 bayrischer Ministerpräsident

gewesen. Aber die schlimmste Verfolgung habe ich dadurch erlitten, daß ich in einem offenen Brief den damaligen Außenminister Willy Brandt als einen fähigen Politiker bezeichnet habe, den ich mir auch als Kanzler vorstellen könnte. Das ging von Morddrohungen bis zu Bergen verpackter Scheiße, die man mir mit der Post geschickt hat. Ich bekam Polizeischutz. Jetzt warte ich auf die Entschuldigungsbriefe. Denn heute ist Herr Brandt der große Staatsmann, der Friedensfürst. Herr Kohl hat gesagt, er habe sich oft bei ihm Rat geholt. Warum entschuldigt sich der nicht bei mir?

Helmut Kohl hat Ihnen doch keine Scheiße geschickt.

Das weiß ich nicht. So weit, daß ich die Scheiße der Politiker von der anderer unterscheiden kann, bin ich noch nicht. Aber das werde ich auch noch lernen.

Demnächst werden Sie von Wim Thoelke die ZDF-Sendung »Der große Preis« übernehmen.***

Ja, man hat mich auf Knien darum gebeten. Ich wollte nicht.

*Der »Spiegel«*** hat Sie in diesem Zusammenhang als »TV-Geront« apostrophiert.*

Ja, aber was ist ein Geront?

Ein Greis.

Im alten Sparta war das ein Mitglied eines aus achtundzwanzig weisen Männern bestehenden Gremiums, das den König beraten hat. Das war ein ehrenwertes Amt. Warum gibt es so etwas nicht in Deutschland? Darin würden, quer durch die

* deutscher Showmaster, starb am 26. November 1995 im Alter von 68 Jahren nach langer Herzkrankheit

** Kulenkampff leitete das TV-Ratespiel wegen sinkender Zuschauerzahlen nur von Januar bis Juni 1993. Seine Nachfolgerin wurde die Münchner Fernsehmoderatorin Carolin Reiber. 1994 wurde die Sendung ganz eingestellt.

*** Ausgabe vom 19. Oktober 1992

Parteien, die besten Köpfe sitzen, Schmidt, Vogel[*], Brandt, Franz Josef Strauß, Gott hab sie selig, auch weniger populäre Leute. Die würden sich zu strittigen Fragen ein Urteil bilden, und wenn sie einig wären, müßte sich der Kanzler an ihre Beschlüsse halten. Es ist doch falsch, das Wissen so fähiger Politiker, nur weil sie ausgeschieden sind, nicht zu nutzen.

Hat Sie die Attacke im »Spiegel« verletzt?

Ach, nein, ich lese das mit Vergnügen. Schlimmer fand ich, was der »Spiegel« über Wim Thoelke geschrieben hat. Der sei ein »Pflegefall«. Das ist doch menschenverachtend. Ein Pflegefall ist Herr Augstein[**]. Aber das schreiben sie nicht.

Auch Hella von Sinnen[***] hat sich zu Wort gemeldet.

Ja, die hat mich frauenfeindlich genannt, weil nicht Frau Sauer[+], sondern ich die Sendung bekommen hätte. Aber ich bin ihr nicht böse. Die Frau von Sinnen ist von Gott schon genug geschlagen. Ich halte sie auch nicht für kompetent. Sonst würde sie den Fernseher abdrehen, wenn sie sich darin sähe.

Wie finden Sie Gottschalk?

Mir ist seine Nachtsendung[++] zu zahm. Ich hatte gedacht, er würde nachts um elf so richtig loslegen mit seinem Schandmaul. Statt dessen sieht man Peggy March[+++], Harald Juhnke, alles ganz lieb und brav. Ich meine, das könnte man als buntes Allerlei für die Familie auch am Nachmittag senden.

* Hans-Jochen Vogel, ehemaliger Vorsitzender und Kanzlerkandidat der SPD

** Rudolf Augstein, Herausgeber des »Spiegel«, geboren 1923

*** eigentlich Hella Kemper, TV-Entertainerin, geb. 1959

\+ Sabine Sauer, Fernsehmoderatorin, geb. 1956

++ Thomas Gottschalks »Late Night Show«, die er von 1992 bis 1995 für RTL moderierte.

+++ amerikanische Schlagersängerin (geb. 1948), die in Deutschland Karriere machte

Wen würden denn Sie einladen?

Ich würde zum Beispiel Herrn Genscher* fragen, warum er trotz zweier Herzinfarkte jahraus, jahrein um die Welt gejettet ist. Der hat doch sein Leben riskiert. Wahrscheinlich würde er antworten, es habe ihm Spaß gemacht.

Das ist doch langweilig.

Nein, denn darauf würde ich sagen, dann müßte er doch jetzt todunglücklich sein.

Ich würde ihn fragen, ob er sich manchmal ohnmächtig fühle gegenüber dem Weltgeschehen.

Das ist nun Volkshochschule, erstes Semester.

Nein, das ist die Grundfrage aller Politik. Wie weit beeinflußt der Mensch den Verlauf der Geschichte?

Das hat Goethe im »Egmont« klar ausgedrückt. Wie von unsichtbaren Geistern gepeitscht, gehen die Sonnenpferde der Zeit mit unsers Schicksals leichtem Wagen durch, und uns bleibt nichts, als mutig gefaßt die Zügel festzuhalten und bald rechts, bald links, vom Steine hier, vom Sturze da, die Räder wegzulenken.

Ziemlich fatalistisch.

Das finde ich nicht. Ein Fatalist ist ein Mensch, der sagt, mir ist scheißegal, was passiert. Sie können sicher sein, daß ich, wenn ich mir ein Bein breche, das schienen lasse, obwohl ich sagen könnte, ist doch wurscht, in ein paar Jahren bin ich sowieso tot.

Das ist der Selbsterhaltungstrieb.

Ja, den habe ich. Aber Sie können sich ja, wenn Sie wollen, in den Garten setzen und warten, bis ein Fuchs kommt und Sie frißt. Die Geier tragen dann Ihre Knochen davon. Wenn Ihnen alles egal ist, dann frage ich, warum leben Sie?

Weil ich geboren bin.

Warum bringen Sie sich nicht um?

* Hans Diedrich Genscher, deutscher Außenminister von 1974 bis 1992

Weil dazu ein Motiv nötig ist. Auf die Welt kommt man ungefragt.

Soll *ich* Sie umbringen? Wenn Sie es mir schriftlich geben, daß Sie das wollen, tue ich Ihnen den Gefallen aus Gastfreundschaft.

Besitzen Sie eine Waffe?

Ja, aber die darf ich nur innerhalb des Hauses benutzen. Ich meine, Sie müssen doch einen Grund haben, warum Sie zu mir gefahren sind.

Ich muß ja Geld verdienen.

Das ist Quatsch. Sie können sich in Deutschland überall auf die Straße legen, man wird Sie auflesen, in warme Decken hüllen und Ihnen beim Roten Kreuz einen Tee verpassen. Dann kommen Sie in die Psychiatrie und werden behandelt. In Deutschland kann heute niemand verhungern. Also warum lungern Sie hier herum?

Aus demselben Grund, aus dem Sie, wie Sie in einem Interview sagten, zur Fernsehunterhaltung gekommen sind. Ich bin zu feige, um mein gesichertes Leben aufs Spiel zu setzen.

Sie haben recht, ich bin aus Feigheit zur Unterhaltung gegangen. Ich wollte mein Kind ernähren. Es war kurz nach dem Krieg. Wir hatten kein Bad. Meine Tochter* mußte in einem Koffer schlafen. Das war sehr lustig. Ich war Schauspieler, hatte schon den Orest gespielt, den Ferdinand in »Kabale und Liebe«, auch selbst inszeniert. Nebenbei habe ich im Rundfunk Romane gelesen. Die Sendung hieß »Das lebendige Buch«. Im gleichen Programm gab es ein Quiz, »Doppelt oder nichts«, und als der Quizmaster ausfiel, sagte jemand, er kenne so einen Garderobenkomiker, der könnte das vielleicht übernehmen. Darauf hat mich der Rundfunkintendant zu sich kommen lassen und gefragt, ob ich es einmal probieren wolle. Mich hat das überhaupt nicht interes-

* Merle, geboren 1949

siert. Aber ich fürchtete, wenn ich so unhöflich wäre, das Angebot abzulehnen, würde man mir auch die Lesungen streichen. Ich hatte Angst um meine achtzig Mark. So nahm das Unheil seinen Lauf oder das Heil. Wollen Sie etwas trinken, ein Glas Wein, Sekt, Bier, Schnaps, Whisky, Kognak?

Nein, ich muß Auto fahren.

Das macht doch nichts. Die Ausfahrt werden Sie schon finden, und alles andere wird sowieso vom Schicksal bestimmt.

War Ihr Vater Nationalsozialist?

Oh Gott, da fragen Sie mich was! Ich glaube nicht, daß er Parteimitglied war. Den Hitler hat er abgelehnt, aber nicht aus politischen Gründen, sondern weil Hitler Gefreiter war. Mein Vater war Offizier, und auch sonst gab es in der Familie nur höhere Grade. Sogar ein General war darunter. Ich bin der einzige, der es zu nichts gebracht hat.

Hatten Sie einen Widerwillen gegen das Militärische?

Ich hatte keine Lust, Leute zu drillen. Wer sich nicht gern befehlen läßt, dem fällt es auch schwer, anderen zu befehlen.

*In einem Buch, das Sie vor über zwanzig Jahren geschrieben haben ...**

Bitte erinnern Sie mich nicht daran.

... berichten Sie von einem Erlebnis, das Sie als Kriegsgefangener hatten. Devisenbesitz war verboten. Aus purem Drang zum Widerspruch haben Sie das Verbot übertreten.

Ja, mein Oppositionsgeist war schon immer stark ausgeprägt. Dazu kommt meine Schwatzhaftigkeit und ein fanatischer Freiheitswille. Das sind meine Haupteigenschaften.

Was verstehen Sie unter Freiheit?

Das tun zu können, was ich tun will.

Das setzt einen gewissen Wohlstand voraus.

Ja, Freiheit ist zunächst einmal Freiheit von Not. Der

* »Hans-Joachim Kulenkampffs höchst vergnügliche Anekdotensammlung«, erschienen 1968 bei Kindler

Mensch fühlt sich frei, wenn er genug zu fressen hat. Er will ein Dach über dem Kopf, im Winter einen warmen Arsch, fünf Stunden Arbeit am Tag und eine gesicherte Zukunft. Ich habe einmal den bösen Satz gesagt, hätten die Bürger der DDR den Lebensstandard der Schweiz gehabt, dann hätten sie sich gewünscht, daß man die Mauer noch höher baue, damit wir nicht zu ihnen hinüberkommen. Die fühlen sich doch jetzt viel unfreier als vor der Vereinigung, weil sie arbeitslos sind, kein Geld für die Miete haben und sich nichts kaufen können. Etwas ganz anderes ist die geistige Freiheit. Die gibt es überall. Denken können Sie auch in einer Diktatur, was Sie wollen.

Nur müssen Sie es für sich behalten.

Das ist in einer Demokratie nicht viel anders. Da werden Sie zwar, wenn Sie offen reden, nicht körperlich oder seelisch gefoltert, aber sie verlieren Ihren Beruf, Ihr Renommee. Sie werden geschmäht und zur Sau gemacht. Der Herr Stoiber hat als Mitglied des bayerischen Rundfunkrats eine ganze Fernsehserie abgewürgt, in der ich spielen sollte. Die hieß »Der Donaudampfschiffahrtsgesellschaftskapitän«. Die Drehbücher habe ich noch. Das sollten sechs Teile werden. Dadurch ist mir eine Viertelmillion an Gage entgangen. Es ist falsch zu glauben, wir hätten hier Redefreiheit. Man muß sich auch in einer Demokratie genau überlegen, ob man riskieren will, seinen Lebensstandard zu senken, indem man sagt, Herr Möllemann* ist ein Arschloch oder Herr Waigel** oder Herr Blüm.

Haben Sie sich je im Äußern Ihrer Meinung zurückgehalten?

Nein, ich habe immer gesagt, was ich denke, und ich ertrage die Folgen.

* Jürgen Möllemann, FDP-Politiker, von 1991 bis 1993 Bundeswirtschaftsminister

** Theo Waigel, CSU-Politiker, seit 1989 Bundesfinanzminister

Loriot

Die Reaktion Loriots auf den Abdruck meines Gespräches mit ihm in der ZEIT gibt mir Gelegenheit zu einer Richtigstellung. Der Humorist entschuldigte sich in einem »Leserbrief«* bei seinen Schwiegersöhnen, die er verdächtigt hatte, sie könnten, wenn er kein Testament hinterlasse, seine Frau auf die Straße setzen. Die beiden, schrieb er, hätten ihm zu solchen Überlegungen »niemals auch nur den geringsten Anlaß gegeben«. Schuld an seinem »Geplapper« seien »einige Sekunden geistiger Umnachtung« gewesen, »die jeder kennt, der mal vier Stunden von einem wachen Journalisten interviewt worden ist«. Was Loriot hier, wohl bewußt übertreibend, berichtet, muß ich von anderen, weniger souveränen Gesprächspartnern häufig als Vorwurf hören. Ich sei darauf aus, bei meinen Interviews eine Atmosphäre zu schaffen, die den Befragten so sehr verwirrt, daß er nicht mehr weiß, was er redet. In Wahrheit ist mir jeder strategische Ehrgeiz fremd. Mein Ziel ist es nicht, die Prominenten, die mir gegenübersitzen, zu Äußerungen, die sie später bereuen, zu verführen. Mit Loriot wollte ich über die psychischen Ursachen des Lachens sprechen. Seine privaten Mitteilungen kamen spontan. Weder habe ich ihn dazu ermuntert, noch schien er geistig verwirrt zu sein. Auch von einer Ermüdung war nichts zu spüren. Das Gespräch fand am 7. November 1991 im Hotel »Vier Jahreszeiten« in München statt. Loriot hatte mir die Fahrt zu seinem Haus in Ammerland am Starnberger See ersparen wollen. Wir trafen uns in der Bar des Hotels. Als ich mit meinen Fragen am Ende und schon im Begriffe war aufzubrechen, lud er mich ein, die Unterhaltung nach einer Stärkung im Restaurant nebenan fortzusetzen.

* veröffentlicht in der ZEIT vom 21. Februar 1992

Sie sind Deutschlands beliebtester Komiker. Sie ärgern keinen. Sie ecken nicht an. Die Freude, die Sie verbreiten, ist ungetrübt.
Nun, das mag daran liegen, daß man die Liebenswürdigkeit, die ich ausstrahle, versehentlich auf das, was mitgeteilt wird, überträgt.
Stört es Sie, wenn Sie als harmlos eingestuft werden?
Mich stört, wenn etwas nicht stimmt. Deshalb korrigiere ich es gelegentlich. Aber das soll jetzt nicht eitel klingen. Ich möchte nicht abgründig erscheinen, nur weil das Abgründige für bedeutsam gehalten wird. Ich bin Humorist. Die komische Form versöhnt auch mit einem nicht heiteren Inhalt.
In Ihrem letzten Film, »Pappa ante portas«, spielen Sie einen pensionierten Abteilungsleiter, dessen Ordnungssucht sich zum Wahnsinn steigert. Er bestellt massenhaft Senf im voraus, wirft das Bettzeug zum Fenster hinaus und verwandelt die eheliche Wohnung in ein Zeitungsarchiv.
Ja, der Mann ist eigentlich geisteskrank. Da verselbständigt sich ein Ordnungssinn, der keine Grenzen mehr kennt. Der Versuch, das Chaos in den Griff zu bekommen, endet in einem neuen, noch schlimmeren Wahnsinn.
Eine Horrorgeschichte.
Gewiß. Die Leute haben ja Spaß am Horror.
Der Philosoph Bergson hält das Lachen für ein Korrektiv der Gesellschaft gegenüber dem Außenseiter. Durch das Gelächter werde er gleichsam in die Gemeinschaft zurückgeholt.*
An diese Theorie glaube ich nicht, denn Außenseiter haben mich nie interessiert. Der Einzelne, den ich zeige, steht stellvertretend für das Verhalten der Mehrheit. Ich bekomme massenhaft Briefe von Leuten, die fragen, woher ich wüßte,

* Henri Bergson, 1859–1941, schrieb den Essay »Das Lachen« über die Bedeutung des Komischen

was bei ihnen zu Hause geschieht. Das Lachen über mich ist ein Lachen des Wiedererkennens.

Ich kenne niemanden, der beim Saubermachen das Bett aus dem Fenster wirft.

Gut, ich übertreibe natürlich.

Ja, und dadurch wird die Figur, die Sie spielen, zum Außenseiter.

Nein, denn zugrunde liegt der alltägliche Irrsinn, den jeder kennt. Wenn ich zeige, wie ein Bürovorsteher 500 000 Bögen Schreibpapier und tonnenweise Radiergummis kauft, weil es so günstiger ist, dann demonstriere ich an dieser Figur die Auswüchse des heutigen Managements, das meint, immer und überall das Äußerste herausholen zu müssen. Es ist Wahnsinn, aber der Wahnsinn ist allgemein. In der Wirtschaft sind doch nur noch Verrückte am Werk. Jeder weiß, daß Abgase die Umwelt vergiften, aber wenn es ökonomisch günstig erscheint, werden eben noch mehr Autos gebaut. Man sagt, die Menschheit prosperiere nur durch die Erhöhung der Umsatzzahlen. Das nennt man Fortschritt. Aber das kann auf die Dauer nicht funktionieren. Das muß eines Tages zum Kollaps führen.

In welcher Form?

Wenn Sie so fragen, muß ich sagen, wir steuern unaufhaltsam auf den Untergang zu. Auch im Osten wird jetzt alles zubetoniert. Der neue Verkehrsminister* ist ganz ausgezeichnet. Er macht als Fachidiot seine Aufgabe gut. Das heißt, es wird erschlossen, Autobahnen werden gebaut, Zubringer, damit auch die Küstenorte aufblühen können. Das scheint alles richtig zu sein. Aber auf lange Sicht ist es Quatsch, purer Blödsinn.

Was müßte nach Ihrer Meinung geschehen, um den Untergang aufzuhalten?

* damals Günther Krause (CDU)

Ich wünsche mir, daß an irgendeinem Sonntag die Autoschlange zum Brenner 150 Kilometer lang ist, oder daß in einer Stadt der Verkehr nur noch steht. Ich möchte, daß etwas passiert, das man als Rotlicht auffassen müßte.
Sind Sie mit dem Auto da?
Ja, gewiß, ich bin ohne jeden Stau in die Stadt gekommen. Das dürfte eben nicht sein. Der absolute Stau steht noch aus, die totale Katastrophe ist noch nicht eingetreten.
Die sommerliche Autoschlange in Richtung Süden genügt Ihnen nicht?
Ach was, das löst sich nach zwei, drei Stunden doch wieder auf, nein, ich will vier Wochen Stau, ununterbrochen. Es dürfte einfach keiner mehr fahren können, weder vor noch zurück, damit die Leute endlich ihre Autos wegschmeißen müßten oder zumindest nicht mehr verreisen könnten. Warum setzt sich der Deutsche ins Auto und fährt nach Spanien? Ich verreise nie mit dem Auto.
Das sollten Sie aber tun, damit wir Ihrem Traum vom ewigen Stau etwas näherkommen.
So gesehen, ja. Ich bin im Kleinen vielleicht immer noch Optimist, aber im Großen schon längst nicht mehr. Ich glaube, daß wir unwiderruflich verloren sind. Möglicherweise ist es ja so gewollt. Der Mensch hat seine Schuldigkeit getan, der geht jetzt unter. Danach kommen andere Dinge. Ich bewundere unter den Tieren den Esel. Ein Esel kämpft so lang um sein Wohlergehen, bis er erkennt, daß er chancenlos ist. Dann wird er vollkommen ruhig, bleibt stehen und tut nichts mehr.
Der Mensch kann dann immer noch lachen.
Über den eigenen Untergang?
Ja, aus Verzweiflung.
Sie bringen mich auf eine Idee. Man müßte versuchen, dem Grauen in einer nicht mehr bewohnbaren Welt etwas Komisches abzugewinnen. Im Museum of Natural History in

New York steht in der Eingangshalle eine große Spirale, auf der die Entwicklung der Erde vom Urknall bis heute dargestellt ist. Wenn man die Erdgeschichte mit der Dauer eines Tages vergleicht, dann gibt es den Menschen erst eine Sekunde. Also kaum tritt er auf, schon hat er alles ruiniert. Er ist da, freut sich, hat einen Kopf, er kann denken, er ist der einzige, der sich selbst sehen kann, er hat Humor, ganz toll, und im nächsten Augenblick ist er schon wieder weg. Das ist natürlich grotesk. Darüber kann man wirklich nur lachen.

*Sigmund Freud stellt den Humor mit der Neurose auf eine Stufe.** *Beides diene dazu, sich dem Leid zu entziehen.*

Ja, es ich durchaus möglich, daß der Grund für mein humoristisches Empfinden eine mangelnde Bereitschaft zum Leiden ist. Die Frage ist nur, was war zuerst da, der Humor oder das Leiden.

Sie haben während des Zweiten Weltkriegs vier Jahre an der Ostfront gekämpft. Hatte der Krieg auch komische Seiten?

Ja, selbstverständlich. Komik entsteht immer durch die Distanz. Ich hätte meinen Beruf nie ergreifen können, wenn ich nicht die Begabung hätte, mich selbst und das, was um mich geschieht, distanziert zu betrachten.

Auch in der Gefahr?

Auch in der Gefahr, natürlich. Sicher war der Krieg die furchtbarste Erfahrung in meinem Leben. Aber ich weiß, daß auch sehr oft sehr gelacht worden ist. Es wird ja im Krieg nicht nur gestorben. Es gibt auch den Alltag, der nicht nur entsetzlich ist. Ein Beispiel: Ich war vier Jahre verlaust, von oben bis unten. Als sich ein junger Rekrut bei mir meldete, frisch aus der Heimat, ich war Offizier, fragte ich ihn: Haben Sie schon mal eine Laus gesehen? Er sagte: Nein. Darauf griff ich mit einer Hand hinten in meinen Kragen, holte eine

* in »Der Humor«, veröffentlicht 1927

Laus heraus und sagte: Das ist eine Laus, mit diesem Tier werden Sie sich nun eine Weile beschäftigen müssen.
Sind Sie gerne Soldat gewesen?
Nein, aber ich hielt es für nötig. Ich glaubte, daß ich das deutsche Vaterland zu verteidigen hätte. Ich war mir nicht klar darüber, daß ich ein Handlanger brauner Verbrecher war.
Spielte nicht auch Abenteuerlust eine Rolle?
Also, sagen wir so: Ein Achtzehnjähriger, der in den Krieg ziehen mußte, hätte all das Schreckliche, das ihm bevorstand, psychisch und physisch nicht überstanden, wäre nicht auch der Gedanke des Abenteuers dabeigewesen. Man muß zum Krieg, wenn er nicht zu vermeiden ist, eine zwar nicht positive, aber zumindest desperate Einstellung haben. Man stellte sich vor, man wäre im Wilden Westen. Wer zuerst schießt, der überlebt.
Gibt es etwas, worüber selbst Sie nicht lachen können?
Oh ja, das gibt es. Ich bin jetzt achtundsechzig.* Ich trete in meine letzten Jahre ein. Da beschäftigt mich in steigendem Maße der Gedanke, daß es mich bald nicht mehr geben wird, und dies ist ganz sicher nicht komisch.
Was denn sonst?
Der Tod, auch der eigene, ist für mich eine ernste Sache. Das sage ich nicht, weil ich mich für besonders bedeutend halte, sondern weil das auch religiöse Themen berührt. Ich bin im Glauben erzogen worden. Ich weiß, andere machen Witze über die Kirche. Ich mache das nicht.**

* Loriot, eigentlich Bernhard Victor (Vicco) Christoph Carl von Bülow, der als Pseudonym die französische Bezeichnung des Wappentiers seiner Familie, des Pirols, wählte, wurde am 12. November 1923 in Brandenburg an der Havel geboren.

** Die hier formulierten Gedanken über den Tod wurden 1996 in der September-Ausgabe der monatlich erscheinenden Broschüre »Die Botschaft heute« unter der Überschrift »Ernste Sache« als Predigtvorschlag für den katholischen Gottesdienst abgedruckt.

Thomas Bernhard sagt: Es ist alles lächerlich, wenn man an den Tod denkt.
Ja, es wird alles sehr klein.
Wo liegt die Tragik?
Ich denke auch an die Umstände, die man als Toter den Überlebenden macht. Ich habe schon einige Nachlässe durchsehen müssen. Schrecklich, was da an Unordnung übrig bleibt. Man müßte vorher alles geregelt haben.
Das haben Sie doch sicher getan.
Nein, nichts, ich habe kein Testament gemacht, nichts. Mir fehlt einfach die Zeit dazu. Ich möchte es ordentlich machen. Manche sagen ja, man soll gar nichts tun. Dann tritt die normale Erbfolge ein, und meine Töchter* würden alles bekommen. Ich will aber verhindern, daß meine Frau**, wenn ich tot bin, das Haus räumen muß, weil die Töchter es für sich haben wollen.
Sie halten Ihre Töchter für fähig, die eigene Mutter auf die Straße zu setzen?
Nicht die Töchter, aber vielleicht ihre Männer, was weiß ich. Die sagen dann, her mit der Pinke, weiß der Kuckuck, und die armen Mädchen wissen nicht, was sie machen sollen.
Hat Ihnen schon jemand gesagt, daß Sie auch privat ziemlich komisch sind?
Es ist schon vorgekommen. Das liegt aber daran, daß man mich aus dem Fernsehen nur komisch kennt und deshalb alles, was ich sage, mit Komischem in Verbindung bringt.
Sie brauchen nur aufzutreten, schon lachen die Leute.
Nein, nein, so ist es nicht. Das Herstellen der Komik ist schwere Arbeit. Es ist Quälerei. Das sind nicht Einfälle, mit denen man spielen kann wie mit Bällen. Da kommt es auf

* Bettina, geboren 1954, und Susanne, geboren 1958

** Rose-Marie, geborene Schlumbom, mit der Loriot seit 1951 verheiratet ist

Rhythmus und Genauigkeit an. Was dann Freude macht, ist das Ergebnis und die Wirkung, die man erzielt.

Welche Wirkung?

Ich höre von Zuschauern, die etwas von mir gesehen haben, sie könnten nun nicht mehr so sein, wie sie vorher waren. Das läßt mich hoffen, denn es zeigt, daß man den Bürger doch noch erreichen kann.

Was nützt das, wenn die Welt sowieso untergeht?

Daran denkt man ja nicht von morgens bis abends. Das spaltet man ab. Sonst müßte man sagen, ich bleibe im Bett, ich tue gar nichts mehr. Ich bin immer noch genug Alltagsmensch, mich über dies oder jenes ärgern zu können. Der Ärger gibt mir den Anstoß, etwas zu tun. Wenn ich sehe, wie aberwitzig sich manche Leute verhalten, obwohl sie aufgeklärt sind, packt mich die Wut. Die schmeißen ihre Plastikbüchsen überall hin, holzen die Wälder ab, schießen die Tiere tot. Neulich habe ich mit jungen Leuten gesprochen, die sich an einer Autorallye beteiligen wollen. Ich habe denen gesagt: Seid ihr denn wahnsinnig, ihr könnt doch nicht mit hundert Autos zum Spaß durch die Gegend fahren und die Umwelt versauen. Darauf sagten die, die Natur werde schon Wege finden, das aufzufangen. Denen ist völlig egal, wenn es eines Tages statt Menschen nur noch Kerbtiere gibt.

Ja, die haben resigniert wie der Esel und wollen nun, da nichts mehr zu retten ist, wenigstens ihr Vergnügen haben.

Moment, nein, so denken die nicht, sondern die sind einfach nur dämlich und verantwortungslos.

Worüber haben Sie sich in letzter Zeit noch geärgert?

Es treibt mir die Schamröte ins Gesicht, wenn ich an die deutsche Vereinigung denke, ich meine, wie das vollzogen wurde. Annexionen, wohin man sieht, es ist unglaublich. Ich kenne eine Menge Leute, die drüben leben. Es ist eine Schande, daß man nicht wahrhaben will, was es dort an menschlichen Qualitäten gibt, von denen wir sehr viel lernen könnten. Offenbar geht es nur darum, diesen Menschen auf schnellstem Weg zu den gleichen Segnungen zu verhelfen, wie wir sie haben. Das hatte ich nicht erwartet. Ich hatte gedacht, hoffnungslos optimistisch, wie ich nun einmal bin, man würde bereit sein, zu teilen.

Der Mensch ist nicht so.

Nein, ich weiß.

An dem Irrglauben, der Einzelne wäre bereit, eigene Interessen zum Nutzen der Gemeinschaft zurückzustellen, ist der Kommunismus gescheitert.

Ja, ja, natürlich, das war falsch. Aber ich hatte doch gehofft, daß wenigstens ein Regierungsmensch sich bereit erklärt, den Leuten zu sagen, paßt mal auf, wir haben unser Land verdoppelt, wir werden das aufbauen müssen, dazu brauchen wir Geld, also werden wir, verdammt noch mal, die Steuern erhöhen. Das hätten die Leute gefressen. Aber nein, man glaubt, man muß sie für dumm verkaufen. Ich schäme mich für den Bundeskanzler*, der, kaum waren wir wiedervereint, auf dem Fernsehschirm sagte, bitte seid ganz ruhig, es kostet nichts, wir müssen nur den Zugewinn teilen. So etwas darf man nicht sagen! Ich möchte die Wahrheit hören. Ich verlange von einem Politiker, daß er es fertigbringt, so wie es andere, zum Beispiel Churchill, in Kriegszeiten schafften, zu sagen, es werden jetzt harte Tage kommen, wir müssen zusammenhalten. Ich kann verstehen, wenn ein Bayer, der seit Jahren vergeblich nach einer Wohnung sucht, während ein Asylbewerber gleich eine bekommt, erstaunt ist und fragt: Ja, wie hammas denn? Das kann ich verstehen. Ich kann aber nicht verstehen, daß die eine Hälfte eines Volkes sich sträubt, in die Tasche zu greifen, um der anderen etwas abzugeben.

Sie wünschen sich mehr Nationalgefühl.

* Helmut Kohl

Ja, nein, also ich stamme aus einer Familie, in der das schon eine Rolle spielte. Ich bin Preuße, was ja heute einen schrecklich negativen Beigeschmack hat. Für mich war die deutsche Teilung sehr unnatürlich. Daß ein Land, ob man es nun mag oder nicht, auch Heimat sein kann, daß es trotz der geschichtlichen Schuld, die es auf sich geladen hat, ein Zuhause bleibt, das können manche offenbar nicht begreifen.
Merkwürdig.
Was?
Worüber Sie sich erregen so kurz vor dem Untergang.
Ja, Herrgott noch mal, soll ich mir nun das Leben nehmen? Wenn man die Tatsache, daß alles vergeblich ist, zum Ausgangspunkt seiner Entscheidungen macht, dann geht gar nichts mehr. Es geschieht jede Sekunde so viel Entsetzliches auf der Welt. Das darf man auch nicht ständig vor Augen haben. Sonst könnte man den ganzen Tag nur noch schreien.
Aber Sie schreien nicht. Sie erfreuen sich an einem kühlen Bier, obwohl Sie wissen, daß in der Sahara im Moment viele Leute sehr durstig sind.
Meine Genußfähigkeit ist stark eingeschränkt.
Also, ich lebe trotz allem gern, und ich möchte, wenn ich nicht gaga bin, noch lange leben. Ich weiß, es ist viel interessanter, zu sagen, ich könnte sofort aus dem Leben scheiden, mir ist alles egal, ich verzweifle am Dasein. Aber so interessant bin ich nicht, tut mir leid.
Beten Sie manchmal?
Ja, wenn mich eine große Sorge plagt, warum nicht? Es ist eine Hilfe. Aber ich möchte das nicht in den Vordergrund rücken.
Fällt es Ihnen schwer, Ihre Gefühle zu zeigen?
Mag sein, ja. Ich bin wie jeder Mensch durch die Erziehung geprägt. Mein Vater wünschte, daß man die Gefühle unter Kontrolle halte. Ich durfte ihn zum Beispiel nicht küssen. Er sagte, Männer küssen sich nicht. Davor hatte er einen gewis-

sen Horror. Das habe ich akzeptiert. Ich dachte, aha, so ist das wohl.

Ihr Vater war Berufsoffizier.

Ja, bis 1936. Dann hatte er einen Verkehrsunfall und bekam einen Direktorenposten in der Privatwirtschaft.

Hat er Ihnen Disziplin beigebracht?

Ich spreche lieber von Selbstbeherrschung, das klingt weniger militärisch. Er lehrte mich Umgangsformen. Gehen ließ er sich nie. Er war eine sehr würdevolle Erscheinung. Ich habe ihn selten ohne Krawatte gesehen und niemals in Badehose. Doch zugleich war er ein Mensch, der sich totlachen konnte über seine Würde und die Komik, die mit ihrem Mißlingen verbunden war. Ich werde oft gefragt, warum die Akteure in meinen Filmen nicht jünger sind. Der Grund ist, daß das Scheitern eines jungen Menschen nicht komisch ist. Es ist normal, schlimmstenfalls tragisch. Erst wenn die Würde des Alters, der Position und all dessen, was sich so schrecklich aufbaut im Laufe der Jahre, hinzukommt, entsteht die komische Wirkung.

Wie war das Verhältnis zu Ihrer Mutter?

Meine Mutter starb, als ich sechs Jahre alt war. Ich bin bei meiner Großmutter aufgewachsen. Später heiratete mein Vater ein zweites Mal. Aber da war das für meine Entwicklung Entscheidende schon passiert.

Ein häufig wiederkehrendes Thema in Ihrer Arbeit ist der zur Groteske gesteigerte, meist katastrophal endende Ehestreit.

Ja, ich bin der Meinung, daß Mann und Frau nicht zusammenpassen.

Warum nicht?

Das habe ich noch nicht herausgefunden.

Sind Frauen sanftmütiger?

Das ganz bestimmt nicht. Ich habe während des Krieges mehrmals einem russischen Frauenregiment gegenübergestanden. Was diese Frauen mit ihren Gegnern machten, ist bei weitem das Grausamste, das ich jemals gesehen habe. Die haben keinen Deutschen, den sie schnappten, unverstümmelt gelassen. Der wurde zerlegt und zerstückelt. Die Genitalien wurden abgeschnitten. Es ist nicht zu beschreiben. Ich bin überzeugt, daß die Frauen, wenn ihre jahrtausendealte Benachteiligung dem Mann gegenüber erst einmal überwunden ist, all die schlechten Eigenschaften, die man heute den Männern zuschreibt, genauso entwickeln.

Ihr bislang bitterster Text ist ein Adventsgedicht, in dem eine Försterin ihren Gatten erschießt, die Leiche in Stücke hackt und als Weihnachtsbraten an Arme verteilt.*

Ja, dieses Gedicht hatte zur Folge, daß ein niederbayerischer Volksvertreter bei seinem Landesbischof vorstellig wurde. Es kam sogar zu einer Anfrage im Bundestag.

Haben Sie Angst vor Frauen?

Eigentlich nicht. Ich liebe Frauen. Ich glaube nur nicht, daß sie die besseren Menschen sind. Ich erwarte mir von den Frauen nicht die Errettung vor dem Weltuntergang.

* »Advent«, veröffentlicht in: »Loriots Heile Welt«, Diogenes Verlag, 1980

Henry Maske

Die Resonanz auf mein Interview mit dem Boxer Henry Maske, das im Feuilleton der ZEIT erschien und von einigen Sportzeitungen nachgedruckt wurde, entsprach dem Thema, das ich mir ausgesucht hatte. Der Kabarettist und Boxfachmann Werner Schneyder erklärte mich zum Verlierer nach Punkten. Leserbriefschreiber Matthias Eberling aus Berlin fand, ich sei nach vergeblichen Versuchen, »Maske blutende Wunden zu schlagen, kläglich auf den Brettern geendet«. Lothar Kübel aus Karlsruhe sah mich nach »tölpelhaften Angriffen« von dem Weltmeister »ausgeknockt« und empfahl mir als Konditionstraining »eine Stunde Seilhüpfen vor dem nächsten Gespräch«. Dagegen wurde Henry Maske als »menschlich einfühlend«, »intelligent«, »blitzender Geist«, ja als »Philosoph in Boxhandschuhen« gepriesen. Hätte er das vorausgesehen, mir wären die Kämpfe um seine Zustimmung zur Veröffentlichung des Interviews, die er zunächst verhindern wollte, erspart geblieben. Wir hatten uns am 11. Juli 1994 in seinem Wohnort, in Frankfurt an der Oder, getroffen. Schon während des Gesprächs zeigte er sich überrascht, daß ich »kein flaches Interview« mit ihm führen wolle. Offenbar hatte er einen Sportreporter erwartet. Er habe sich mit seiner Tätigkeit auf der Ebene, auf der ich mich mit ihm unterhalte, noch nie beschäftigt. Sein Wortschatz reiche nicht aus, sich so gewählt auszudrücken. Nachdem ich ihm das Typoskript zugeschickt hatte, sagte er mir am Telefon, er sei »zutiefst erschrocken«. Wir lebten »in zwei verschiedenen Welten«. Ich hätte zu seinem Nachteil versucht, ihn in meine Welt »hinüberzuziehen«. Die Reaktionen nach Abdruck des Interviews haben ihn wohl vom Gegenteil überzeugt. Mir bleibt die stille Freude, ihm, und sei es zu meinem Schaden, genützt zu haben.

Muhammad Ali schreibt in seinen »Erinnerungen«: »Wenn man mit einer gebrochenen Kinnlade, einer zermanschten Nase, einem Schädelbruch, einem entstellten Gesicht für einen Sieg zahlen muß, dann ist dieser Preis nicht zu hoch, will man der König der Boxer werden.«*

Ich würde nicht diese Worte wählen.

Aber inhaltlich stimmen Sie zu?

Natürlich darf ich vor einem Kampf nicht daran denken, was mir passieren könnte.

*Sie haben keine zermanschte Nase und kein entstelltes Gesicht. Nach dem Kampf, durch den Sie Weltmeister wurden**, sind Sie in der Garderobe gleich zum Spiegel gegangen, um zu sehen, wie zerstört Sie sind.*

Ja, im nachhinein kann das schon ein Gedanke sein. Ich wäre nicht gerade begeistert, eine Narbe davonzutragen. Ich bin, das streite ich gar nicht ab, auch ein eitler Mensch.

Warum haben Sie sich dann ausgerechnet einen Beruf gesucht, bei dem es das Ziel ist, auf den Kopf eines anderen einzuprügeln?

Für mich ist der Kopf nicht das Ziel, sondern der Ursprung.

Heißt das, Sie halten das Boxen für eine geistige Auseinandersetzung?

Ja, was haben denn Sie gedacht?

Ich dachte, es kommt mehr auf die Fäuste an.

Die Fäuste sind meine Waffen, aber wie ich sie einsetze, das wird im Kopf entwickelt. Ich sehe mir die früheren Kämpfe

* auf deutsch erschienen 1977 mit dem Titel »Der Größte« bei Goldmann

** Weltmeister der Berufsboxer im Halbschwergewicht nach Version der IBF (International Boxing Federation) wurde Henry Maske am 20. März 1993 durch einen Punktsieg über den Amerikaner »Prince« Charles Williams in Düsseldorf. In seinem letzten Kampf am 23. November 1996 in München verlor er seinen Titel an den US-Amerikaner Virgil Hill. Heute arbeitet er als Sportkommentator bei RTL.

des Gegners auf Video an, ich studiere ihn vor dem Kampf und vor allem während der ersten Runden. Ich will ihn kennenlernen, nicht damit ich meine Fäuste, sondern mein Denken auf ihn einstellen kann.

Zu vieles Denken kann auch zur Lähmung führen.

Das ist wahr. Aber ich denke ja nicht vor jedem Schlag nach. Ich muß alle Abläufe, die im Wettkampf eintreten können, zuvor so oft eingeübt haben, daß mich im Ring nichts überraschen kann. Ich muß für alle Eventualitäten gewappnet sein. Im Ring reagiere ich unbewußt. Das geht aber nur, weil ich alle nur möglichen Züge des Gegners in meinem Unterbewußtsein gespeichert habe. Boxen ist nicht einfach nur dicke Arme, ein bissel Kondition und los. Das ist ein unheimlich komplexer Sport. Wer das nicht erkennt, der hat wenig begriffen.

Das Publikum kommt, weil es Blut sehen will.

Das ist schon mal falsch.

Der Maler Jörg Immendorff, der jeden Ihrer Kämpfe besucht, rief Ihnen während Ihrer Titelverteidigung gegen den Amerikaner David Vedder zu: »Töte ihn!«*

Sicher gibt es Leute, die sich so artikulieren. Die sind in ihrer Vorstellung begrenzt. Aber es gibt auch die Genießer, die Ruhigen, die Sachlichen. Die hört man nicht. Es kommen auch zu einem Autorennen Zuschauer, die nur darauf scharf sind, daß ein Unfall passiert.

Der Unterschied ist, daß Sinn und Zweck von Autorennen nicht die Unfälle sind, während es im Wesen des Boxens liegt, daß man den Gegner verletzen will.

Das Wesen des Boxens, so wie ich es betreibe, liegt darin, daß ich den Gegner dazu bringe, sich mit mir zu beschäftigen. Ich locke seine Schwächen heraus, damit er sich mit meinen Stärken befassen muß. Ich zwinge ihm meinen

* am 11. Dezember 1993 in Düsseldorf

Willen auf. Sie können das mit einem Schachspiel vergleichen.

Eine Schachpartie ist nicht mit physischem Schmerz verbunden.

Nein, aber Sie müssen beim Boxen wie beim Schach Taktik und Strategie entwickeln. Es gibt zum Beispiel im Boxsport die Finte. Ich deute einen Schlag an und sehe zu, wie der Gegner darauf reagiert. Seine Reaktion ermöglicht mir vielleicht einen Treffer, mit dem er gar nicht gerechnet hat.

Sie täuschen ihn.

Ja, eigentlich lüge ich. Das muß auch ein Feldherr tun. Er stellt dreißig Mann vorne auf, damit der Feind meint, dies sei die Hauptfront, und auf einmal kommt er von hinten. Es genügt nicht, den Revolver zu ziehen und aus allen Lagen zu schießen. Ich rede jetzt nicht von der Masse der Boxer, ich rede nicht von Müller, Meier, Schulze, sondern von Muhammad Ali, im Tennis von Boris Becker. Ich rede vom Spitzenbereich.

Boris Becker hat inzwischen eine gewisse Distanz gewonnen. Es gelingt ihm nicht mehr, den Sinn des Lebens darin zu sehen, einen gelben Ball über ein Netz zu schlagen.

Eine Distanz zu dem, was er tut, kann sich ein Boxer nicht leisten, denn er wird, wenn er nicht voll bei der Sache ist, furchtbar bestraft.

Sie meinen, von der Öffentlichkeit.

Nein, körperlich, von seinem Gegner, im Ring.

Er wird niedergeschlagen.

Ja, und die Schläge tun dann sehr weh. Boxen kann für einen, der es nicht kann, sehr gefährlich sein, aber nicht, weil Blut spritzt. Das sieht zwar gefährlich aus und ist auch nicht schön, das gebe ich zu, aber meist sind die Verletzungen, die bluten, nur oberflächlich. Das wird genäht, und fünf Tage später ist es verheilt, so als wäre gar nichts passiert.

Für Sieg oder Niederlage kann eine blutende Wunde ent-

scheidend sein, weil dem Verletzten der technische Knockout droht.

Das ist richtig.

Daraus ergibt sich, daß Sie auf die Wunden Ihrer Gegner einschlagen müssen, um Ihre Chance zu nutzen.

Ja, das sind natürlich Situationen, wo ich mir sage, es gibt eine Möglichkeit, weil der Gegner abgelenkt ist durch die Verletzung. Daraus werde ich meinen Vorteil ziehen. Da will ich ganz ehrlich sein. Aber ich breche nicht in Jubelschreie aus, nur weil der andere zu bluten beginnt.

Dürfen Sie während des Kampfes Ihre Gefühle zeigen?

Nein, das darf ich nicht. Das wäre das Falscheste, was ich machen kann, denn ich will mir vor meinem Gegenüber doch keine Blöße geben. Ich werde ihm, wenn er mir Schmerz zufügt, nicht zeigen, au, das tut weh, sondern ich werde das überbrücken, ich werde so tun, als wäre nichts. Ich werde lächeln.

Fällt Ihnen das schwer?

Das fällt mir schon schwer, denn ich bin eigentlich ein sehr gefühlvoller Mensch. Aber ich würde mich ja auch nicht auf den Markplatz stellen und meine Gefühle zeigen, denn das wird mit Sicherheit als eine Schwäche gedeutet. Ich habe gelernt, mich zu beherrschen. Es wartet doch nur jeder darauf, bei dem anderen eine Schwäche zu finden. Wer Gefühle zeigt, ist immer der Unterlegene. Es gibt sehr wenige, die dann sagen, okay, Junge, Kopf hoch, das Leben geht weiter. Die meisten nützen das aus, um dir zu schaden. So ist die Welt.

Schlimm.

Ja, aber nicht zu ändern. Wenn man anfängt, über diese schlimme Welt nachzudenken, kann man leicht ängstlich werden.

Das dürfen Sie nicht riskieren.

Nein, denn ich habe mir eine Aufgabe gestellt, die meinen hundertprozentigen Einsatz fordert. Es gibt Dinge, die ich nur oberflächlich betrachten kann. Es gibt Gedanken, die ich wegschieben muß. Die Welt ist heute so kompliziert geworden, politisch, gesellschaftlich. Die Natur ist bedroht. Da kommt der Punkt, wo ich nur hoffen kann, daß sich andere um diese Probleme kümmern. Glücklicherweise gibt es die Grünen. Die sind einem nicht immer angenehm, aber sie haben doch manches bewegen können.

So haben Sie bis vor vier Jahren nicht gedacht.

Nein.

Sie sind in der DDR aufgewachsen. Sie waren Mitglied der SED und Leutnant der Nationalen Volksarmee.*

Ja, aber ich muß Ihnen sagen, eine Waffe habe ich nie in der Hand gehabt.

Wie konnten Sie das vermeiden?

Ich hatte das Glück, nach meiner Einberufung zu einem Boxturnier fahren zu müssen. So ist mir die Grundausbildung erspart geblieben.

Sie können nicht schießen?

Nur auf dem Rummel.

Warum sind Sie in die SED eingetreten?

Das habe ich ganz bewußt getan, weil ich die Hoffnung hatte, etwas bewirken zu können, wenn ich in der Partei eine Rolle spiele.

Politisch?

Nein, aber in dem Bereich, in dem ich mich bewege, im Sport. Es gab in unserem Team Mitläufer, die nach dem Motto, gemeinsam gewinnen, allein verlieren, nur davon lebten, was andere taten. Das hat mich gestört. Aber ich habe mir sehr schnell den Zahn ziehen lassen, weil ich merkte, daß ich nichts ändern kann.

* Henry Maske wurde am 6. Januar 1964 in Treuenbrietzen in Brandenburg geboren. Für die DDR, in der es nur das Amateurboxen gab, errang er 1988 in Calgary den Olympiasieg, 1989 in Moskau den Weltmeistertitel.

Wie standen Sie zu dem, was die Partei politisch verkündet hat?
Ich sage ganz ehrlich, ich habe vieles, was uns ideologisch vermittelt wurde, als Gedanke sehr gut gefunden. Dazu stehe ich heute noch. Auch die Kirche predigt ganz tolle Sachen. Aber die Wirklichkeit ist nicht so.
Die Kirche verspricht das Paradies erst im Jenseits. Der Kommunismus hat den Himmel auf Erden versprochen.
Daran habe ich nie geglaubt, denn ich habe doch in meinem nächsten Umfeld, bei den Menschen, mit denen ich Umgang hatte, gesehen, daß das nicht funktionieren kann. Das Ideal war, daß jemand in einen Laden geht und sich nur so viel nimmt, wie er braucht. Keiner sollte mehr als der Nachbar haben. Aber der Mensch ist doch so, daß er den anderen übertreffen will. Das muß man gar nicht negativ sehen. Der Mensch ist strebsam. Er will in einem gesunden Machtkampf der Bessere sein.
Das haben Sie von sich aus erkannt.
Ja, aber ich habe darüber nicht weiter nachgedacht. Ich habe es verdrängt. Uns wurde gelehrt, daß der Kapitalismus irgendwann untergeht, und zwar notgedrungen. Das wurde als gesetzmäßig dargestellt. Hätte ich das bezweifelt, wäre ich in einen Zwiespalt gefallen, denn ich mußte doch in diesem Staat weiterleben. Es war ja nicht alles schlecht. Man hat zum Beispiel in der DDR angstfreier gelebt. Man konnte dem Chef des Betriebes, in dem man beschäftigt war, sagen, weißt du, du kannst mich mal, und wurde trotzdem nicht rausgeschmissen. Warum? Weil es ein Arbeitsrecht gab. Man konnte sich zwar nicht auf die Straße stellen und sagen, mir gefällt der Honecker* nicht. Aber im persönlichen Bereich konnte man offen reden. Heute können Sie sich hinstellen und sagen, der Kohl ist ein Arschloch. Es tut Ihnen keiner

* Erich Honecker, Staatsratsvorsitzender der DDR von 1973 – 1989

was. Aber haben Sie dadurch etwas bewirkt? Dort, wo Sie täglich zu tun haben, an Ihrem Arbeitsplatz, müssen Sie doch die Klappe halten.

Was ist für Sie Freiheit?

Freiheit gibt es nicht. Demokratie heißt zwar Freiheit. Aber sind wir jetzt frei? In den Läden liegen die tollsten Sachen, aber was nützt Ihnen das, wenn Sie das Geld nicht haben, um sie zu kaufen? Ich habe einmal in Finnland in einem sehr teuren Hotel gewohnt, aber vor diesem Hotel schlief ein Penner. Der hatte sich auf die Kloritze gelegt, damit er etwas Wärme bekam.

Freiheit ist auch die Freiheit zum Scheitern.

Schön und gut, aber was hilft dem Normalverbraucher, der Probleme hat, so ein Spruch? Man macht es sich leicht, wenn man sagt, die Leute im Osten sind alle blöd, weil sie nicht begreifen, was Marktwirtschaft ist. Siebzehn Millionen können nicht lauter Blöde sein. Die sind in dem Glauben erzogen worden, daß der Staat für sie sorgt. Das war ihre Realität. Das war ihr Leben. Mir kann doch keiner erzählen, daß auch nur ein einziger von den sechzig Millionen aus den alten Bundesländern es heute besser wüßte, hätte er davor all die Jahre im Osten gelebt.

In einem früheren Interview sagten Sie: »Ich bin ein Typ, der zeigt, was der Osten kann.«*

Das habe ich bestimmt nicht gesagt.

Ist es falsch?

Es ist nicht unbedingt falsch. Es hat sich so ergeben, daß die Menschen im Osten in mir ein Vorbild sehen. Ich bin ein Hoffnungsträger. Auf der einen Seite macht mich das stolz, auf der anderen Seite empfinde ich es als Belastung, weil es eine Riesenverantwortung ist.

Ein anderer Satz, der Ihnen zugeschrieben wird, lautet: »Ich

* in der »Süddeutschen Zeitung« vom 27. 5.1993

*bin eine Mixtur aus preußischem Sozialismus und Kleinbürgertum, mit einem Schlag Kapitalismus gespickt.«**
Auch dieser Satz stammt nicht von mir. Er geistert seit einiger Zeit durch die Presse. Wer ihn kreiert hat, weiß ich bis heute nicht. Aber vielleicht stimmt er sogar. Man müßte mir nur erläutern, was er bedeuten soll.
Mit Kleinbürgertum ist Ihre Herkunft gemeint.
Ja, aber das stimmt schon mal nicht. Mein Vater war Kranschlosser, meine Mutter war in der Lohnbuchhaltung. Ich bin ein Arbeiterkind.
Preußisch wird landläufig ein geradliniger, ordnungsliebender Mensch genannt.
Das ist doch gut.
Als Sozialist könnte man Sie bezeichnen, weil Sie sozialistische Ideale hatten.
Ja, die waren doch sicher nicht schlecht.
Bleibt noch der »Schlag Kapitalismus« übrig.
Auch damit habe ich keine Probleme, wenn man darunter die Fähigkeit, sich durchzusetzen, versteht.
Sie haben früh begriffen, daß das Leben ein Konkurrenzkampf ist.
Ja, aber warum? Weil der Sport das einzige war, wo es schon in der DDR eine knallharte Marktwirtschaft gab. Da hieß es nicht, dabeisein ist alles, sondern wer keine Medaille nach Hause brachte, der wurde beim nächsten Mal nicht mehr aufgestellt.
Wann haben Sie mit dem Boxen angefangen?
Als ich sechs Jahre alt war. Ein Junge aus meiner Klasse hatte mich zu einem Boxtraining mitgenommen. Mir hat dieser Sport gleich gefallen, vielleicht weil das etwas war, was nicht jeder machte. Die anderen spielten Fußball. Boxen war etwas Besonderes.

* zitiert aus: »Munzinger, Internationales biografisches Archiv«, Ausgabe vom 25. 2.1993

Das genügt nicht als Erklärung.
Einen anderen Grund weiß ich nicht.
Die amerikanische Schriftstellerin Joyce Carol Oates schreibt in ihrem Essay »Über Boxen«, das eigentliche Motiv für die im Boxring ausgelebte Gewalt sei eine von ihrem ursprünglichen Ziel umgeleitete Wut auf das Unrecht, das in der Welt geschieht.*
Wut ist ein schlechter Berater, weil man die Kontrolle verliert. Gewinnen können Sie nur, wenn Sie sich unter Kontrolle haben.
Kann es sein, daß Sie, um das zu lernen, Boxer geworden sind?
Das kann sein, denn ich bin von Natur ein spontaner Typ, und ich habe unter den Folgen meiner Spontaneität schon als Kind gelitten.
Inwiefern?
Ich war leicht zu verletzen.
Wer hat Sie verletzt?
Ich wurde zum Beispiel wegen meines Namens gehänselt.
Ihres Nachnamens?
Ja, denn das war kein normaler Name. Damals habe ich begonnen, einen Schutzschild um mich herum aufzubauen. Ich habe alles Weiche in mir unterdrückt. Ich bin vom Zehn-Meter-Brett gesprungen, obwohl ich Angst davor hatte. Ich bin eigentlich ein sehr ängstlicher Mensch.
Sie haben sich Gewalt angetan.
Ich habe mich überwunden. Wer A sagt, der muß auch B sagen. So ist mein Charakter. Ich stelle mir eine Aufgabe, und dann versuche ich, ihr gerecht zu werden, auch wenn ich das zuvor gar nicht wollte.
Ein Zurück gibt es nicht.
Nein.

* auf englisch erschienen 1987, auf deutsch 1988 im Manesse Verlag

Haben Sie sich als Knabe gefallen, wenn Sie sich im Spiegel betrachteten?
Ich war zufrieden.
Sie haben, wenn Sie lächeln, sehr sanfte, fast feminine Züge.
Das glaube ich nicht.
Ich überlege, ob Sie vielleicht Ihre Weiblichkeit unterdrükken wollten.
Einen Hang zu Männern hatte ich nie.
Ich meine Ihre weiblichen Eigenschaften.
Es ist für einen Mann doch nicht schlecht, wenn er Eigenschaften hat, die man sonst eher bei Frauen findet.
Hemingway, der ein großer Boxfan war, wurde als Kind wie ein Mädchen gekleidet. Man nimmt an, dies sei der Grund, weshalb er sich später so betont männlich gab.
Hat Hemingway selbst geboxt?
Nur zum Spaß.
Sehen Sie, das ist der Unterschied. Ich lebe meinen Sport. Das bedeutet, daß ich ihn zwar mit ganzem Herzen, aber sachlich betreiben muß.
Ohne einen gewissen Fanatismus können Sie nicht zur Spitze kommen.
Kann eine Frau nicht fanatisch sein?
Das ist die Frage.
Es gibt im Sport doch genügend Frauen, die in der Lage sind, Spitzenergebnisse anzubieten. Mir ist klar, daß Frauen es in der Gesellschaft schwerer haben, sich durchzusetzen. Aber ich hatte es auch nicht leicht. Dem Amateur Henry Maske, der aus dem Osten kam, hat doch zuerst keiner zugetraut, daß er sich als Profi, noch dazu international, würde beweisen können. Mir ging es wie einer Frau. Aber ich habe mich nicht hingestellt und gejammert, sondern ich habe versucht, durch Leistung zu überzeugen. Frauen, die emanzipiert sein wollen, sollten, statt zu reden, zeigen, wozu sie fähig sind.
Das tun doch viele.

Ja, sicher.
Jetzt gibt es sogar schon Boxerinnen.
Ist doch in Ordnung.
Gefällt es Ihnen, wenn Frauen boxen?
Darum geht es nicht.
Können Sie sich einen Mike Tyson als Frau vorstellen?*
Nein, aber das möchte ich gar nicht, weil ich diese Art zu boxen sehr unschön finde. Da wird nur blind auf den anderen eingeschlagen, und nach zwei, drei Runden ist Schluß.
Das amerikanische Publikum will das offenbar sehen. Die Hallen sind voll.
Ja, die Hallen sind voll, aber warum ist das so? Weil der Amerikaner leider sehr oberflächlich geworden ist. Der lebt diese Brutalität auch im Alltag, und das wird durch die Medien noch unterstützt. Sie müssen sich nur ansehen, wieviel Gewalt das amerikanische Fernsehen zeigt. Aber es gibt ja nicht nur Mike Tyson, es gibt Sugar Ray Leonard**, es gibt Marvin Hagler***, es gibt Roberto Duran+.
Marvin Hagler sagte in einem Interview, wenn er Blut sieht, wird er zum Stier.
Trotzdem war das ein Superboxer.
Roberto Duran ist vor allem für seine Nehmerqualitäten berühmt.
Ja, das gehört doch dazu. Ein Boxer muß, wenn er gewinnen will, auch einstecken können.
Der frühere Weltmeister im Mittelgewicht Jake LaMotta++,

* Schwergewichts-Weltmeister 1986 bis 1990, Comeback 1996 nach Abbüßung einer dreijährigen Gefängnisstrafe wegen Vergewaltigung
** Weltmeister in fünf verschiedenen Gewichtsklassen vom Welter- bis zum Halbschwergewicht, beendete 1991 im Alter von 35 Jahren seine Boxerkarriere
*** ehemaliger Weltmeister im Mittelgewicht
\+ Weltmeister im Leicht-, Halbmittel- und Mittelgewicht, geboren 1951 in Panama
++ geboren 1923, bekannt durch seine Autobiografie »Raging Bull«, verfilmt mit Robert de Niro

der glaubte, jemanden getötet zu haben, empfand die Schläge, die er im Ring bekam, als eine gerechte Strafe. Als er erfuhr, daß er kein Mörder war, begann sein Abstieg.
Was hat das mit diesem Gespräch zu tun?
Es gibt die These, der Faustkampf sei eine Art Selbstbestrafung. Der Boxer sühne im Ring eine verborgene Schuld.
Das trifft nicht auf mich zu.
Warum setzen Sie sich freiwillig Schmerzen aus, denen jeder normale Mensch versucht auszuweichen?
Sie meinen, im Training?
Ich meine, im Kampf.
Die Treffer, die Sie im Kampf bekommen, sind meist eher schmerzlos. Ein blaues Auge tut nicht groß weh. Es gibt einen Schmerz, der schlimmer ist als der körperliche. Ich meine, wenn Sie verlieren, das ist doch Schmerz ohne Ende. Eine Niederlage im Boxsport ist wie eine Steinigung.
Denken Sie vor dem Kampf daran, daß Sie verlieren könnten?
Ich denke daran, aber ich sage mir, daß ich es mit allen Mitteln verhindern muß.
Trotzdem kann es passieren.
Es darf nicht passieren, denn ich weiß doch, daß die gesamte Presse schon in den Startlöchern sitzt und nur darauf wartet, daß der Maske geschlagen wird, weil er ihr zu aalglatt, zu clean und zu anständig ist.
Zu langweilig.
Ja, aber das ist doch Quatsch. Die 13 000 Zuschauer, die zu meinen Kämpfen in die Westfalenhalle nach Dortmund kommen, tun das doch nicht, weil sie sich langweilen wollen.
Ihr Kollege René Weller hat Sie einen Baldrian-Boxer genannt.*

* deutscher Profiboxer, geboren 1953, ehemaliger Europameister im Leichtgewicht

Solchen Leuten kann man das Maul nur durch Leistung stopfen.

Der Berliner Graziano Rocchigiani, der in Ihrer Gewichtsklasse auch schon Weltmeister war, hat, wenn Sie kämpfen, Schwierigkeiten, sich wach zu halten.*

Wissen Sie, wenn sich jemand auf so primitive Art äußern muß, um noch einen Kampf zu bekommen und etwas Geld zu verdienen, dann muß er das mit sich selbst ausmachen. Ich finde es grauenvoll. In keiner anderen Sportart geht man so tief unter die Gürtellinie. Im Boxsport erwartet man, daß es einen Guten und einen Bösen gibt, und der Böse muß sich dann mit verbalen Ausfällen in Szene setzen.

Wird es zu dem schon mehrmals angekündigten und verschobenen Kampf zwischen Ihnen und Rocchigiani kommen?

Im Moment ist das kein Thema.** Die Frage ist, ob es dieser Mann überhaupt noch verdient, von mir geschlagen zu werden.

An Ihrem Sieg zweifeln Sie nicht.

Nein, denn ich habe bewiesen, daß ich für jeden Gegner die richtige Antwort finde.

*Ihr Manager Wilfried Sauerland hat nach Ihrem Titelkampf gegen den Amerikaner Ernesto Magdaleno***, bei dem Sie härter zuschlagen mußten als je zuvor, mit Genugtuung festgestellt, nun sei in Ihnen das Tier erwacht.*

Der Kampf gegen Magdaleno war insofern eine Bewährungsprobe, als man gesehen hat, daß ich auch einen so schlagstarken Gegner bezwingen kann.

Hat Sie der Vergleich mit einem Tier nicht gestört?

* geboren 1964

** Maske stieg gegen Graziano Rocchigiani dann doch zweimal in den Ring. Am 27. Mai 1995 entging er in Dortmund nur knapp einer Niederlage, bei der Wiederholung des Kampfes am 14. Oktober in München siegte er klar nach Punkten.

*** Magdaleno, gegen dem Maske am 26. März 1994 in Dortmund boxte, starb am 1. Januar 1996 bei einem Autounfall in Kalifornien.

Doch, denn ein Tier ist nicht menschlich. Menschlichkeit zeichnet sich durch Bewußtsein aus, und da ich ein Boxer bin, der Wert darauf legt, mit dem Kopf zu gewinnen, lasse ich mich ungern mit einem Tier vergleichen.

Ein Tier kann nicht denken.

Eben.

Es kann weder lügen noch böse sein.

Wollen Sie damit sagen, daß jemand, der denkt, böse ist?

Nein, aber ohne das Denken wäre Böses nicht möglich. Das menschliche Hirn ist die Quelle des Bösen. Im Boxkampf, bei dem es in letzter Konsequenz darum geht, den Gegner so schwer zu treffen, daß er nicht mehr klar denken kann, drückt sich, so meine ich, eine tiefe Verzweiflung aus.

Dem kann ich nicht folgen.

Aus Verzweiflung über die Existenz des Bösen schlagen sich Boxer gegenseitig die Köpfe ein.

Das ist mir zu kompliziert gedacht. Ich war auf ein normales, oberflächliches Interview eingestellt. Was Sie sagen, ist mir ganz fremd. Wir sprechen über verschiedene Dinge. Ich bin Sportler. Ich kann doch jetzt nicht hier anfangen zu spinnen.

Ob man das Boxen noch als Sport bezeichnen kann, scheint mir fraglich.

Wer das bezweifelt, hat keine Ahnung.

Sie selbst haben es eine Metapher für das Leben genannt.

Das habe nicht ich gesagt. Das hat der Jan Hoet* mir vermittelt.

Haben Sie ihm widersprochen?

Nein, ich kann das schon unterschreiben.

Was, glauben Sie, wollte er damit zum Ausdruck bringen?

Ich verstehe es so, daß sich im Boxsport, so wie wir es im

* belgischer Kunsthistoriker, lud 1992 als Leiter der documenta in Kassel Henry Maske zu einem Schaukampf ein

Leben eigentlich immer fordern, zwei Menschen in einer klaren Auseinandersetzung gegenüberstehen.

Sie meinen, das Leben sollte so wie ein Boxkampf sein?

Ja, denn wer ist denn heute noch ehrlich genug, sich hinzustellen und zu sagen, so und so denke ich, das ist meine Haltung, dazu stehe ich, das versuche ich durchzusetzen, und wenn mir das nicht gelingt, dann verliere ich, dann muß ich akzeptieren, daß ein anderer besser ist? Wer hat denn heute noch diesen Mut? Die heutige Gesellschaft ist doch ziemlich korrupt. Nun könnte man streiten, ob es auch Boxer gibt, die mit unfairen Mitteln kämpfen. Natürlich gibt es die. Mich hat sogar einmal einer gebissen.

Wohin?

In die Schulter. Aber das ist kein Erfolgsrezept. Im Leben können Sie mit solchen Methoden nach oben kommen. Im Boxsport wird ein Mensch, der einen schlechten Charakter hat, in der untersten Klasse bleiben.

Reinhold Messner

Mein Gespräch mit Reinhold Messner löste nach dem Abdruck in der ZEIT Empörung aus, weil der Bergsteiger darin den Aufenthalt in einem KZ als »Wunscherfahrung« bezeichnet. Die »Süddeutsche Zeitung« fragte in einer Glosse ironisch, ob das Projekt an mangelnder Unterstützung durch Sponsoren gescheitert sei. Ulrich Pelz, Geschäftsführer des »Vereins für Bewährungshilfe« in Bremen, bot in einem Leserbrief leere Gefängniszellen an, aber »mit einem KZ« könne er »leider nicht dienen«. Die Klasse 9a der Gesamtschule Duisburg forderte die öffentliche Zurücknahme des »schockierenden Satzes«, und Frieder Harasimowitsch aus Hamburg schlug dem Abenteurer vor, er solle sich im letzten Jahresbericht von Amnesty International, »als wäre es ein Katalog aus dem Reisebüro«, etwas Geeignetes suchen. Messner selbst hatte mir gegenüber mehrmals betont, es sei ihm egal, was die Leute über ihn denken. In einer Welt, in der sich alle »so normal und so brav« verhielten, könne »einer doch den Verrückten spielen«. Der Sozialpsychologe Horst Eberhard Richter, der in seinem Buch »Umgang mit der Angst«* das Interview zum Anlaß für eine mehrseitige Analyse nahm, diagnostizierte bei dem Kletterer eine krankhafte Risikosucht, ausgelöst durch ein bei der Geburt erlittenes Einschnürungstrauma. Die Erde symbolisiere die »umklammernde, fressende Mutter«, vor der sich der Gepeinigte auf die Achttausender rette: »Der Tod steht unmittelbar vor Augen, als Feind, den man immerfort auf den Bergen besiegen muß.« Am 27. Juli 1995 stürzte Messner, als er, da er seinen Schlüssel vergessen hatte, die vier Meter hohe Mauer zum Hof seines Schlosses Juval im Südtiroler Vinschgau erklimmen wollte, auf einen Felsvorsprung und zertrümmerte sich das Fersenbein. Nach mehreren Operationen kann er nun wieder halbwegs gehen. Doch auf Achttausender wird er

* erschienen 1992 bei Hoffmann und Campe

wohl nicht mehr steigen, Eiswüsten nicht mehr durchwandern können. Bei meinem Besuch, fünf Jahre zuvor, hatte er darauf bestanden, zum Gespräch in schwindelnder Höhe auf einer Balkonbrüstung Platz zu nehmen. Ich hatte ihn vor solchem Leichtsinn gewarnt, aber nur Spott geerntet.

*Sie sagen, Sie steigen auf die Berge und gehen zum Südpol**, *um nicht verrückt zu werden.*
Richtig, ja.
Wie sieht die Verrücktheit aus, die Sie befürchten?
Ich würde im Zimmer hin und her gehen wie ein wildes Tier, das man eingesperrt hat. Ich würde nicht mehr klar denken können. Ich bin als Student, der eigentlich klettern wollte, nachts häufig aufgewacht, in Angstschweiß gebadet, weil ein bestimmter Gedanke dauernd durch meinen Kopf lief. Ich habe im Kreis gedacht. Die Gedanken haben sich hinten selbst angebissen. Ich habe furchtbar gelitten.
Aber Sie sind nicht verrückt geworden.
Hätte ich weiterstudiert statt auf den Himalaya zu gehen, hätte ich mich vermutlich erschossen.
Vielleicht hätten Sie eine andere Lösung gefunden.
Für mich ist die Lösung das Gehen. Ich habe mich freigelassen und bin auf die Berge gestiegen. Wenn ich klettere, bin ich konzentriert auf Tritte und Griffe, auf die Zeit, die ich einhalten muß, auf den Gipfel, den ich erreichen will. Ich denke dann nicht, sondern ich handle. Ich frage nicht: Wel-

* Vom 13. November 1989 bis zum 12. Februar 1990 durchquerte Messner zusammen mit Arved Fuchs zu Fuß die Antarktis.

chen Sinn hat das Leben? Gibt es einen Gott? Was ist Liebe? Der Sinn entsteht durch das Tun, ganz gleich, durch welches. Ich könnte auch Bäume fällen.
Nur wären Sie damit bestimmt nicht berühmt geworden.
Daß ich berühmt bin, liegt daran, daß ich mehrere Fähigkeiten miteinander verknüpfen kann. Bergsteiger gibt es wie Sand am Meer. Eine Ausnahmeerscheinung unter den kletternden Affen bin ich geworden, weil ich auch noch gut reden kann. Ich packe die Leute.
Außerdem schreiben Sie Bücher.
Ich schreibe Dokumentarberichte.
Sie haben auch Gedichte geschrieben.
Ja, aber das waren so pubertäre Sachen. Das ist lang her.
Eine gewisse Vorliebe für das Poetische ist Ihnen geblieben. Am Nanga Parbat glauben Sie, als »runde, durchsichtige Wolke« hinter sich herzuschweben. Am Mount Everest fühlen Sie sich »zerbrechlich wie eine Glühbirne«, erleben einen »seelischen Orgasmus« und das »Ausschwingen in einem raum- und zeitlosen Allbewußtsein«.
Das ist schwierig. Um so etwas darzustellen, müßte man Sprachkünstler sein. Aber das bin ich nicht.
In der Antarktis fällt Ihnen Dante ein, der eine Eishölle beschreibt, obwohl er nie einen Gletscher betreten hat.*
Das hat mich wirklich erstaunt. Mir ist unbegreiflich, wie Dante solche Bilder erfinden konnte. Daneben stehe ich ziemlich erbärmlich da. Ich kann nur beschreiben, was ich gesehen habe.
Häufig beschränkt sich das auf die Schilderung der jeweils herrschenden Wetterlage.
Das Wetter ist für mich ein großes Problem. Für Sie mag das langweilig sein. Aber wenn ich bedenke, welcher Scheiß heute als Literatur verkauft wird, sterile, tausendfach anein-

* in »La divina commedia«, »Inferno«, vierunddreißigster Gesang

andergereihte Sätze, Sprachonanie, hinter der keine Erfahrung steht, dann halte ich das, was ich schreibe, noch immer für interessanter.

Was war in der Antarktis Ihre stärkste Erfahrung?

Die Erfahrung der Stille und der Unendlichkeit. Man sieht dort nicht weit, höchstens fünf Kilometer. Die Unendlichkeit wächst einem beim Gehen zu, denn der Horizont ist ein immer gleichbleibender Kreis, der mit jedem Schritt springt. In Worten ist das nicht auszudrücken, so wie man auch das Nichts nicht beschreiben kann.

Sie haben es trotzdem getan.

Ja, leider. Ich weiß, es ist widersinnig.

Sie haben sogar einen Ort für das Nichts gefunden.

Richtig, und dabei bleibe ich auch. Ich erlebe das Nichts am ehesten auf einem Achttausender. Wenn ich mich jahrelang vorbereite und all meine Willenskraft darauf konzentriere, zum Gipfel hinaufzukommen, dann überfällt mich am Umkehrpunkt dieses Gefühl. Ich stehe oben und denke: Wofür das ganze? Das ist ein tragischer Moment. Jeder Berg, den ich erklettert habe, ist ein zerstörter Traum. Aber das weiß ich inzwischen. Deshalb ist es nicht mehr so schlimm. Die letzten Achttausender habe ich nur noch so abgehakt, damit es eine runde Geschichte wird.

Ihre Autobiographie trägt den Titel »Die Freiheit, aufzubrechen, wohin ich will«.

Das ist eine Zeile von Hölderlin.

Aber frei sind Sie doch gar nicht.

Sie haben recht. Ich bin nicht frei, wenn ich meine Expeditionen mache. Ich gehorche einem inneren Zwang. Ich bin ein von mir Getriebener, ein Gehetzter, das gebe ich zu.

Ein Zeichen von Freiheit wäre gewesen, wenn Sie auf den letzten der vierzehn Achttausender, die Sie bestiegen haben, verzichtet hätten.

Das habe ich tatsächlich kurz überlegt. Der Buddhismus

sagt, der Mensch wird nur frei durch den Verzicht. Das ist heute sehr aktuell, denn das wäre die Philosophie, mit der sich die Menschheit vielleicht noch retten könnte.

Dafür sind Sie ein schlechtes Beispiel.

In diesem Punkt, ja. Aber ich habe auf andere Weise gezeigt, daß man verzichten kann. Ich war ohne Sauerstoffmaske auf dem Mount Everest. Das hat man verstanden. Millionen von Menschen haben gesagt, eigentlich muß man ja nicht mit dem Auto fahren, sondern man kann auch zu Fuß gehen.

Sie meinen, die Leute lassen das Auto stehen, weil Sie ohne Sauerstoff auf dem Mount Everest waren?

Nein, aber im Unterbewußtsein ist etwas hängengeblieben, da bin ich ganz sicher. Die Menschen haben gespürt, daß es nicht nötig ist, immer mehr technische Tricks zu entwickeln, um leben zu können.

Das ist doch Unsinn, weil jeder weiß, welchen Aufwand Sie brauchen, um Ihre Abenteuer überhaupt realisieren zu können.

Der Aufwand bei meinen Vortragsreisen, die nötig sind, um meine Abenteuer zu finanzieren, ist wirklich enorm, das stimmt. Aber ich will ja kein Vorbild sein. Ich will auch die Menschen nicht ändern. Ich mache das nur für mich selbst. Ich bin mir der Lächerlichkeit meines Tuns immer bewußt. Im Grunde ist alles, was wir tun, lächerlich. Wir zerstören unsere Basis. Der Mensch zerstört diese Welt. Das sehe ich. Davon bin ich fest überzeugt. Das Ende der Menschheit ist nicht mehr fern. Wir werden in einem kollektiven Selbstmord zugrunde gehen. Die Menschen werden auf einen großen Haufen zusammenlaufen und sich aus Verzweiflung ins Wasser stürzen.

Erschreckt Sie das nicht?

Nein, ich bin damit einverstanden. Mein Ausweg ist die Aktion. Wenn ich tagelang durch die Antarktis laufe und in einen Schneesturm gerate und Angst bekomme, dann erlebe ich ganz massiv die Lächerlichkeit. Ich bin Atheist. Ich halte das Leben für eine Absurdität. Aber ich laufe nicht weg vor ihr, sondern ich laufe in sie hinein. Ein anderer fährt in die nächste Bar, wenn er es daheim nicht mehr aushält. Ich steige auf einen Berg hinauf.

Sie fliehen.

Okay, ich fliehe. Hätte ich die Fähigkeit, die Sinnlosigkeit zu ertragen, ohne etwas zu tun, dann wäre ich ein tibetanischer Mönch und würde in einer Höhle sitzen. Aber es gibt auch einen anderen Grund. Ich glaube, daß der Mensch nicht zum Sitzen geschaffen ist. Früher ist er auf die Berge gelaufen, um Pilze zu sammeln und Rehe zu jagen. Das Gehen liegt uns im Blut. Der Mensch ist kein Dauerhocker. Ich muß doch für meinen Wandertrieb irgendeine Entschuldigung haben.

Sie könnten ihm auch widerstehen.

Nein, das kann ich nicht.

Haben Sie es versucht?

Ich kokettiere immer wieder mit dem Gedanken, einmal eine Zeitlang nichts tun zu müssen, mich in die Wiese zu legen und in den Himmel zu schauen. Das wäre ganz unaufwendig. Aber dazu ist es zu früh. Geben Sie mir noch zehn Jahre Zeit.

*In zehn Jahren sind Sie ein alter Mann.**

Sechsundfünfzig.

Da wird Ihnen gar nichts anderes übrigbleiben als kürzerzutreten.

Was schlagen Sie vor?

Ich schlage vor, wir erheben das Denken zum Abenteuer.

Ich verstehe. Sie würden den Abenteurer gern körperlos sehen. Aber das geht nicht. Das Abenteuer ist rein geistig nicht möglich. Zum Abenteuer gehört die physische Todesnähe.

* Reinhold Messner wurde am 17. September 1944 in Brixen geboren.

War Frank Kafka kein Abenteurer?
Kafka ist eine Ausnahme, weil er über seine verrückte Traumwelt den Zugang zu sich gefunden hat. Diesen Zugang habe ich nicht.
Weil Sie Ihre Träume zu wenig beachten.
Das stimmt nicht. Ich habe, bevor ich in die Antarktis ging, sehr interessant geträumt. Ich habe mich im Traum eingeklemmt in einer unendlichen Weite gefühlt.
In der Freiheit gefangen.
Ja, aber das hätte ich nicht geträumt, wenn ich nicht geplant hätte, aufzubrechen. Für mich sind Körper und Geist nicht voneinander zu trennen. Der Mensch hat nicht genug Phantasie, um allein durch das Denken zu Erkenntnissen zu gelangen. Er begreift nur, was er erlebt hat.
Nietzsche, den Sie sehr schätzen, wie man Ihren Büchern entnehmen kann, hat doch nicht selbst erlebt, was er etwa in »Also sprach Zarathustra« über das Bergsteigen schreibt.
Nein. Nietzsche hatte eine Vision, und er hatte die Gabe, sie umzusetzen. Im übrigen habe ich keine Probleme, wenn Sie Nietzsche als einen Abenteurer bezeichnen.
Oder Hölderlin.
Hölderlin hatte das große Glück, schizophren zu sein.
Das nennen Sie Glück?
Ja, das nenne ich Glück. Ich möchte die Momente, in denen ich, allein auf einem Gipfel, anfing, mit mir zu reden, nicht missen. Das war eine wesentliche Erfahrung. Ich habe mit meinem anderen Ich gestritten. Ich bedaure, daß man sogenannte Verrückte, die durch die Straßen gehen und mit sich sprechen, in Anstalten sperrt. Ich glaube, daß wir von diesen Menschen viel lernen könnten.
Gibt es Erfahrungen, die Sie noch machen wollen?
Ich bin noch nie abgestürzt. Also das fehlt mir. Ich bin 1980 auf dem Mount Everest in eine Spalte gefallen. Aber die war nur acht Meter tief. Ich wäre auch gern einmal eingesperrt.

Mich würde interessieren, wie ich reagiere, wenn ich eine lange Zeit im Kerker verbringen müßte. Aber dazu müßte ich ein Verbrechen begehen. Ich könnte Sie zum Beispiel erschießen.

Haben Sie einen Revolver?

Nein.

Außerdem wäre Ihre mutwillig herbeigeführte Verhaftung eine Erfahrung, die nicht viel zählt.

Das ist wahr. Es ist etwas anderes, ob ich freiwillig oder ungewollt leide. Ich habe mir meine Leiden immer selbst ausgesucht. Ich bin nie in einem KZ gewesen. Das wäre noch eine Wunscherfahrung. Ich möchte wissen, wie lange ich durchhalten und wie selbstsüchtig oder brutal ich mich den Mithäftlingen gegenüber verhalten würde.

Hätten Sie gern einen Krieg erlebt?

Das glaube ich nicht. Mein Vater war im Zweiten Weltkrieg Soldat. Ich erinnere mich, daß mir als Kind die Gespräche über den Krieg immer zuwider waren. Ich suche nicht den Kampf Mensch gegen Mensch. Ich habe auch in der Bergliteratur mit der soldatesken Sprache, wie sie dort üblich war, aufgeräumt. Kennen Sie Dyhrenfurth*?

Nein.

Das war ein Schweizer Bergsteiger und Wissenschaftler, der ein Buch geschrieben hat mit dem Titel »Der Krieg an der Nordfront«. Gemeint ist der Aufstieg zur Eiger-Nordwand, fürchterlich. Ich habe nie gegen den Berg gekämpft, sondern gegen den Widerstand in mir selbst. Der Berg ist nur ein Symbol. Ich brauche von Zeit zu Zeit diese Herausforderung, damit ich psychisch und geistig nicht träge werde.

Das heißt, Sie verblöden, wenn Sie nicht auf die Berge gehen.

Das wäre nicht auszuschließen. Damit kommen wir wieder

* Günter Oskar Dyhrenfurth, 1886–1975

zum Ausgangspunkt. Faust sagt, am Anfang war nicht das Wort, sondern die Tat. Deshalb mag ich den Goethe so gern. Das Wort, auch das Wort »Gott«, ist eine späte Erfindung. Die ersten Erkenntnisse hat der Mensch aus dem Tun geschöpft.

Goethe ist Ihnen auch aus anderen Gründen sympathisch.

Ja, weil er sich gegen die christliche Moral dazu bekennt, Egoist zu ein. Auch ich habe mit dem Christentum Schwierigkeiten.

Welche?

Mich stört, daß behauptet wird, Jesus wüßte den Weg und die Wahrheit, und wer ihm folge, der würde in einem anderen Daseinszustand dafür belohnt. Das ist eine Schweinerei, weil man damit den Menschen das Leben stiehlt. Man nimmt ihnen die Chance zur Selbsterkenntnis. Man nimmt ihnen ihre Gefühle, ihre Aggressionen, ihr Leiden. Ich möchte nicht abhängig sein von christlicher Nächstenliebe.

Aber das kann passieren.

Das passiert bei mir nicht.

Halten Sie sich für unverwüstlich?

Nein, aber ich werde mein Ende bewußt erleben. Ich werde nicht angewiesen sein auf das Mitleid der Menschen. Das Sterben wird mein wichtigstes Abenteuer.

Sie suchen den Tod.

Das nicht, aber ich sage, das Leben ist eingespannt zwischen Geburt und Tod. Diesen beiden Ereignissen ist alles untergeordnet, auch die Liebe, die den Tod für Momente, in einem Anflug von Begeisterung, aufheben kann. Ich finde die Liebe nicht uninteressant. Aber der Tod ist zweifellos das größere Thema.

Ein Toter kann nicht mehr lieben.

Eben.

Ja, aber was folgt daraus?

Daraus folgt, daß die Mutter, durch die wir geboren sind, eine göttliche Bedeutung bekommt. In meinem Fall ist das besonders prekär. Ich habe fünf Brüder und eine Schwester. Zwei Brüder sind tot. Unsere Mutter, eine einfache, gläubige Frau, die es schwer hatte, neun Kinder durchzubringen, hat uns, über alle Schwierigkeiten hinweg, bedingungslos, in der Mathematik sagt man ein-eindeutig, geliebt. Wäre ich ein Mörder geworden, hätte sie trotzdem gesagt, das ist mein Kind, und mich im Gefängnis besucht. Deshalb haben meine Brüder und ich Probleme mit Frauen. Wir verlangen von der Frau die gleiche bedingungslose Entscheidung. Nur meine Schwester lebt in einer normalen Ehe. Die Söhne sind alle ledig oder geschieden. Das wäre sicher ein Ansatzpunkt, wenn ich mich psychiatrisch behandeln ließe.

Aber das tun Sie nicht.

Nein, ich beobachte es, ich muß es nicht ändern. Inzwischen kann ich ganz locker darüber reden. Meine Mutter sagt triumphierend, aha, die Buben kommen nicht gut mit Frauen zurecht. Sie spielt damit, und ich lache darüber.

Ist das so komisch?

Es ist nicht komisch, aber es bedrückt mich auch nicht. Ich bin der Meinung, daß die Schwierigkeiten im Leben wichtiger sind als die Glücksmomente. Ich habe immer dann etwas gelernt, wenn es mich oder einen anderen etwas gekostet hat. Mein jüngerer Bruder ist 1970 durch meine Schuld umgekommen. Wir hatten gemeinsam den Nanga Parbat bestiegen. Er wurde höhenkrank und ist abgestürzt. Damals habe ich erkannt, daß ich verwundbar bin. Bis dahin hatte ich mich für unsterblich gehalten. Ich war so naiv gewesen, zu glauben, ich sei der unverwundbare Siegfried. Erst durch den Tod meines Bruders bin ich erwachsen geworden. Es hat dieses Todes bedurft. Mein Weiterkommen hat einem Menschen das Leben gekostet. Ein Moment der Tragödie war nötig, und die Tragödie ist nicht möglich ohne das Opfer.

Ihr Bruder mußte sterben, damit Sie begreifen, daß Sie vergänglich sind.

Ja, und meine einzige große Liebe* mußte zerbrechen, damit ich begreife, der Mensch ist ein Einzelwesen.

Weltbewegende Einsichten sind das ja nicht gerade.

Haben Sie erwartet, daß Sie durch mich zu weltbewegenden Einsichten kommen?

Natürlich.

Da muß ich Sie leider enttäuschen. Ich kann nur meine Erfahrungen wiedergeben.

Wie haben Sie denn Ihre Probleme mit Frauen gelöst?

Indem ich aufgehört habe, mich für die Hälfte eines Paares zu halten. Ich lebe mit einer Frau.** Wir haben eine gemeinsame Tochter.*** Trotzdem ist jeder vom anderen unabhängig. Mir sind Frauen am liebsten, die sich als Menschen fühlen. Ich bin auch nur ein Mensch. Ich bin kein Mann. Abgesehen von der Tatsache, daß ich keine Kinder bekommen kann, gibt es zwischen einer Frau und mir keinen Unterschied.

Könnten Sie Kinder bekommen, würden Sie auf das Klettern verzichten.

Das habe ich nicht gesagt.

Doch, in einem Interview, vor zehn Jahren.

Gut, es ist etwas Wahres dran. Die größte schöpferische Möglichkeit des Menschen ist das Austragen, Gebären und Großziehen von Kindern. Leider ist mir diese Erfahrung versagt. Ich glaube aber nicht, daß das der Grund ist, weshalb ich Abenteurer geworden bin.

In Ihrem Buch »Der gläserne Horizont« schreiben Sie: »Ich

* zu Uschi Demeter, mit der er von 1972 bis 1977 verheiratet war

** Sabine Stehle, eine Wiener Textildesignerin

*** Magdalena, geboren 1988, aus derselben Verbindung stammt auch der 1990 geborene Sohn Gesar Simon

bin ein Narr, der mit seiner Sehnsucht nach Liebe und Zärtlichkeit auf die kalten Berge läuft.«
Klingt sehr poetisch.
Leiden Sie unter Mangel an Zärtlichkeit?
Nein, ich hole sie mir.
Wo?
Auf den kalten Bergen.
An anderer Stelle heißt es, Sie hätten an den Bergwänden Ihre Pubertät ausgelebt.
Das ist richtig. Ich bin ein Spätentwickler. Ich habe bis zu meinem neunzehnten Lebensjahr meinen Geschlechtstrieb nicht wahrgenommen, höchstens im Traum, unbewußt.
Wie ist das zu verstehen?
Ich hatte meinen ersten Erguß, während ich schlief. Manchmal erlebe ich das sogar heute noch. In der Antarktis ist es mir zweimal passiert. Das eine Mal war ich im Traum auf einen Baum geklettert, um einer Frau nachzujagen, die über die Äste kroch. Durch das Reibungsgefühl an der Rinde entstand wahrscheinlich die Pollution.
Stört es Sie, wenn man Witze über Sie macht?
Das hängt davon ab, wie gut die Witze sind.
Man hat Ihnen vorgeschlagen, Sie sollten, um Ihre Abenteuerlust zu befriedigen, gefesselt auf den Mount Everest oder in Stöckelschuhen durch die Sahara gehen.
Das finde ich dumm, weil es nicht logisch ist. Es gibt einen Yeti-Witz, den ich sehr mag. Da treffen sich zwei Yetis am Himalaya. Der eine sagt: Du, ich hab' den Messner gesehen. Darauf der andere: Gibt es den wirklich? Das halte ich für einen intelligenten Witz, weil er zeigt, daß meine Existenz genauso schwer zu beweisen ist wie die des Yeti.
Aber den Yeti haben Sie doch gesehen.
Ich habe die zoologische Basis des Yeti gesehen, also das Vorbild, nach dem die Legende entstanden ist. Es handelt sich um ein schwarzes Tier, das auf zwei Beinen geht und

nachts pfeift.* Ich bin ihm vor vier Jahren begegnet. Es ist auf mich zugekommen. In zehn Meter Entfernung ist es stehengeblieben. Die Hand hat es mir nicht geschüttelt. Ich hoffe, es war nicht das einzige Exemplar, das es noch gibt, weil ich dann meine Arbeit nicht fortsetzen könnte.
Welche Arbeit?
Ich will das Viech wiederfinden und fotografieren. Das Interesse ist groß. Bei mir ruft mindestens einmal pro Woche ein Geldgeber an und sagt, er würde das gern finanzieren. Aber ich kann jetzt nicht hin. Das Gebiet, in dem das Tier lebt, ist von den Chinesen gesperrt.
Was werden Sie statt dessen als nächstes tun?
Ich mache wieder eine Eiswanderung.
Das gleiche noch einmal?
Nein, diesmal gehe ich ohne Partner.** Ich möchte sehen, wie lange ich es allein aushalten kann. Eine Steigerung muß es schon geben.
Sie könnten ja mit verbundenen Augen gehen.
Blödsinn.
Wieso ist das Blödsinn? Sie wandern blind durch die Unendlichkeit. Das wäre doch eine interessante Erfahrung.
Ja, aber dazu könnte ich auch zu Hause bleiben. Ein Blinder braucht nur daheim zu sitzen, weil er überall die Möglichkeit hat, die Unendlichkeit *nicht* zu sehen.

* Laut Mitteilung des österreichischen Zoologen Peter Krott, der sich nach Erscheinen des Interviews bei mir meldete, ist hier die Himalayagemse (Nemorhaedus goral) beschrieben, die sich bei Bedrohung auf die Hinterbeine stellt und ein pfeifendes Geräusch von sich gibt.

** Dazu kam es nicht. Zwar durchquerte Messner von April bis Mai 1993 das grönländische Inlandeis, aber begleitet von seinem Bruder Hubert.

Bernhard Minetti

In den ersten Minuten meiner Begegnung mit Bernhard Minetti am 26. Mai 1993 in München sah es so aus, als sollte sich bewahrheiten, was man mir über den Schauspieler warnend berichtet hatte: Er sei zu Leuten, die er nicht schätze, abweisend und grob. Ich hatte nach einer Vorstellung seines Solo-Abends »Märchen in Deutschland«, mit dem er an den Kammerspielen gastierte, in der Halle des Hotels »Vier Jahreszeiten«, in dem er logierte, auf ihn gewartet. Mißgelaunt fragte er: »Was wollen Sie wissen, Herr Meier?« Offenbar war ihm von seiner Frau, mit der ich den Termin verabredet hatte, mein Name falsch übermittelt worden. Als ich ihn darauf aufmerksam machte, daß ich Müller, nicht Meier, heiße, erlebte ich ein Glanzstück seiner fulminanten Verwandlungskunst, die ich auf der Bühne so oft bewundert hatte. Seine Miene hellte sich schlagartig auf, in den Augen erschien das berühmte Leuchten: »Dann sind Sie der André Müller? Den kenne ich doch.« Es stellte sich heraus, daß er ein begeisterter Leser meiner Gespräche war. Die Unterhaltung mit ihm wurde zum reinen Vergnügen. In Berlin trafen wir uns fünf Tage später ein zweites Mal. Minetti schimpfte über den Niveauverlust des Schillertheaters, zu dessen Ensemble er seit über dreißig Jahren gehörte. Kurz darauf verfügte der Berliner Senat die Schließung der unter Besucherschwund leidenden Bühne. Ich rief den Schauspieler an und bat ihn um eine Stellungnahme. Er sagte, er fühle sich von der Situation »nicht besonders betroffen«, er sehe dem Vorgang »gelassen entgegen«. An der Protestveranstaltung der Schließungsgegner nahm er dann dennoch teil. Mich erstaunte das nicht. »Der abhängige Künstler ist gezwungen, sich anzupassen«, hatte er mir im Gespräch erklärt. »Er kann sich nicht konsequent verhalten.«

Claus Peymann, mit dem Sie oft gearbeitet haben, hat Ihnen in einem Interview in der ZEIT** Größenwahn vorgeworfen.*
Kein Problem.
Schauspieler, so Peymann, seien oft dumm. Sie müßten am Abend der König sein, sich aber beim Probieren vom Regisseur manipulieren lassen. Dieser Zwiespalt zerreiße sie.
Hier muß ich den guten Peymann insofern korrigieren, als ich, wenn wir probierten, mehr wußte als er. Im Grunde hat er von mir gelernt, ganz bestimmt, und hat auch wunderbar reagiert. Was er größenwahnsinnig nennt, kommt aus der Irritation, die er empfindet, weil ich in der Auffassung einer Rolle, eines Stückes, ganz sicher bin und diese Sicherheit auch verteidige ihm gegenüber.
Ohne Größenwahn, sagten Sie, sei Qualität in der Kunst nicht möglich.
Eben. Ich meine, daß ein Schauspieler, der überzeugen will, diesen Größenwahn haben muß, dem Direktor, dem Regisseur und dem Publikum gegenüber.
Der größte Feind des Schauspielers sei sein Publikum, so Thomas Bernhard.
In jeder Hinsicht, der größte Feind, ja, weil es den Schauspieler zur Aggressivität oder, wenn es ein gutes Publikum ist, zum Leichtsinn verführen kann.
Zur Aggressivität, wenn es stört.
Ja, wenn Skandal entsteht, wenn rausgegangen wird oder Türen geschlagen werden. Das ist natürlich ein Schock, weil ich ja auf der Bühne ein anderer bin. Dieser andere will leben. Dessen Leben lasse ich mir nicht rauben. Das verteidige ich.
Gegen das Publikum.
Gegen, ja, obwohl ich hinterher glücklich bin, wenn sich Zu-

* Theaterregisseur, geboren 1937, seit 1986 Direktor des Wiener Burgtheaters
** vom 26. Mai 1988

stimmung zeigt, überglücklich. Ich habe ein großes Gefühl, wenn ich den Beifall entgegennehme. Dafür bin ich genauso empfänglich, wie ich während des Spielens die Enttäuschung spüre oder die Gleichgültigkeit. Hier kommen wir zur Phänomenologie der Schauspielerei. Ich bin auf der Bühne nicht mehr ich selbst. Ich bin die Figur, die ich schützen muß. Ich bin auch verführerisch, werde aber im Grunde verführt, oder ich bin dämonisch, entwickle einen Dämon, um das Publikum zu beherrrschen, nehme ihn aber sofort wieder zurück, wenn ich verstanden bin. An manchen Abenden hat man ein Abonnentenpublikum, das primitiv ist, ein Gewohnheitspublikum, träge, das gar nicht zu bewegen ist.

Oder zu häufig lacht.

Ja.

Sie wollen das Lachen zerstören.

Ja, aber auch herstellen, beides.

Lachen die Leute nicht schon genug heutzutage?

Das Lachen wird zu sehr bedient vom Theater, das ist richtig, viel zu sehr. In Berlin klatschen die Leute bei Aufführungen, die so banal sind, so faxenhaft, sich selbst verulkend. Die Tragödien als Farce zu zeigen, ist einmal gut, ein Shakespeare hat die Schultern, das zu ertragen, mühelos, aber im allgemeinen ertragen es die Klassiker nicht. Sie vertragen auch keine Psychologisierung, keine Interessantheit, die aufgepfropft ist. Mein bester Regisseur war Jürgen Fehling*. Der sagte, interessant ist gar nicht interessant auf dem Theater.

*Sie spielen am Schillertheater den Puck im »Sommernachtstraum«.***

Ja, in der Inszenierung von Neuenfels***, mit dem ich mich gar nicht verstanden habe, weil er die Schauspieler nicht zu-

* 1885–1968
** Premiere am 12. Juni 1993
*** Hans Neuenfels, geb. 1941

einander bringt und alles psychologisch erklären will, mit originellen Einfällen, sicher, die sich aber nicht auf mich übertragen haben, auf meinen Körper. Ich spiele ja aus dem Zentrum des Körpers, nicht aus dem Kopf, auch nicht aus dem Bauch, wie man sagt, sondern aus dem Herzen, aus einem unbeschädigten Gefühl heraus, das ich schütze wie eine Mutter ihr Kind in allen Unbillen und Fürchterlichkeiten des Lebens.
Warum sind Sie aus der Inszenierung nicht ausgestiegen?
Aus Verpflichtung dem Theater gegenüber, und weil ich abhängig bin als Lohnempfänger, weil ich Geld beziehe. Das erklärt vieles. Dafür bitte ich um Verständnis. Das erklärt auch die Kompromisse, die ich gemacht habe im Leben.
Politische Kompromisse.
Ja, auch.
Sie waren im Dritten Reich Schauspieler am Preußischen Staatstheater.
Ja, das wird mir heute zum Vorwurf gemacht.
Haben Sie sich selbst etwas vorzuwerfen?
Ich habe nicht hingesehen. Ich habe die Augen verschlossen, wissend, was Hitler bedeutet. Ich habe nichts dagegen getan. Vielleicht war ich feige. Das sind Gewissensfragen. Ich durchschaue das Übel der Welt. Ich habe auch den Nationalsozialismus durchschaut. Ich bin nicht dumm und nicht unempfindlich. Aber ich habe gelernt, mich herauszuhalten. Ich habe die Fähigkeit entwickelt, mich abzuschirmen, aus Selbstschutz. Meine Existenz ist mein Theaterleben. Schauspieler zu sein, ist mein Trieb, meine Notwendigkeit. Ich mußte mich am Leben erhalten als Diener der Literatur, als ihr Vollstrecker. Das Theater war meine Rettung und ist es bis heute.
Rettung wovor?
Vor der Welt, vor dem Leben, vor der Verzweiflung.
Kommt aus dem Leiden nicht auch die Kraft für die Kunst?

Wenn ich leide, Verehrtester, kann ich nicht am Abend Theater spielen. Ich fliehe das Leid. Trotzdem überfällt es mich. Ich empfinde mich teils als naiv, teils als fürchterlich wissend. Mit dieser Dialektik müssen Sie fertig werden. Ich wußte, wie gefährlich Konzentrationslager sind. Ich habe mich angepaßt, um nicht dorthin zu kommen. Ich habe die Privilegien benutzt, die ich als Schauspieler hatte. Ich wurde auch nicht zum Militär eingezogen, glücklicherweise. Die Fürchterlichkeit der Gesellschaft zeigt sich für mich in drei Institutionen, die ich hasse, auch wenn sie notwendig sind. Ich meine das Gefängnis, das Militär und das Krankenhaus. Ich hasse es, morgens um sechs aufstehen zu müssen, weil geputzt wird, oder in einem Raum zu liegen, wo noch andere schlafen. Ich kann Gestank nicht ertragen. Ich weiß, wie schweinisch das klingt denen gegenüber, die zu Unrecht oder zu Recht im Gefängnis sitzen. Aber so ist es.

1944 haben Sie in Breslau bei der Uraufführung des Durchhaltestücks »Die Wölfe« von Hans Rehberg Regie geführt.*

Das war ein Fehler. Ich bekam aus einem zum falschen Zeitpunkt gewonnenen Ruhm das Angebot, es zu machen. Gründgens, à la bonne heure, hatte abgelehnt, es in Berlin an seinem Theater herauszubringen.

Wollten Sie den Machthabern gefallen?

Nein, daran habe ich überhaupt nicht gedacht. Ich habe an das Stück gedacht und an Rehberg, mit dem ich befreundet war, obwohl er ein Nazi war, was ich nicht wußte, darüber haben wir nie gesprochen. Mir gefiel das Stück, das den Idealismus junger U-Boot-Fahrer jenseits aller Gesinnung zeigt, wie ich behaupte, jenseits aller Ideologie, aus einem jugendlichen Drang zur Gewalt heraus, der natürlich ist, der aber mißbraucht werden kann. Heute wird das Stück als kriegsverlängernd gesehen. Aber so habe ich es nicht aufgefaßt.

* deutscher Dramatiker, 1901–1963

Sie haben auch in Filmen gespielt, unter anderem in Leni Riefenstahls »Tiefland«.
Ja, Riefenstahl hat mich becirct noch und noch, so daß ich nicht nein sagen konnte. Außerdem wollte ich filmen. Sie war eine außergewöhnlich gute Technikerin und aus einer Egozentrik heraus hochbegabt in dem Vermögen, sich durchzusetzen. Als Regisseurin war sie ganz furchtbar. Das lag ihr nicht.
Hatten Sie danach noch einmal Kontakt mit ihr?
Ich habe in dem Prozeß, in dem es um inhaftierte Zigeuner ging, die sie in dem Film als Komparsen eingesetzt hatte, eine Aussage gemacht, die für sie positiv war, denn ich habe nur gesehen, wie beliebt sie bei den Zigeunern war. Ich glaube nicht, daß sie wußte, daß diese Leute eliminiert werden sollten.*
Wie sehr belasten Sie die Vorwürfe, die gegen Sie wegen Ihrer Arbeit während des Nationalsozialismus erhoben werden?
Sie belasten mich, weil ich spüre, daß ich gegen eine unsichtbare Wand spielen muß, gegen beeinflußte Leute, die mir gegenüber nicht so offen sind, wie es nötig wäre. Ich leide, weil die Kunst Schaden nimmt. Ich leide nicht als Person, obwohl ich sagen muß, daß man andere meines Alters, die sich genauso verhalten haben, in Ruhe gelassen hat. Mar-

* Leni Riefenstahl hatte gegen den 1983 vom WDR ausgestrahlten Dokumentarfilm »Zeit des Schweigens und der Dunkelheit« der Filmemacherin Nina Gladitz eine Einstweilige Verfügung erwirkt, weil darin Zigeuner, die 1941 aus dem Lager Maxglan bei Salzburg als Komparsen für »Tiefland« zwangsverpflichtet worden waren, ausgesagt hatten, sie, Riefenstahl, habe von dem ihnen bevorstehenden Abtransport nach Auschwitz gewußt und ihr Versprechen, ihnen zu helfen, nicht eingehalten. Das Landgericht Freiburg entschied im Juni 1985, daß die betreffenden Stellen aus dem Film von Nina Gladitz entfernt werden müßten.

tin Held* wurde nicht gefragt. Der war in der Provinz engagiert. Ich stand in Berlin an vorderster Stelle. Dadurch bin ich für die Presse leicht angreifbar.

Waren Sie Mitglied der Hitler-Partei?

Nein, im Gegenteil, ich war ja links eingestellt, ein im Grunde anarchischer Mensch, gegen Parteiungen, schon in der Jugend. Ich war, das ist sicherlich nachzuweisen, bei den Nazis ganz unbeliebt. Göring mochte mich nicht. Er mochte auch nicht die Art, wie ich spielte. Gründgens sagte: Du spielst so nackt. Das paßte nicht zur Prüderie des Nationalsozialismus. Ich war weder in der Partei, noch war ich im Widerstand. Ich habe das Böse durchschaut, ich habe es als Katastrophe empfunden und mich innerlich abgesondert. Durch ein gewisses familiäres Wohlergehen, meine privaten Lieben, mein Lesen, habe ich mich über die Zeit gerettet. Meine Literatur habe ich nie verleugnet. Zu Hause hatte ich meinen Brecht, meinen Barlach. Bei der Bücherverbrennung, die ich aus nächster Nähe gesehen habe, denn das geschah direkt vor dem Schauspielhaus, dachte ich, meinetwegen können sie verbrennen, was sie wollen, die Autoren totzukriegen, gelingt ihnen nie.

Mit welchem gedanklichen Konzept haben Sie das Böse, das Sie erkannten, in Ihr Weltbild einordnen können? Dachten Sie, es sei unvermeidlich?

Nein, ich hatte keine Gedanken. Das Böse war da. Es war Wirklichkeit. Mein Wegschauen war nicht so sehr ein bewußter Vorgang. Ich habe mich hingegeben. Anders kann ich es nicht entschuldigen. Ich habe weggesehen aus Not. Das Hinsehen hätte mich zu sehr bedrängt. Es hätte mich unfähig gemacht, künstlerisch impotent. Ich habe vor nichts so große Angst wie vor Impotenz. Das ist vielleicht ein männlicher Zug. Ich muß tätig sein, um mich lebendig zu fühlen. Ich

* 1908–1992

darf, um die Verzweiflung eines Hamlet spielen zu können, nicht im Leben der Hamlet sein. Ein Schriftsteller hat Gedanken zu haben, ein Schauspieler nicht unbedingt.

Sie vermeiden die Verzweiflung im Leben, indem Sie auf dem Theater den Verzweifelten spielen.

Danke.

Mir wäre lieber, Sie würden Verzweiflung nicht darstellen, sondern verzweifelt sein.

Das ist ein grandioser Wunsch von Ihnen. Aber warum soll *ich* mir das wünschen? Ich gehe in meinen letzten Jahren* in eine andere Richtung. Ich fange an, wie Goethe weise zu werden.

Literarisch haben Sie anderen den Vorzug gegeben, Kleist, Büchner, Hölderlin.

Ja, aber die sind im Leben gescheitert. Das kann man nicht wollen.

In dem Theaterstück »Minetti« von Thomas Bernhard steht der Satz: »Der Künstler ist erst der wahre Künstler, wenn er durch und durch wahnsinnig ist.«

Über Wahnsinn möchte ich ungern sprechen, denn das ist ein Begriff aus der Wissenschaft.

Fürchten Sie manchmal, verrückt zu werden?

Ich möchte lieber das Wort »chaotisch« benutzen, oder »wirr«. Ich bin oft verwirrt durch die Welt, durch die Alltagswelt wie auch durch das Dasein an sich. In letzter Zeit kommt es vor, daß die Gedanken im Kopf durcheinanderstürzen. Das zeigt einen gewissen Verschleiß, ich liebe dieses Wort, es bezieht sich auch auf den Körper. Im Geistigen spüre ich, daß ich imstande bin, zwei Gedankenrichtungen parallel zu entwickeln. Aber ich behalte die Übersicht. Vor dem Irresein bewahrt mich jedes gutartige Erlebnis, das ich habe, oder ein Stück Literatur oder irgendein Zeitungsfetzen, auch die Fä-

* Bernhard Minetti wurde am 26. Januar 1905 in Kiel geboren.

higkeit zum Genuß. Meine Genußsucht ist groß. Schon ein Frühstück ist für mich etwas Wunderbares, die Tatsache, daß ich essen kann und immer noch Hunger habe, Lebenshunger.

Aber nicht Todesangst.

Nein.

Lieben Sie Ihren gebrechlichen Körper?

Ja, ich liebe auch meine Verschleißerscheinungen. Ich habe zwei künstliche Hüftgelenke. Mit den Jahren wird es schwieriger. Ich weiß nicht, ob es dazu kommt, daß ich das Alter als grausam empfinde. Das wird, wenn es geschieht, eine kardinale Frage in meinem Leben, die Kopf, Herz und Blut einbezieht. Wenn Sie fragen, wo ich die Kraft hernehme, dann sage ich, sie kommt aus dem Blut, jenseits von Blut und Boden. Es gibt Blut, und es gibt Boden. Daß die Nazis daraus ein so dümmliches Schlagwort machten, zeigt die Perfidie dieser Leute. Blut und Geist waren für mich immer zentrale Begriffe, Geist nicht im Sinne von Denken. Mir hat es bei mittelmäßigen Kollegen geschadet, daß mich Thomas Bernhard einen »Geisteskopf« nannte. Die Dummen glaubten, damit wäre Gehirn gemeint.

Haben Sie Feinde?

Oh ja, die habe ich. Heribert Sasse, der frühere Intendant des Schillertheaters*, fragte mich einmal, ob ich nicht wüßte, wie sehr ich beneidet werde. Es gibt Intrigen. Ich sollte vor zwei Jahren den Nathan spielen. Ich hatte schon angefangen, die Rolle zu lernen. Niels-Peter Rudolph war als Regisseur vorgesehen. Der Dramaturg Gerhard Ahrens hatte wunderbare Striche gemacht. Dann hieß es, die Produktion finde nicht statt. Die Gründe blieben im Dunkeln.

Was vermuten Sie?

Ich vermute, das Theater hatte nicht den Mut, sich über die Angriffe gegen mich in der Presse hinwegzusetzen.

* von 1985 bis 1990

Sie meinen, man fand es aufgrund Ihrer Vergangenheit nicht opportun, Sie einen Juden spielen zu lassen?
Ich weiß es nicht. Ich will es nicht wissen. Ich habe es weggewischt. Ich denke lieber an das, was vor mir liegt. Ich suche das Positive. Ich hatte in jüngster Zeit immer das Glück, daß, wenn ich am eigenen Haus keine Aufgaben fand, Angebote von außen kamen. Ich hatte den Ausweg Bochum, Thomas Bernhard, und gelegentlich Schaubühne*, Grüber**. Ich wurde gewünscht. Die Frage ist, ob einem das Bett gemacht ist und man sich vergnügt oder nicht. Das Bett sind die Regisseure, die mich brauchen und die auch ich, bilde ich mir ein, fördere, indem ich ihnen klarmache, was Dialog bedeutet, Partnerschaft.
Bei Thomas Bernhard gibt es nur Monologe. Harmonie, so Bernhard, ist Irrtum.
Aber wir sprechen doch miteinander, und ich habe den Eindruck, daß wir aneinander Vergnügen haben.
Das Gespräch, das wir führen, ist künstlich.
Das möchte ich nicht so sagen.
Es ist ein Interview.
Der Dialog ist der Prüfstand, auf dem sich zwei Wesensverschiedenheiten bewähren müssen. Entweder es gibt eine Gemeinsamkeit, oder es gibt den Sieg und die Niederlage. Ich habe den Dialog immer gesucht.
Aus Einsamkeit?
Vielleicht, ja. Ich war schon in der Pubertät, bei aller Radikalität, ein Melancholiker, weil ich sah, wie Bemühungen scheitern. Der Expressionismus mit seiner Utopie, daß der Mensch sich verstehend entwickeln könnte, war mein Jugenderlebnis. Dann kam die neue Sachlichkeit, dann der Surrealismus, Kunstrichtungen, die mir im Ansatz alle ver-

* Schaubühne am Halleschen Ufer, später am Lehniner Platz in Berlin
** Klaus Michael Grüber, Theaterregisseur, geb. 1941

ständlich waren, aber fehlschlugen in den Ergebnissen. Ich finde es albern, zu meinen, der Mensch könne als Individuum etwas bewirken.
Er ist angehalten, das Gute zu wollen, wissend, daß er es nur im Vergleich mit dem Bösen erkennen kann.
Ja.
Also muß er das Böse für nötig halten.
Ja, gut, lieber Freund, grüß Sie Gott.
Was ist die Rettung?
Das weiß ich nicht.
Demut?
In gewisser Weise, ja. Ich entdecke an mir gegenüber früher eine Tendenz zur Bescheidenheit. Ich bin, auch in meinen Mitteln, nicht mehr so anspruchsvoll. Meine Kunst ist ja reproduktiv. Ich habe Maler und Komponisten immer beneidet. Ein Maler kann ein Bild, wenn es nicht fertig ist, hinstellen und nach einem halben Jahr weitermachen. Er ist frei. Er kann warten, bis er ein Werk für vollendet hält. Der Schauspieler ist nicht frei. Er hängt von Faktoren ab, Kulturpolitikern, Intendanten, oft mittelmäßigen Leuten.
Empfinden Sie diese Abhängigkeit als Erniedrigung?
Sie ist das Alltägliche. Es gab Intendanten, die ich nicht ausstehen konnte, Boy Gobert*, Sasse, der eine elegant mittelmäßig, der andere untermittelmäßig, plebejisch. Die wurden in Positionen lanciert, die sie nicht ausfüllen konnten.
*Unter Sasses Regie haben Sie in dem Stück »Unbefleckte Empfängnis« von Hochhuth** gespielt.*
Leider, ja. Das war einer der Fälle, wo ich mich habe breitschlagen lassen aus Verpflichtung dem Theater gegenüber. Ich hatte lang nicht gespielt. Ich wollte spielen. In so einer Situation nimmt man Rücksichten, um nicht an einen Punkt zu kommen,

* Intendant der Staatlichen Bühnen Berlin bis 1985, verstorben 1986
** Rolf Hochhuth, geb. 1931

wo man allein dasteht, ohne Möglichkeit, innerhalb des Theaters zu wirken. Es ist eine große Frage, warum ich am Schillertheater geblieben bin. Vielleicht hätte ich zur Schaubühne gehen sollen, vor zehn Jahren, als es dort noch aufregend war.
Bei der Premiere des Hochhuth-Stückes * *hatten Sie den ersten großen Blackout Ihrer Karriere. Der Text war weg.*
Ja, weil es ein Schreibtext ist und kein Redetext. Außerdem hatte ich einen Partner, den ich unbehaglich und gar nicht vorhanden fand. Der hat mich gestört. Auch mit der Inszenierung war ich nicht einverstanden.
Welche der modernen Autoren, glauben Sie, werden die Zeit überdauern, Pinter, Beckett, Thomas Bernhard, vielleicht sogar Handke?
Über Handke will ich nichts Schlechtes sagen, weil ich ihm einen Film verdanke, »Die linkshändige Frau«, in dem ich mitgewirkt habe. Aber mein Fall ist er nicht, weil er mir zu poetisch ist, zu schön trotz aller Gefährdung. Bei Beckett frage ich mich, warum er für das Theater geschrieben hat. Die Art, wie er dem Schauspieler vorschreibt, was er zu tun hat, drei Schritte rechts, drei Schritte links, stößt mich von vornherein ab. Das werden Sie bei Thomas Bernhard nicht finden. Bei Bernhard ist die Verzweiflung echt. Bei Beckett ist alles sehr raffiniert, sehr gekonnt, aber immer um eine Spur zu fein, zu intellektuell.
Meinen Sie, er hätte sich auf die Prosa beschränken sollen?
Nein, »Warten auf Godot« ist sicher ein Glücksfall für das Theater. Aber das andere, vor allem die Einakter: Krampf. Die Geschwätzigkeit der Frau in »Glückliche Tage«: unerträglich. Beckett hat es den Kritikern leicht gemacht. Aber seine Tragik ist vorgetäuscht.
Auf deutschen Bühnen ist gegenwärtig der Österreicher Werner Schwab ** *sehr en vogue.*

* am 8. April 1989

** starb am 1. Januar 1994 im Alter von 35 Jahren an Herzversagen

Ja, aber ich fürchte, die Woge ist schon vorbei. Ich habe vor einiger Zeit in einer Hamburger Kneipe mit ihm gesoffen. Wir haben uns blendend verstanden. Er hatte die Idee, für mich einen »Faust« zu schreiben, und er hat es dann auch getan. Der Verlag hat mir das Stück zugesandt. Ich habe drei Seiten gelesen. Die Sätze sind überzogen, verkrampft, anempfunden auf einer gigantischen Ebene, dabei aber direkt sein wollend. Ich habe gar nicht mehr reagiert. Mein größter Wunsch, der kaum zu erfüllen ist, wäre, einmal ohne vorgegebenen Text auf einer Bühne zu stehen und mich mit dem Publikum zu unterhalten.
Worüber?
Das würde sich aus der Situation ergeben, improvisiert. Ich würde eine Meinung äußern und mit dem Publikum diskutieren, Fragen stellen, mich ausleben im Kontakt mit den Leuten.
Frei sein.
Ja, aber wahrscheinlich bin ich doch zu gehemmt dafür. Meine Aufgabe ist es, Dichtung zu interpretieren, sie zu verstehen und mit dem Körper zu übersetzen.
In Ihren »Erinnerungen« schreiben Sie, der Schauspieler müsse sich von der Gefühlskraft der Rolle, die er spielt, überwältigen lassen.*
Ja, er muß bereit sein zur Hingabe, offen.
Ist das nicht eine weibliche Haltung?
Doch, sicher. Schauspieler zu sein, ist ein femininer Beruf. Schon der Vorgang, sich einem Regisseur zu verpflichten, ist weiblich. Das Feminine ist die Abhängigkeit und die Lust, in der Abhängigkeit zu verführen, um dadurch die Oberhand zu gewinnen. So haben auch Frauen in der Geschichte gelegentlich herrschen können.

* »Erinnerungen eines Schauspielers«, erschienen in der Deutschen Verlags-Anstalt 1985

Die Steigerung von Hingabe ist Unterwerfung.
Richtig. Ich habe, mich unterwerfend, vieles mitgemacht auf dem Theater. Es gibt Regisseure, denen ich zugestehe, ihre Anschauungen aus fremden Texten herauszuholen. Es gibt einige von Format. Es gibt aber auch welche, die aus reiner Spekulation und um sich darzustellen ein Stück verfälschen. Schuld sind die Medien, die sich zu sehr an der Regie festhalten. Schlagen Sie eine Zeitung auf, und Sie werden sehen, wenn eine Premiere angekündigt wird, steht da der Name des Regisseurs, der des Bühnenbildners, manchmal sogar der des Komponisten, der die Bühnenmusik geschrieben hat, aber wer den Othello spielt oder den Wallenstein, steht da nicht. Das ist Scheiße.
Ein für Sie wichtiger Regisseur der letzten Jahre war Grüber.
Klaus Michael Grüber, ja, aber auch Zadek*, obwohl ich nur einmal mit ihm gearbeitet habe. In »Jeder stirbt für sich allein« von Fallada habe ich den Quangel gespielt. Ich bin fasziniert von Zadek. Ich bedaure, daß er mich nicht öfter geholt hat. Zadek wäre für mich ideal. Ich weiß nicht, warum er nie wieder auf mich gekommen ist, denn er ist immer freundlich zu mir, und ich halte ihn nicht für heuchlerisch.
Vielleicht hat er Angst vor Ihnen.
Ich weiß es nicht.
Sie gelten als der heute bedeutendste Schauspieler Deutschlands.
Das finde ich überzogen.
Freut es Sie nicht, so gerühmt zu werden?
Es macht mich scheu. Es gibt Kollegen, die ich mit mir durchaus auf einer Stufe sehe, auch jüngere, Voss**, Wildgruber***,

* Peter Zadek, geboren 1926
** Gert Voss, geb. 1941
*** Ulrich Wildgruber, geb. 1937

Bruno Ganz[*], Benrath[**]. Im Zusammenhang mit diesen Namen kann ich es akzeptieren, gelobt zu werden. Gegenüber anderen, gleichermaßen Gefeierten, fühle ich mich konträr, Schauspielern, die alles nach vorne spielen, Ernst Schröder[***], Will Quadflieg[+], beide hochbegabt, fähig, aber mir entgegengesetzt, Quadflieg der eher traditionelle Typus, immer auf einer etwas pathetischen Höhe, in dem Glauben, durch edle Kunst den Menschen verändern zu können, ein Vertreter der heilen Welt, Oskar Werner[++] vergleichbar, der aber bewegter war, romantisch, oft auch nur sentimental.
Über Oskar Werner haben Sie sich schon in Ihrem Buch nicht sehr freundlich geäußert.
Werner war sich seiner Wirkung zu sehr bewußt, nur schön und sich wohlfühlend dabei. Als Hamlet fand ich ihn fürchterlich.
Von Gründgens schätzten Sie nur den Mephisto.
Als Höhepunkt, ja. Auch in manchen Boulevardstücken gefiel er mir, nicht als Hamlet, nicht als Tasso, nicht als Franz Moor. In seiner Funktion als Direktor des Preußischen Staatstheaters während des Dritten Reiches war er ein Glücksfall, so weit gehe ich in meiner Verteidigung. Er hat das Haus von Tendenzstücken freigehalten, ein Mann, der es verstand, mit den Machthabern umzugehen, gerissen, ein glänzender Taktiker, fabelhaft, wie übrigens auch Claus Peymann.
Peymann?
Ja, doch. Der hat die Kulturpolitiker fest in der Hand, mühelos, ist befreundet mit einem Teil der Presse, dem größten Teil, ein geschickter Theaterleiter, dabei ein ganz kindlicher Mensch, sensibel, hochwertig sowieso.

* geb. 1941
** Martin Benrath, geb. 1926
*** 1915–1994
\+ geb. 1914
\++ 1922–1984

Haben Sie nie eine leitende Position angestrebt?
Ich war nach dem Krieg kurze Zeit Schauspieldirektor in Kiel. Sonst habe ich mich dem immer entzogen, vielleicht aus Feigheit, vielleicht aus dem Wissen, ich schaffe es nicht. Ich habe auch ein paarmal Regie geführt. Die Schauspieler waren glücklich mit mir, weil ich sie zueinander brachte. Das Zuhören ist ja das Wichtigste auf dem Theater. Ich kann eine Rolle nur fühlen, wenn ich auf das, was mein Partner tut, höre. Dieses herzustellen, ist mir gelungen. Was mir als Regisseur nicht gelang, war, das Schicksal der Stücke, die mich faszinierten, selbst in die Hand zu nehmen. So wie ich mich der Wirklichkeit nicht zu stellen vermag, so vermied ich es, mich künstlerisch festzulegen.
Was, glauben Sie, wird bleiben von Ihrer Arbeit?
Das weiß ich nicht, der Name vielleicht durch das Stück »Minetti« von Bernhard.
Thomas Bernhard hat Sie unsterblich gemacht.
Wenn Sie so wollen.
Was war Ihr erster Gedanke, als Sie von seinem Tod erfuhren?*
Das war der Gedanke: Er schreibt nicht mehr. Ich habe nicht egoistisch gedacht, daß er nun für mich nicht mehr schreibt. Ich dachte, sein Leben war doch das Schreiben. Dazu kam, daß er sein letztes Stück, »Heldenplatz«**, für sein schlechtestes hielt. Das hat er mir wörtlich gesagt. Die Bestürzung darüber, daß durch seinen Tod eine Korrektur nicht mehr möglich war, schwang mit bei jenem Gedanken.
In »Minetti« sagt der Schauspieler: »Wir sind tot. Das Schneiden einer Grimasse ist zurückgeblieben, eine Handbewegung, der erschrockene Kopf...«
Ja, nichts sonst.

* am 12. Februar 1989
** uraufgeführt am 4. November 1988 am Wiener Burgtheater

Franz Schönhuber

Das Interview mit Franz Schönhuber wurde von der ZEIT als »Streitgespräch« angekündigt. Aber das war es nicht. Um mit dem damals, 1992, noch einflußreichen Chef der rechtsradikalen »Republikaner« streiten zu können, hätte ich die Ansichten, die er vertrat, ernst nehmen müssen. Das ist mir, nachdem ich seine Reden studiert und seine Bücher gelesen hatte, nicht mehr gelungen. Zu deutlich kam darin zum Ausdruck, daß das einzige, das diesen Mann antreibt, ein aus seiner Biografie erklärlicher Geltungsdrang ist. Die Richtungen, die er einschlug, um ihn zu befriedigen, wechselten je nach Gelegenheit. Anfang der siebziger Jahre gerierte er sich, dem herrschenden Trend entsprechend, linksliberal. Eine Zeitlang arbeitete ich mit ihm im selben Haus. Er schrieb Kolumnen für die Münchner »Abendzeitung«. Ich war Kulturredakteur. Sein selbstgefälliges Auftreten gab Anlaß zu manchen Scherzen. Als 1983 seine politische Karriere begann, wurde er rasch zur Leitfigur einer extremen Rechten, die sich unter Verdrängung historischer Schuld in nationalistischer Pose gefiel. Die Medien dämonisierten ihn zu einer Art neuem Hitler. Ich habe das mit Befremden verfolgt. Hitlers Wirkung war nur möglich, weil er sich fanatisch einem mörderischen Plan unterwarf. Schönhubers Fanatismus beschränkte sich auf das Ziel, im Mittelpunkt des Interesses zu stehen. Es schmeichelte ihm, daß die ZEIT, noch dazu im Feuilleton, ein Gespräch mit ihm drucken wollte. Mehrmals, nämlich immer dann, wenn er sich in Widersprüche verwickelte, war er nahe daran, es zu beenden. Was ihn davon abhielt, war wohl die Überlegung, daß er dadurch eine Chance, in dem angesehenen Blatt zu erscheinen, verspielen würde. In einigen Leserbriefen wurde mir nach Veröffentlichung des Interviews vorgeworfen, ich hätte keine politischen Argumente ins Feld geführt. Der Münchner Journalist Helmut Lesch nannte mich eine »Fehlbesetzung«. Das mag man sehen, wie man will. Einem politischen Chamäleon wie

Schönhuber mit moralischer Entrüstung oder dem Austausch von Standpunkten beizukommen, haben andere vergeblich versucht. Meine Absicht war es, ihn dazu zu verführen, sich selbst zu entlarven. Wie mir der Großteil der Zuschriften zeigte, ist das geglückt. Thorsten Hemming aus Gräfelfing fand, der Text belege, »daß manche sich selbst disqualifizieren, wenn man sie nur läßt«, Peter Stein aus Gemünden beurteilte die Äußerungen »dieses aufgeblasenen Kotzbrockens« als »ungenießbares Gebräu aus penetranter Eitelkeit, Selbstüberschätzung, Überheblichkeit, Selbstmitleid, Aggression und Sentimentalität«, Michael Gibbert aus Budenheim sah in ihnen »die Folge des Versuchs der Kompensation einer sozial niederen Herkunft«, und der Osnabrücker Psychologe Rolf Düsterberg schickte mir eine detaillierte Charakterstudie, die Schönhubers Größenwahn als Reaktion auf seinen uneingestandenen Selbsthaß erklärt. Daß man aus dem Gespräch, das an der Weigerung des Gesprächspartners, sein Inneres zu enthüllen, ständig zu scheitern drohte, soviel herauslesen würde, hatte ich nicht erwartet.

*Die »*Bild*«-Zeitung hat Sie nach dem Wahlerfolg Ihrer Partei in Baden-Württemberg* mit Hitler verglichen. Verletzt Sie das?*

Ja, denn damit bin ich, auch als Person, zum Abschuß freigegeben.

* Die »Republikaner« bekamen bei den Landtagswahlen im April 1992 10,9 % der Stimmen.

Haben Sie Leibwächter?
Ja.
Genügt das, um sich zu schützen?
Nein, aber wissen Sie, ich bin, was das betrifft, Fatalist. Ich meine, wenn Sie einer umbringen will, dann schafft er es allemal. Wenn Sie, wie das bei mir schon der Fall war, in einer Massenveranstaltung vor achttausend Leuten sprechen, und irgendwo steht einer mit einem Zielfernrohr, dann nützt Ihnen der beste Schutz nichts.
In den Medien würde man Ihre Ermordung womöglich begrüßen.
In einem Teil der Medien. Man würde sagen, der Mörder habe heroisch gehandelt. Wissen Sie, ich habe nichts gegen Kämpfe, aber es ist absurd, einen Menschen, der seit über vierzig Jahren ein demokratisches Leben führt, auf diese Stufe zurückzuwerfen.
Hatten Sie nach dem Krieg überhaupt die Möglichkeit, sich zu entscheiden?
Ich war zweiundzwanzig, als der Krieg zu Ende war.* Ich wollte Historiker werden. Aber studieren konnte ich nicht. Ich war in Gefangenschaft. Mein einziger Gedanke war, zu überleben. Ich habe mich auf manchmal schwerste Art durchgeschlagen. Wenn ich heute gewisse Leute moralisch reden höre, die von dieser Zeit keine Ahnung haben, dann kann ich nur lachen.
Ich meine, die Demokratie war doch ein Ergebnis des Krieges.
Das ist richtig.
Ihnen blieb gar nichts anderes übrig, als demokratisch zu leben.
Aber ich hatte die andere Seite kennengelernt.

* Franz Schönhuber wurde am 10. Januar 1923 in Trostberg in Oberbayern geboren.

Sind Sie Demokrat aus Überzeugung?
Schaun Sie, da halte ich es mit Churchill, der sagte, die Demokratie mag eine schlechte Staatsform sein, aber es gibt keine bessere.
Vom Naturell her sind Sie, so schreiben Sie, ein patriarchaler Mensch. Glauben Sie nicht, Sie würden sich, wenn Sie die Macht hätten, autoritär verhalten?
Also mich trennt von diesem fürchterlichen Menschen ...
Von wem?
... von Hitler zumindest eines. Das war ein Mann, der bestimmt nicht patriarchalisch war, weil man ein Volk, wenn man es liebt, nicht in sein Unglück jagt.
Das hatte auch Hitler zunächst nicht vor.
Das kann man nicht sagen.
Seine Absicht war es, sein Volk zum Sieg zu führen.
Ja, aber er war ein ungeheurer Egomane, der alles auf sich bezog. Der Vergleich mit Hitler ist abwegig, weil auch die wirtschaftliche und politische Lage heute eine ganz andere ist.
Sie sind von Beruf Journalist. Ihre Rundfunkkarriere endete abrupt vor zehn Jahren, nachdem Sie in Ihrem Buch »Ich war dabei«** die Ideale der Waffen-SS, der Sie angehörten, verteidigt hatten. Ihnen wurde gekündigt. Sie haben das als einen Fingerzeig Gottes bezeichnet.*
Das war es auch.
1983 wurden die »Republikaner« gegründet.
Ja, daß das zeitlich zusammentraf, kann doch kein Zufall sein.
Sie wurden Parteivorsitzender. Heute sind Sie die Symbolfigur der politischen Rechten. Ihre Ausstrahlung als Redner, ich will nicht Charisma sagen ...

* Schönhuber war ab 1975 Leiter der Hauptabteilung »Information« beim bayerischen Fernsehen.
** erschienen 1981 bei Langen-Müller

Doch, sagen Sie's ruhig, es ist nicht falsch.
Was empfinden Sie, wenn Sie vor Tausenden Menschen sprechen?
Das ist eine merkwürdige Situation. Stellen Sie sich vor, Sie haben dreißig Jahre lang als Journalist oder Fernsehmann die Politiker beobachten müssen, und nun sind sie selbst plötzlich einer. Sie stehen als Volkstribun oder Charismatiker, wie immer Sie wollen, vor achttausend Leuten, das geht ja über eine Rede, die man hält, weit hinaus. Das ist ein Austausch von Emotionen, ein kommunikativer Prozeß. Das nimmt manchmal phantastische Züge an, wenn ich in einen Saal einmarschiere. Die Leute bringen einem Gefühle entgegen, eine große Zuneigung, die tut gut, die berührt einen Menschen, und nun erwartet der andere Teil, also die Masse, daß sie von dem, der da oben steht, die Gefühle zurückbekommt. Das ist ganz sicher eine Verführung.
Eine Verführung zu Sätzen, die Sie später bereuen?
Eine Verführung, der nur ganz wenige ausgesetzt sind, weil die anderen, ich sage es jetzt ganz offen, nicht das Charisma haben. Ich habe in Deutschland nur einen erlebt, der das hatte, das war Strauß*. Der hat übrigens ähnlich gesprochen wie ich. Sonst kenne ich keinen. Über Kohl kann ich nur lachen.
Was tun Sie, um der Verführung, von der Sie sprechen, zu widerstehen?
Ich beobachte mich. Das Hirn des Journalisten in mir ist ja nicht ausgeschaltet. Ich überlege mir: War es nun notwendig, diesen oder jenen Satz so zu sagen?
Sie beobachten sich, während Sie reden?
Nein, das geschieht hinterher. Ich war nach dem Krieg kurze Zeit Schauspieler, kein guter, aber ich habe schon als junger Mann festgestellt, daß die Nachkritik für mich das entscheidende ist. Ich fragte mich nach einer Vorstellung, wie hast

* Franz Josef Strauß, 1915–1988

du, sagen wir mal, den Kosinsky in den »Räubern« gespielt. Ähnlich geht es mir heute in meinem politischen Leben. In einer medialen Zeit wie der unsrigen ist im Politiker mehr denn je der Künstler gefragt.

Gut, aber Ihre Wirkung erzielen Sie mit dem, was Sie sagen. Von Ihrer Selbstprüfung erfährt das Publikum nichts.

Das ist richtig, aber ich rücke ja nicht von Grundsätzen ab. Es geht nur um Worte und Formulierungen.

*In Ihrem letzten Buch »Die Türken« ...**

... das ich übrigens für mein bestes halte ...

... schreiben Sie, wir stehen vor dem dritten Türkenzug nach Europa, nur kommen die Eroberer heute nicht als berittene Krieger, sondern als Gastarbeiter in Flugzeugen, Zügen und Bussen. Wörtlich: »Nicht Wien ist das Ziel. Die Marschrichtung weist nach Berlin, Stuttgart und München.«

Ja, diesen Satz würde ich aufrechterhalten.

Sie vergleichen die Eroberung von Byzanz durch die Osmanen mit der Überflutung Deutschlands durch islamische Gastarbeiter, die hier neben jede christliche Kirche eine Moschee bauen wollen.

Das ist eine meiner Überzeugungen.

Einer Kirche, die das zuläßt, sollte man keine Steuern zahlen.

Ja, so sage ich das. Ich habe zur Kirche, nicht zum Glauben, ein gestörtes Verhältnis. Die Kirche ist auf Hitler genauso hereingefallen wie auf die Kommunisten in der früheren DDR.

Und jetzt fällt sie auf die Türken herein?

Also nein, so können Sie das nicht machen. Sie müssen wissen, Sie haben hier einen Profi vor sich.

Aber das haben Sie doch geschrieben: Die Kirche sei zu liberal dem Islam gegenüber.

* erschienen 1989 bei Langen-Müller

Schaun Sie, es ist ganz einfach. Kennen Sie Konya? Das ist das türkische Zentrum des aggressiven Islam. Angenommen, Sie wollen dort eine katholische Kirche bauen, dann kommen Sie über den ersten Spatenstich nicht hinaus.*

Das kann man doch nicht vergleichen.

Also lassen Sie mich vergleichen, was ich will.

In Konya leben keine Deutschen als Gastarbeiter.

Das ist etwas anderes.

Ich glaube nicht, daß bald, wie Sie schreiben, die grüne Fahne des Islam über uns wehen wird.

Wenn Sie alles wissen, warum fragen Sie dann?

Ich frage, warum Sie das fürchten.

Ich fürchte nichts, ich stelle fest, und ich weiß, daß es so ist, weil ich einer der ganz wenigen bin, die sich mit der Türkei wirklich beschäftigt haben. In Deutschland wird übersehen, daß sich in die Einwanderungsströme mehr und mehr eine religiös-militante Bewegung schleicht. Das sind Fanatiker, die schießen zwar nicht, aber sie verlangen von uns Toleranz, die sie im eigenen Land niemals üben würden.

Können Sie sich vorstellen, welche Wirkung es hat, wenn Sie sagen, die Türken wollen Berlin erobern?

Ich kann nicht bei jedem Satz, den ich sage, die Wirkung bedenken. Ein Politiker, der das tut, kann gar nichts mehr sagen, denn es holt sich jeder aus dem, was er hört, wie ein Honigsauger das heraus, von dem er glaubt, daß es das Richtige ist. Es gibt zwei Möglichkeiten. Entweder man entscheidet sich für die historische Beurteilung einer Situation, oder man richtet sich nach dem, was opportun erscheint. Das tue ich nicht. Was ich über die Türken sage, entspricht meinen historischen Kenntnissen.

In den Köpfen von Extremisten werden Sie damit Feuer legen.

* Wie ich erst später erfuhr, gibt es in Konya seit längerem eine katholische Kirche, in der unbehelligt Gottesdienste gefeiert werden.

Das glaube ich nicht, aber wenn es so ist, kann ich es auch nicht ändern.*

In Ihrem Buch »Trotz allem Deutschland« schreiben Sie, Sie seien getrieben von einem Wahrheitsdrang. Als Motive nennen Sie »Kompensation für schwindende Genußfähigkeit, Ehrlichkeit als Eros der späten Jahre, selbstgestrickte Winterkleidung, um die herankriechende Kälte des beginnenden Lebenswinters nicht so zu spüren«. Sie erinnern sich an die Stelle?

Ja.

Zur Ehrlichkeit gehört auch, daß man die Schattenseiten in sich erkennt und eingesteht.

Dazu kann ich nur sagen, zitieren Sie all das, was ich geschrieben habe.

In Ihren Schriften stellen Sie sich so edel dar.

Das stimmt nicht.

Haben Sie jemals Schuld empfunden?

Ich glaube, ich habe mehr als oft genug wiederholt, daß Deutschland Mitschuld hat an dem, was unter Hitler geschah, aber nicht die alleinige Schuld.

Davon spreche ich nicht.

Wovon sonst?

Sie sind Katholik. Sie müssen, wenn Sie beichten, Ihre Sünden bekennen.

Ja, aber warum soll ich bei Ihnen beichten?

Weil Sie sich hinstellen als einer, der Mut hat zur Ehrlichkeit.

Also, was Sie jetzt verlangen, ist geradezu idiotisch, denn

* Zwei Monate nach Erscheinen des Interviews, im August 1992, zündeten Rechtsradikale ein Asylbewerberheim in Rostock an, im November kamen drei Türkinnen bei einem Brandanschlag in Mölln ums Leben, im Mai 1993 starben fünf Mitglieder einer türkischen Familie in den Flammen ihres von Neonazis in Brand gesteckten Wohnhauses in Solingen.

das hieße doch, ich würde den Leuten empfehlen, sie sollen das Schlechte wählen.

Sie denken, die Wahrheit würde Ihnen politisch schaden?

Nein, aber wissen Sie, ich gehöre nicht zu jener Offenbarungsgeneration, die es für nötig hält, alles bis zum letzten Fußnagel öffentlich breitzutreten.

In Ihrer Autobiografie zitieren Sie ein Lied, das Sie als junger Mann gern gesungen haben: »Die Juden ziehen dahin, daher, sie ziehen durch das Rote Meer, die Wellen schlagen zu, die Welt hat Ruh'.«

Das habe ich als Hitlerjunge gesungen.

Was dachten Sie sich dabei?

Wahrscheinlich gar nichts. Dieses Lied haben andere auch gesungen. Jeder Deutsche, der heute über sechzig ist, hat das gesungen.* Ich lehne es ab, von einem Zwölfjährigen die politische Weisheit zu fordern, dieses Lied mit Bedacht zu singen.

*Was in den Konzentrationslagern geschah, haben Sie erst nach Kriegsschluß erfahren. Eine Vorahnung bekamen Sie, als Sie im letzten Kriegsjahr einen Trupp von KZ-Häftlingen, die von den Deutschen in unbesetztes Gebiet gebracht wurden, vorbeiziehen sahen. Sie seien, schreiben Sie**, wie erstarrt gewesen.*

Ja, ich empfand tiefe Scham.

Das schreiben Sie nicht.

Doch doch.

Nein, Sie schreiben, Ihnen sei aufgegangen, daß die Sieger Sie aufgrund der jedem SS-Soldaten in den Arm tätowierten

* Leserbriefschreiber Hans Güldner aus Kassel, Jahrgang 1923, verwahrte sich gegen diese »Besudelung«. Er habe das Lied nur mit folgendem Text gesungen: »Die Wolken ziehen dahin, daher, sie ziehen wohl übers Meer, der Mensch lebt einmal und dann nicht mehr.«

** in »Ich war dabei«

Blutgruppe für einen KZ-Wächter halten und dementsprechend behandeln könnten. Das war die Ursache Ihrer Erstarrung.

Also, entweder Sie glauben mir, was ich sage, oder wir hören auf.

Von Scham schreiben Sie nichts.

Ich habe x-mal über die Scham gesprochen, aber ich gehe deshalb nicht mein Leben lang nur noch gebückt herum. Ich stelle mich nicht an den Marterpfahl. Es gibt in der Geschichte auch andere Völkermorde. Es gibt den Völkermord an den Armeniern, die von den Türken zusammengetrieben, deportiert und erschossen wurden. Es gab in der Geschichte das berühmte Beinhaus des Tamerlan, wo zu Hunderttausenden die Köpfe von Toten gestapelt wurden. Ich könnte noch andere Beispiele nennen.

Beruhigt Sie das?

Nein, es beruhigt mich nicht. Aber man muß auch sehen: Nicht nur die Deutschen haben Verbrechen begangen. Es muß auch für dieses Volk einen Anwalt geben, der es nicht demütigt und dauernd auf den Knien herumrutschen läßt.

Die Deutschen rutschen doch nicht auf den Knien herum.

Doch, ein großer Teil der deutschen Politiker sind Knierutscher, lassen wir es dabei.

Gut, ein anderes Thema.

Ich weiß nicht, ob das noch sinnvoll ist.

Ihre Tochter aus erster Ehe mit einer ungarischen Halbjüdin, auf die Sie sich, wenn man Ihnen Rassismus vorwirft, berufen, hat sich von Ihnen öffentlich distanziert.

Ich werde über meine Tochter nur ungern reden.

Sie hat Sie in einer deutschen Illustrierten als Lügner und Wirrkopf bezeichnet.*

Ich möchte nicht wissen, wie das zustandekam. Wenn es

* in der »Bunten« vom 28. 12. 1989

nicht meine Tochter wäre, würde ich unterstellen, daß finanzielle Gründe dahinterstecken. Man kann auch Interviews kaufen.

Sie seien ein von Minderwertigkeitskomplexen Gejagter, der seinen Charme mißbraucht.

Dazu kann ich Ihnen in aller Gelassenheit sagen, es mag bei mir Komplexe gegeben haben, aber einen Minderwertigkeitskomplex sicher nicht.

Ihr Vater war Viehhändler. Als Motiv, sich, statt zur gewöhnlichen Infanterie zu gehen, bei der Waffen-SS zu bewerben, geben Sie »eine ausgesprochene Ruhmsucht« an, »etwas Besonderes, mit gewöhnlichen Sterblichen nicht Vergleichbares zu sein, den Viehhändlersohn zu verdrängen und die Herkunft durch besondere Leistungen zu kompensieren«.

Ich habe meine Ruhmsucht ja nie bestritten.

Nein, aber der Satz beweist doch, daß Sie sich für weniger wert als die anderen hielten.

Das ist Ihre Version.

Sie träumten davon, als Marschall »auf einem stolzen Schimmel in eine befreite Stadt einzureiten wie Pétain in Metz«.

Davon träumte ich, weil mein Vater Pétain bewundert hat.

Als Ihre Ernennung zum Unterscharführer im »Trostberger Tagblatt«, der Zeitung Ihres Geburtsortes, gemeldet wurde, dachten Sie, Zitat: »Na, jetzt müssen s' halt doch denken, die Herren Bürger, daß er nicht ganz so blöd sein kann, der Viehhändlersbua.«

Daß jemand, der es schwer hatte, sich über eine solche Anerkennung freut, ist doch normal.

Warum glaubten Sie, blöd zu sein?

Ich glaubte nie, blöd zu sein. Aber ich habe darunter gelitten, daß mein Vater, ein außergewöhnlich kluger Mann, zwar nicht gebildet, weil er die Chance nicht hatte, aber mit hohem Verstand, von einer dümmlichen Großbourgeoisie so an den Rand gedrängt wurde. Mein Aufstieg war sozusagen die Wiedergutmachung für meinen Vater.

Über Ihr erstes sexuelles Erlebnis mit einer polnischen Metzgerstochter schreiben Sie: »Daß es eine Metzgermeisterstochter war, störte mich anfangs, warf es mich doch zurück in ein Milieu, dem ich dauernd zu entfliehen hoffte.«

Also ich glaube, an dieser Ecke des Interviews werden wir scheitern.

Ich lese doch nur Ihre Sätze vor.

Ich sage noch einmal, ein Gefühl der Inferiorität hat es bei mir, auch als junger Mensch, nie gegeben, im Gegenteil, ich habe mich immer für klüger und mutiger gehalten als andere, und ich habe auch bewiesen, daß ich es bin. Es gibt ja nicht nur den Soldaten, es gibt auch den Sportler in mir. Ich war Skispringer, und wer sich einmal angeschaut hat, was es heißt, dreißig oder vierzig Meter in der alten Montur zu fliegen, der weiß, daß das nicht lustig ist.

Hatten Sie in der Schule Schwierigkeiten?

Nein, mir ist alles mehr oder weniger zugeflogen. Ich war extrem unfleißig, aber ich hielt mich für sehr begabt, und ich finde, es ist legitim, daß ein Mensch, der den anderen Nachhilfe gibt, weil sie es selbst nicht schaffen, dann auch im Beruf höher steigen möchte als die.

Sie meinen, die Bürger?

Ja, die sogenannten Intellektuellen. Ich bin immer davon ausgegangen, daß ich denen an Wissen und Verstand überlegen bin. Ich habe mehr Geschichtsverständnis. Ich habe einen weiteren Horizont. Ich bin durch die ganze Welt gereist. Ich beherrsche vier Sprachen. Es heißt immer, der Geist weht links. Ich habe eine rechte Partei gegründet, weil ich den Anspruch erhebe, den Geist auch rechts wehen zu lassen.

Sie sagen: »Wir sind die Partei der gestopften Socken und des Sauerkrautgeruchs in der Küche.«

Ja, ich bin der Meinung, ich brauche nicht denen zu helfen, die sowieso etwas haben, sondern denen, die zu Unrecht im Schatten stehen.

Andererseits bemühen Sie sich, Leute, die, wie Sie sagen, »vorzeigbar« sind, für die Partei zu gewinnen, Richter, Anwälte, Professoren.

Um die muß ich mich nicht mehr bemühen. Die Professoren laufen mir inzwischen längst nach, die kommen jetzt alle von selbst, weil nichts erfolgreicher ist als der Erfolg.

Ja, aber warum nennen Sie diese Leute vorzeigbar und andere nicht?

Das habe ich nie getan.

In einem Gespräch mit Peter Glotz, das in der »Welt« erschien, sagten Sie: »Die entscheidende Frage des Überlebens und des Stärkerwerdens der Republikaner wird sein, neben den Menschen der ersten Stunde diese Partei zu intellektualisieren. Ich muß also Menschen in die Partei bringen, die vorzeigbar sind.«

Das eine hat doch mit dem anderen nichts zu tun.

Die Parteimitglieder mit den gestopften Socken halten Sie für nicht vorzeigbar.

Also, das ist doch ein Witz, was Sie jetzt machen.

Ich zitiere Sätze von Ihnen und vergleiche sie miteinander.

Das ist Sophisterei. Sie leben in einer völlig anderen Welt.

Schon möglich.

Sie sind Feuilletonist. Ich bin Politiker. Sie können hier so feuilletonistisch plaudern. Ich muß, wenn ich gute Politik machen will, die einfachen Leute verstehen, das Volk. Ich habe es oft gesagt, und ich wiederhole es bis zum Erbrechen: Die meisten sogenannten Intellektuellen leben in einem elfenbeinernen Turm. Welche Folgen das haben kann, hat unsere jüngste Geschichte gezeigt.

Sie meinen, die Intellektuellen haben den Aufstieg Hitlers verschuldet?

Sie haben diesen Mann nicht genug ernst genommen. Statt zu lesen, was er geschrieben hat, haben sie sich über ihn lustig gemacht, haben ihn ironisch abqualifiziert als Anstreicher und dummen Malerpinsel. Das war die tödliche Überheblichkeit der deutschen Linken, denn damit haben sie nicht nur diesen einen, sondern die Masse des Volkes beleidigt. Wenn man sagt, schau dir den dummen Bauern an, dann fühlen sich alle Bauern betroffen, und wenn man dem Hitler vorhielt, daß er von niedriger Herkunft war, dann haben sich die Leute aus den gleichen Schichten gefragt: Ja, ist denn das etwas Schlechtes?

Heißt das, man darf sich über Politiker nicht mehr lustig machen?

Das heißt es nicht. Aber Sie müssen sich auch den anderen vorstellen, den Hitler. Der darf doch dann wohl reagieren.

Indem er Millionen in die Gaskammern schickt?

Das habe ich nicht gesagt.

Aber Sie zeigen Verständnis.

Nein. Ich habe mich bemüht, zu verstehen. Das ist etwas anderes. Ich wollte wissen, wer das war, den ich immer nur auf Bildern gesehen hatte. In jeder Stube hing doch ein Hitler-Bild. Man kann einen Mann von diesen historischen Dimensionen nicht als Teppichbeißer und kleinen Kasperl hinstellen. Hitler und Stalin waren die größten Verbrecher dieses Jahrhunderts. Aber sie haben doch Ungeheures bewegt. Dazu kommt noch Lenin. Alle anderen sind, historisch gesehen, nur Randfiguren.

Welche politische Position betrachten Sie als die Ihnen gemäße?

Ich betrachte mich in Deutschland als für jeden Posten geeignet, inklusive jenes des Bundeskanzlers.

Sie werden nächstes Jahr siebzig.

Ich bin neunundsechzig. Adenauer ist mit einundsiebzig Kanzler geworden. Also habe ich noch zwei Jahre Zeit. Es kann aber auch sein, daß sich ein Mann in meinem Alter damit bescheiden muß, den Weg für andere, die ihm nachfolgen, freizumachen.*

Sie schreiben, bereits seit Ihrer Kindheit beschäftige Sie der Tod.

Das ist richtig.

Der Gedanke habe Sie aber nie deprimiert, sondern, so wörtlich: »Er steigerte meine Daseinsfreude.«

Ja, das halte ich für eine der wichtigsten Erfahrungen, die ich während des Krieges machte.

Im Nahkampf auf Korsika wurden Sie von einem »fast sportlichen Ehrgeiz« ergriffen. Sie fühlten sich wie im Rausch.

Ich war ein tapferer Soldat.

Der Anblick eines erhängten Deserteurs hatte auf Sie eine sexuell stimulierende Wirkung.

Ich habe versucht, darzustellen, daß die Todesnähe der Quell einer ungeheuren Lebensgier und auch einer Begierde ist.

Den Beischlaf mit einer jungen Deutschen in Böhmen empfanden Sie als »Erotik im Schatten des Untergangs«.

Sie müssen sich vorstellen, ich war damals neunzehn, ich wollte nicht sterben, aber ich wußte, was passieren kann, wenn ich als Soldat der Waffen-SS in russische Hände falle. In so einer Situation will man noch einmal das Leben spüren.

Was bieten Sie jungen Menschen, die Sie um diese Erfahrung beneiden, als Alternative an?

Eine sehr kluge Frage.

Krieg scheidet aus.

Ja, weil Krieg heute nur noch ein Knopfdruck ist. In meiner Jugend gab es den »Wandervogel«. Da konnten junge Menschen ihren Körper beruhigen. Sie sind auf die Berge gestie-

* Am 1. Oktober 1994 erklärte der Bundesvorstand der »Republikaner« den Vorsitzenden Schönhuber für abgesetzt. Bei den Bundestagswahlen im selben Jahr erhielt die Partei nur noch 1,9 % der Stimmen.

gen, durch Wald und Feld gezogen. Heute singen sie nicht einmal, weil der Mensch medial überfüttert ist. Er sitzt den ganzen Tag vor dem Fernsehschirm. Er hockt im Fußballstadion, volltrunken, statt selber zu spielen. Er schaut sich Boxen an, da fließt Blut, aber er boxt nicht selbst. Der Mensch muß wieder eine Beziehung zu seinem Körper finden, er muß ihn herausfordern, ihn stählen, wenn Sie so wollen.

Genügt das, um sich in Todesnähe zu fühlen?

Nein, das genügt nicht. Aber ich kann Ihnen die Todesnähe ja nicht herunterzaubern. Im übrigen ist dieses Stimulans kein Allgemeingut, das jeder empfinden kann. Es kommt darauf an, wie sensitiv jemand ist. Ich war schon in jungen Jahren ein ungewöhnlich sensibler Mensch. Ich liebte die Kunst. Ich bin wahrscheinlich unter den heutigen Politikern der einzige, der eine so nahe Beziehung zum Musischen hat. Schaun Sie sich doch einmal den Kohl an. Können Sie sich vorstellen, daß der bei einem Drama von Shakespeare weint? Oder sehen Sie sich Herrn Schäuble an. Glauben Sie, der wird, sagen wir mal, bei einer Verdi-Oper von Rührung übermannt? Oder nehmen Sie Waigel.* Über ein Lustspiel ist der nie hinausgekommen. Etwas Spießigeres als diese Leute finden Sie nicht. Mit denen könnten Sie sich bestimmt nicht über den Tod unterhalten.

* Finanzminister Theo Waigel

George Tabori

George Tabori war, als ich ihn am 17. März 1994 in Hamburg zum Interview traf, in desolater Verfassung. Seine Geliebte, die Schauspielerin Leslie Malton, mit der er zehn Jahre liiert gewesen war, hatte ihn gerade verlassen. Er inszenierte die Uraufführung eines Stückes von Hans Magnus Enzensberger, »Delirium«, am Thalia-Theater. Zwar konnte er auf den Proben seinen Kummer vergessen. Doch im Gespräch mit mir brach der Schmerz über den Verlust neu hervor. Er wollte über nichts anderes reden. Ich erklärte ihm, daß das zu wenig wäre, um ein zwei Seiten langes Interview für die ZEIT zu füllen. Er sagte: »Ich könnte dir etwas vorlügen. Aber ich mag nicht. Ich will mit dir ehrlich sein. Ich bin zu alt, um zu lügen.« Getrieben von der Furcht vor dem Scheitern begann ich dennoch, meine vorbereiteten Fragen zu stellen. Wir saßen in der Bar des Hotels »Reichshof«. Taboris Artikulationsfähigkeit war durch den Verzehr eines Putenbrustsandwichs stark eingeschränkt. Als ich ihn nach seinen von den Nazis vergasten Verwandten fragte, verschluckte er sich und bekam einen Hustenanfall. Ich wartete, bis er sich wieder gefangen hatte. Er entschuldigte sich. Nach seinen ermordeten Angehörigen habe ihn noch nie jemand gefragt. Tags darauf, als ich mit ihm auf die Probe ging, sagte er, er habe bis vier Uhr früh nicht einschlafen können, so sehr habe das Thema ihn aufgewühlt. Das beste wäre, ich würde statt des Interviews seinen Nachruf schreiben. Ich mußte ihn, damit er sich noch einmal mit mir zusammensetze, davon überzeugen, daß die ZEIT, deren Sinn für schwarzen Humor er überschätzte, den Nachruf auf einen Lebenden niemals drucken würde. Der zweite Teil des Gesprächs verlief ohne Zwischenfälle. Das vertrauliche Du, um das mich Tabori »aus grammatikalischen Gründen« gebeten hatte, habe ich bei der Niederschrift in ein unserem Verhältnis angemessenes Sie verwandelt.

Sie sind Jude. Ein Großteil Ihrer Familie ist von den Deutschen ermordet worden. Ihr Vater wurde vergast.
Ja, in Auschwitz.
Welche Ihrer Angehörigen sind noch umgekommen?
Es war so. Meine Eltern wohnten in Budapest, wo es zu Anfang des Krieges für Juden noch nicht so gefährlich war. Andere Familienmitglieder waren in der Tschechoslowakei und Rumänien, zwei Onkel in Zagreb. Der eine war Stoffhändler, der andere hatte ein Grammophongeschäft. 1941 ist mein Vater überall hingefahren, hat sie gesammelt und nach Ungarn geholt. Eine Zeitlang haben in unserer kleinen Wohnung zwanzig Leute gelebt.
1944 ordnete Hitler die Vernichtung der Juden in Ungarn an.
Ja, mein Bruder und ich waren schon emigriert.
Was geschah mit den anderen?
Onkel Geza, der Stoffhändler, und Onkel Alex, der einen Buchladen hatte, kamen nach Auschwitz. Tante Martha, eine Schwester meiner Mutter, und Tante Gisela sind anderswo umgekommen. Es gab auch mehrere Cousins und Cousinen. Tante Bella ist schon vorher an Krebs gestorben. Ihre Tochter ist einmal hinausgegangen, um Brot zu kaufen. Man hat sie dann ohne Kopf gefunden, von einer Granate zerfetzt. Das war während der Belagerung durch die Russen, die besonders lange gedauert hat, denn in Budapest hatten sich 30 000 Deutsche verschanzt.
Was fühlen Sie, wenn Sie heute an diese Ereignisse denken?
Ich fühle Schmerz.
Nicht auch Haß auf die Mörder?
Nein.
In Deutschland werden wieder jüdische Gräber geschändet und Synagogen in Brand gesteckt.
Ich weiß.
Haben Sie Antisemitismus auch am eigenen Leib erfahren?

Nein. Ich lebe hier seit fünfundzwanzig Jahren, aber ich habe noch keinen Nazi getroffen.
In München sind Sie telefonisch beleidigt worden.
Ja, einmal.
Man schlug Ihnen vor, Ihr nächstes Stück in einem Aschen-eimer auf dem Oktoberfest aufzuführen.
Das war der einzige Fall. Ich weiß, daß es Nazis gibt, aber es interessiert mich nicht, nachzubohren. Mir sind die Parade-juden zuwider, die einen Lebensinhalt aus dieser Frage ma-chen, Ralph Giordano* et cetera. Ich mag diese Leute nicht, die sagen, hier sind die Juden und auf der anderen Seite die bösen Deutschen. Ich habe das nie so empfunden, auch wäh-rend des Krieges nicht. Das kann ein Fehler sein.
Ein Thema, das Sie immer wieder beschäftigt hat, ist die ei-gene Schuld.
Ja.
Obwohl Sie doch Opfer, nicht Täter waren.
Ich fühlte mich schuldig als Überlebender, den Toten gegen-über. Ich hatte ein verhältnismäßig leichtes Leben im Krieg. Ich habe wenig gelitten, denn ich bin schon 1936 nach Lon-don gegangen.** Ich war nie in einer ähnlichen Situation wie diese zwanzig Verwandten. Erst nach dem Krieg ist mir be-wußt geworden, welchem Schrecken ich dadurch entkom-men war.
Besonders schuldig fühlten Sie sich Ihrem Vater gegenüber.
Darüber habe ich geschrieben, ja. Aber ich weiß nicht, was daran wirklich stimmt. Wenn man das eigene Leben so wie ich literarisch verarbeitet hat, kann man zwischen Wahrheit

* Schriftsteller und Journalist, geboren 1923 in Hamburg

** George Tabori, geboren am 24. Mai 1914 in Budapest, floh 1936 über Wien und Prag nach London, war zwei Jahre Leutnant der britischen Armee, ging 1947 nach Hollywood und arbeitet seit 1969 als Theater-autor und Regisseur in Deutschland und Österreich.

und Fiktion nicht unterscheiden. Wahrscheinlich sind meine Schuldgefühle schon früher entstanden, denn ich war in der Familie der Sonnyboy. Mein Bruder, der sechs Jahre älter war, kränkelte dauernd, begann erst sehr spät zu sprechen und wurde verprügelt. Ich habe schon mit eineinhalb Jahren sehr schön gesprochen, trug Gedichte vor und wurde geliebt. Ich war der Günstling, den alle mochten. Ich erinnere mich, daß ich einmal, als ich merkte, daß mein Bruder schmollend in einer Ecke saß, beim Aufsagen eines Gedichtes, um ihn nicht zu verletzten, mit Absicht genuschelt habe. Ich habe mich klein gemacht. Das tue ich heute noch.

Sie schreiben, Sie hätten Ihrem Vater als Knabe den Tod gewünscht.

Ja, aber ich bin nicht sicher, daß das wirklich so war. Ich habe Freud gelesen, und da steht, jeder Junge möchte den Vater töten.

Sie haben das nicht auf sich bezogen?

Doch, auch. Es gab schon Konflikte. Mein Vater war politischer Journalist und hat mich, als ich fünfzehn, sechzehn war, als Sekretärin benutzt. Ich mußte seine Artikel tippen, denn er konnte das nicht. Vielleicht habe ich ihn deshalb gehaßt. Später habe ich darüber eine Kurzgeschichte geschrieben, die leider verloren ging. Darin gibt es ein Gespräch zwischen meiner Schreibmaschine und mir. Die Schreibmaschine will, daß ich politische Bücher schreibe, aber ich schreibe nur dumme Liebesbriefe. Dagegen wehrt sie sich. Am Schluß dreht sie durch und springt aus dem Fenster. Mein Vater hat das gelesen und mich dafür sehr gelobt.

Als sie von seinem Tod erfuhren, fragten Sie sich, ob Sie den Nazis nun danken sollten.

Na ja, das war mein schwarzer Humor, in den ich geflüchtet bin.

Sie seien, so schreiben Sie, hin- und hergerissen gewesen zwischen Erleichterung und Rachegefühlen.

Das war nicht ernst gemeint.
Martin Heidegger spricht von der Schuld des Menschen von Anfang an, die allein darauf beruht, daß man lebt und andere sterben.
So kann man es sehen. Jemand, der annimmt, daß das Schuldgefühl im Leben eine Konstante ist, muß nach Erklärungen suchen.
In Ihrem Roman »Original Sin«, zu deutsch »Erbsünde«, der 1947 erschien, beschreiben Sie einen Mann, der seine Frau umgebracht hat. Er fragt sich nach dem Motiv und kommt dahinter, daß er sich schuldig fühlte, weil er in seiner Jugend an dem Abend, an dem sein Vater starb, in einem Bordell gewesen war. Das Schuldgefühl ist der tiefere Grund für die Tat.
Daran habe ich nicht gedacht, als ich das schrieb. Das sind Sublimierungen.
Ja, aber leicht zu entschlüsseln.
Achtzig Prozent aller Schriftsteller schreiben Mördergeschichten. Woher das kommt, weiß ich nicht. Ich habe das damals nicht analysiert.
Hätten Sie Ihren Vater vor der Deportation retten können?
Ich glaube, ja. Es wäre möglich gewesen. Denn ich war britischer Presseoffizier und wußte, daß es in Ungarn für die Juden gefährlich wird. 1941 habe ich ihn aus Istanbul angerufen und nur so beiläufig gesagt, er solle mich doch mit der Mutter besuchen kommen. Also ich habe ihn nicht gedrängt. Das habe ich mir nie verziehen. Ich habe die Lage harmloser dargestellt, als sie war.
Wider besseres Wissen?
Ja.
Warum?
Das weiß ich nicht. Das ist eine Sache, die ich einmal untersuchen sollte.
Sind Sie ein gläubiger Jude?
Nein.

Vielleicht ist das der Grund.
Das kann sein. Ich habe das Jüdische in mir bis zu einem gewissen Zeitpunkt verdrängt. Es gab auch in Ungarn schon vor dem Krieg Antisemiten. Ich habe nicht hingesehen. Ich wollte nicht, daß man mir sagt, du bist so oder so. Ich wollte selbst bestimmen, wann ich mich als Jude fühle, wann nicht.
Das war nach dem Holocaust nicht mehr möglich.
Nein. Spätestens nach Auschwitz mußte ich mich mit der Tatsache, daß ich Jude bin, auseinandersetzen. Gleich nach dem Krieg habe ich einen Roman begonnen. Der hieß »Pogrom«. Darin wollte ich das Leben in einem KZ beschreiben. Doch dann merkte ich, daß das nur jemand kann, der selbst dort gewesen ist. Danach habe ich zwanzig Jahre gewartet, bis ich mich mit dem Thema wieder beschäftigt habe.
*Daraus entstand Ihr Theaterstück »Die Kannibalen«.**
Ja. Damals lebte ich noch in Amerika.
Zuvor hatten Sie sich einer Psychotherapie unterzogen.
Ja, weil ich nicht weiterkam. Ich hatte 500 Seiten für eine erste Szene geschrieben, endlose Notizen. Aber es wurde nichts. Deshalb bin ich zu einer Therapeutin gegangen, einer alten, fast tauben Dame. Der habe ich ganz tolle Träume erzählt. Ich dachte, sie hört mich nicht. Eines Tages gestand ich ihr, daß ich das meiste erfunden hatte. Darauf sagte sie, das sei nicht schlimm, auch aus Lügen könne man über einen Menschen sehr viel erfahren. Von da an habe ich mich mit meiner Lügerei abgefunden.
Wann stand für Sie fest, daß Sie Schriftsteller werden?
Das stand schon immer fest, denn meine Familie war voll von Schreiberlingen, wenn auch nicht guten. Mit achtzehn habe ich meinen ersten Roman geschrieben. Der hieß

* Das Stück, in dem Insassen eines Konzentrationslagers die Leiche eines Mithäftlings verspeisen, wurde 1968 am Berliner Schiller-Theater uraufgeführt.

»Greta« und basierte auf einer schlechten Erfahrung mit einer Frau. Da ist etwas Seltsames passiert. Ich hatte vor, daß sich die Frau am Ende das Leben nimmt. Ich wollte sie dafür, daß sie mich verlassen hatte, bestrafen. Doch als ich im letzten Kapitel zu ihr ins Zimmer kam, lag sie im Bett und war ganz okay. Sie hat sich geweigert, sich umzubringen. Die Figur hat sich gegen den Autor gewehrt. Das war ein sehr schönes Buch. Leider ist es verschollen.

Albert Camus hat behauptet, im Grunde wünscht sich jeder Mann den Tod der Geliebten.

Das ist übertrieben.

Interessieren Sie sich für das Böse im Menschen?

Ja, aber ich weiß nicht, ob ich darüber sprechen will.

In Ihrem Theaterstück »Mein Kampf« zeigen Sie sogar für Hitler Verständnis.

Natürlich.

Seine Untaten erklären Sie damit, daß er in seiner Jugend keine Liebe bekam.

Wie soll man es sonst erklären?

Auch der Jago in Ihrer Inszenierung von Shakespeares »Othello« wird zum Verbrecher, weil er sich ungeliebt fühlt.*

Ja, aber das ist nicht der einzige Grund. Erklärungen sind immer fragwürdig, auch wenn sie einleuchtend scheinen. Davon abgesehen glaube ich schon, daß die Liebe aus uns bessere Menschen macht.

Meinen Sie, das Böse ist aus der Welt zu schaffen?

Die Welt ist so groß.

Sie sind Optimist?

Nein.

Wie schützen Sie sich vor der Verzweiflung?

Indem ich Theater mache. Wenn man so viel arbeitet wie ich, ist man von allem anderen abgelenkt. Was sonst in der Welt

* 1990 am Wiener Akademietheater

geschieht, erlebt man dann nur als Geschichten, die in der Zeitung stehen.

In einem Aufsatz mit dem Titel »Spiel und Zeit« * *schreiben Sie über Ihre Theaterarbeit: »Wir haben absolut nichts geleistet, als den gleichen Scheiß mit einer anderen Brühe oder Soße neu anzurichten, und all diese Klagen, diese Wut, wofür? Ein bißchen Macht, eine gelegentliche Eitelkeitssalbung, und alles im Namen der Kunst.«*

So dachte ich damals.

Wie denken Sie heute?

Soll ich offen sein?

Bitte.

Ich bin seit einem Jahr in einem Zustand der Unsicherheit. Ich weiß nicht mehr, woran ich mich halten soll.

Haben Sie den Spaß am Theater verloren?

Wenn ich auf die Probe gehe, entstehen schon Lustgefühle. Ich bin mit Menschen zusammen. Die sagen dies und das. Die wollen etwas. Das lenkt mich ab für eine gewisse Zeit. Doch dann kommt plötzlich der Gedanke, ich will nicht mehr, ich höre auf.

Möchten Sie etwas anderes machen?

Ich bin auf der Suche. Ich frage mich, was ich bin, wer ich bin. Das ist neu. Das hat vielleicht mit meinem Alter zu tun. Ich habe mich früher viel mit der Vergänglichkeit des Lebens beschäftigt, aber ich habe nie wirklich daran geglaubt. Ich dachte, ich würde ewig leben. Das geht jetzt nicht mehr, und ich weiß nicht, wie ich damit zurechtkommen soll.

Haben Sie Angst vor dem Sterben?

Nein, aber ich denke daran. Ich hatte voriges Jahr einen Schlaganfall. Ich habe durch eine mißglückte Operation einen Teil meiner Sehkraft verloren. Ich bin halb taub. Dazu

* erschienen in »Betrachtungen über das Feigenblatt« bei Hanser 1991

kommt, daß eine Beziehung zu Ende ging, die zehn Jahre gedauert hat.

Meinen Sie Ihre Ehe?

Nein.

Sie hatten eine Geliebte?

Ja.

Weiß Ihre Gattin [*] *davon?*

Sie weiß es, und sie ist wunderbar. Sie hat darunter gelitten, aber sie hat es hingenommen. Sie ist eine Heilige.

Das kann man leicht sagen, wenn man mit einer anderen ein Verhältnis hat.

Was hätte ich machen sollen? Es war eine Art von Besessenheit und ist es noch immer. Diese Liebe hat mich am Leben gehalten. Die Frau ist um vieles[**] jünger als ich. Als sie sagte, daß sie sich trennen wolle, habe ich den Generösen gespielt. Ich dachte, ich würde gut damit fertig werden. Aber dann schlug der Körper zurück. Ich wurde krank. Ich habe seit vorigen Sommer nichts mehr geschrieben. Ich kann mich nicht mehr so ausdrücken, wie ich es früher konnte. Es gibt einen englischen Spruch, der heißt, I've lost my girlish laughter, ich habe mein mädchenhaftes Lachen verloren. Wahrscheinlich ist es das Ende. Ich will es noch nicht akzeptieren. Ich wehre mich. Aber im Unbewußten, dort, wo die Wahrheiten liegen, habe ich resigniert.

Nur weil diese Frau Sie verlassen hat?

Ja.

Aber in diesem Zustand können Sie doch morgen nicht auf die Probe gehen.

Ich hoffe, daß es bis morgen besser wird.

Sie inszenieren ein Stück von Hans Magnus Enzensberger.

* die Schauspielerin Ursula Höpfner, mit der Tabori seit 1985 in vierter Ehe verheiratet ist

** 45 Jahre

Ja, es ist schwer, weil Enzensberger nichts von Theater versteht. Aber ich mag ihn. Ich muß es tun. Es wird meine letzte Arbeit auf dem Theater sein.*

Was kommt danach?

Ich will wieder schreiben. Mir gehen jede Nacht, wenn ich nicht schlafen kann, Ideen für neue Stücke im Kopf herum.

Erzählen Sie.

Die erste Geschichte handelt von einem Ehepaar, das in Portofino auf Urlaub ist. Der Mann schreibt Kriminalromane. Zufällig wohnt im selben Hotel ein Kritiker, der ihn immer verrissen hat. Das Ehepaar beschließt, den Kritiker umzubringen. Doch der sitzt nebenan in der Bar und hört alles mit. Als die beiden gehen, spricht er den Schriftsteller an und sagt, was er sich ausgedacht habe, sei genauso schlecht wie seine Romane. Darauf faßt das Ehepaar einen neuen Plan. Die Frau soll den Kritiker, indem sie ihn verführt, in eine Falle locken. Aber auch das geht schief, weil der Kritiker die Absicht durchschaut. Gefällt es Ihnen?

Na ja.

Es gefällt Ihnen nicht.

Doch, es ist witzig.

Ich habe mir gestern nacht auch gedacht, warum erfinde ich so blöde Geschichten, mit denen ich mir nie wirklich nahe komme? Ich bin auf der Suche nach etwas, das verdrängt in meinem Inneren liegt. Aber ich weiß noch nicht, was es ist.

Vielleicht sollten Sie sich für eine Weile zurückziehen, um es herauszufinden.

Das kann ich nicht. Ich kann nicht mit Hunden und Katzen und meiner Frau zu Hause sitzen.

Nein, aber ohne Hunde und Katzen und Ihre Frau.

* Diese Prophezeiung ist nicht eingetroffen. Im November 1994 inszenierte Tabori an der Leipziger Oper Schönbergs »Moses und Aaron«, im Juni 1995 am Wiener Akademietheater sein eigenes Stück »Die Massenmörderin und ihre Freunde«.

Ohne Liebe?
Ohne Ablenkungen.
Sie haben recht. Ich müßte es ausprobieren.
Ihr sehnlichster Wunsch, sagen Sie, sei es, einmal zwei so präzise Sätze wie Franz Kafka zu schreiben.
Ja, aber um wie Kafka schreiben zu können, müßte ich mehr gelitten haben. Mir ging es zu gut. Ich hatte keinen wirklichen Leidensweg. Ich bin vor dem Leiden davongerannt. Man kann nicht genial und gleichzeitig glücklich sein. Ich habe mich mit meiner Mittelmäßigkeit abgefunden. Ich bin ein mittelmäßiger, in Ungarn geborener Fremdling, der zufällig auch geschrieben hat.
Nach dem Krieg arbeiteten Sie als Drehbuchautor in Hollywood.
Das habe ich gemacht, um Geld zu verdienen.
Zu Ihrem Bekanntenkreis gehörten Berühmtheiten wie Thomas Mann, Brecht, die Garbo, Charly Chaplin und Tennessee Williams.
Mit Chaplin war ich befreundet. Brecht war für mich wichtig, weil ich durch ihn zum Theater kam. Die Garbo hatte, als ich sie traf, ihre Glanzzeit schon hinter sich. Aus Angst vor Falten klebte sie sich Pflaster über die Stirn. Auf einer Geburtstagsparty bin ich einmal nach ihr auf die Toilette gegangen. Sie hatte vergessen herunterzulassen. Das hat mich schockiert. Ich war damals noch ziemlich bürgerlich. Tennessee Williams lernte ich später kennen. Als sein Stück »Die Katze auf dem heißen Blechdach« Premiere hatte, haben wir uns auf dem Broadway getroffen. In Amerika sitzt ein Autor bei der Premiere nicht im Zuschauerraum, sondern geht vor dem Theater spazieren. Wie Sie wissen, gibt es am Broadway viele Theater, die nah beieinander liegen. Aus einem drang, als wir vorbeigingen, lautes Gelächter. Williams war entsetzt. Er fragte mich: Warum lachen die Leute? Ich zeigte auf das Plakat über dem Eingang. Wir standen vor

dem falschen Theater. Er hatte gedacht, sein Stück würde ausgelacht. Für einen amerikanischen Autor ist es das Schlimmste, wenn die Premiere danebengeht.

Für Sie nicht?

Nein, mir hat das nie so viel ausgemacht.

Ihren letzten großen Mißerfolg hatten Sie mit dem Stück »Der Großinquisitor« in München. * *Einige Zuschauer verließen während der Vorstellung den Saal. Am Schluß wurden Sie ausgebuht.*

Das hat mich amüsiert, weil achtzig Prozent des Textes von Dostojewski sind.

Der Theaterkritiker Peter Iden konstatierte »senile, zotige Geschwätzigkeit« ** *und meinte, Sie hätten Christus beleidigt.*

Peter Iden ist ein Antisemit.

Ein harter Vorwurf.

Sonst hätte er nicht so geschrieben.

Auch andere Kritiker fanden das Stück und die Inszenierung mißlungen.

Mir hat es gefallen. Aber natürlich findet man immer Fehler. Perfekt ist nur Gott. Peter Stein mag glauben, daß er Vollkommenes schafft. Das ist sein gutes Recht. Ich glaube das nicht. Mich hat im Theater immer das Leben, nicht die Kunst interessiert. Das erste Kunstwerk, das ein Mensch produziert, ist seine Scheiße. Eine meiner frühesten Erinnerungen ist, daß ich auf dem Topf sitze, während drei Frauen, meine Großmutter, meine Mutter und das Kindermädchen, um mich herum stehen und mich überreden wollen, hineinzumachen. Es war schwer, aber ich habe mich sehr bemüht, denn damals war es üblich, Kindern, die auf dem Topf versagten, einen Einlauf zu machen. Davor hatte ich Angst. Vielleicht

* uraufgeführt im Januar 1993 am Residenztheater

** in der »Frankfurter Rundschau« vom 1. 2. 1993

habe ich deshalb heute so große Scheu, auf Schauspieler Zwang auszuüben.

*Claus Peymann hat Sie, bezogen auf Ihre Regiearbeit, als »absolute Sau« und »Tyrannen erster Güte« bezeichnet.**

Mit Peymann ist es nicht leicht. Ich habe ihn unlängst in einem Interview einen Lügner genannt. Er war sauer auf mich. Darauf habe ich ihm einen Brief geschrieben und ihm erklärt, daß das Lügen nichts Böses sei.

Gab es einen besonderen Grund für Ihre Behauptung?

Nein, er lügt dauernd, und er weiß, daß er lügt. Er weiß auch, daß ich es weiß. Er ist das Gegenteil von mir. Aber ich mag ihn trotzdem. Mein nächstes Stück wird »Der Lügner« heißen.

Das gibt es schon von Goldoni.

Das macht nichts. Auch »Peer Gynt« ist ein Stück über das Lügen. Wir lügen alle, weil wir die Wahrheit nicht kennen oder verschweigen, wenn wir sie kennen. Darauf ist unsere ganze Zivilisation aufgebaut.

In Ihrem Stück »Goldberg-Variationen« sagt die weibliche Hauptfigur: »Tiere sind die besten Schauspieler, weil sie nicht lügen.«

Ja, Gobo ist als Schauspieler wunderbar.

Wer?

Mein Hund.

Leider haben Sie es auf dem Theater mit Menschen zu tun.

Ich habe auch schon Tiere verwendet, Schafe, Elefanten, sogar einen Geier. Der war sehr klug und sehr lieb.

Können Sie den Unterschied zwischen Ihrer Art, zu probieren, und der Ihrer Kollegen beschreiben?

Ich versuche, meine Führungsposition nicht herauszukehren. Ich lasse den Schauspielern so viel Freiheit wie möglich. Ich behandle sie nicht als Gegenstände. Für mich ist der

* zitiert aus: André Müller »Im Gespräch«, Rowohlt-Verlag 1989

Schauspieler wichtiger als die Rolle. Ich animiere ihn, seine wahren Gefühle zu zeigen.
Offenbaren Sie auf der Probe auch Ihre *Gefühle?*
Nein.
Sie beobachten, wie sich die Schauspieler seelisch entblößen.
Ja, ich möchte sie kennenlernen.
So entsteht Macht.
Wieso?
Weil Sie der Überlegene bleiben.
Ich gebe zu, daß es mir schwerfällt, aus mir herauszugehen. Ich kann zum Beispiel nicht weinen. Ich habe meine wichtigsten Jahre in England verbracht. Dort lernt man, sich zu beherrschen. Ich finde das falsch. Aber ich kann es nicht ändern. Ich bin ein verschlossener Mensch. Man sieht mir nicht an, was ich fühle.
Auch nicht, wenn Sie lieben?
Doch. Wenn ich liebe, werde ich kindisch und blöd. Liebe wirkt regressiv. Man verliert die Kontrolle.
Das klingt jetzt so negativ.
Nein, es ist positiv. Ich habe mir immer gewünscht, in den Armen einer Geliebten zu sterben.
In Ihrem Stück »Peepshow« stirbt der Held, während er mit der eigenen Mutter schläft. Seine letzten Worte sind: »Ich freue mich, euch anzuzeigen, daß ich heute nacht starb, im Schoß meiner gesegneten Mutter, zurückkehrend mit einem zärtlichen Krampf in den intimsten aller Familienkreise.«
Ja, er formuliert seinen Nachruf. Das ist eine Anspielung auf die Geschichte des Ödipus, die ich für das perfekteste Drama halte. Ich war, als ich das schrieb, therapeutisch beeinflußt.
Samuel Beckett haben Sie als pathologischen Fall bezeichnet.
Dazu stehe ich. Beckett war durch das Verhältnis zu seiner Mutter geprägt. Sein ganzes Leben war von Pathologie be-

stimmt. Anfangs hat er sich dagegen gewehrt. Später erkannte er, daß er über nichts anderes sprechen kann. Er nannte das seine Dunkelheit. Er wußte nun, wer er war. Er akzeptierte sich. Das hat ihn befreit. Erst danach hat er seine berühmten Werke geschrieben.

Sie teilen die Menschen in Gesunde und Kranke ein.

Wir sind alle krank.

Wären wir gesund, sagen Sie, hätte es kein Auschwitz gegeben.

Und keinen Beckett.

Ist das nicht furchtbar?

Was?

Daß aus derselben Quelle das Schrecklichste und das Schönste entsteht.

Es ist ein Witz, und jeder gute Witz ist eine Tragödie. Deshalb wird es das Theater noch geben, wenn es längst kein Kino und kein Fernsehen mehr gibt, als Abbild der Wirklichkeit und als Zuflucht für die, die es machen. Denn wir Theatermacher sind Fliehende. Wir retten uns in eine Art Utopie. Eine Theaterprobe spiegelt für kurze Zeit das ideale Leben wieder. Menschen treffen sich. Sie haben ein gemeinsames Ziel. Sie arbeiten. Sie diskutieren. Und am Ende findet nicht der Tod, sondern eine Premiere statt.

Werden Sie darauf verzichten könnten?

Wahrscheinlich nicht.

Entgegnung des Germanisten Karl Prümm auf die von Wolfgang Koeppen gegen ihn erhobenen Anschuldigungen und Koeppens Antwort darauf, erschienen in der ZEIT vom 21. Februar 1992

Der Wortlaut von Karl Prümms Entgegnung auf Wolfgang Koeppen und Wolfgang Koeppens Erwiderung

Karl Prümm: Ambivalenz

Berlin Ende 1930: Ein junger Mann, gerade 24 Jahre alt, in der ostpreußischen Provinz aufgewachsen, einer geordneten bürgerlichen Karriere abhold, schon viel herumgekommen, zahlreiche Orte und Berufe passierend, will in der Metropole als literarischer Autor reüssieren. Die Überzeugung, daß er etwas zu sagen hat, ist ebenso groß wie die Angst, sein Unterfangen würde mißlingen. Wie sollte er anfangen, wo ansetzen, an welche Rede sich anschließen in diesem undurchdringlichen Gewirr der Stimmen, auf dieser Bühne, die schon von so vielen, glänzenden, höchst erfolgreichen Rednern besetzt war?
Der junge Mann hat Glück. Zwar scheitern seine Versuche, im Theater (bei Brecht und Piscator) zu arbeiten, in die literarischen Zirkel einzudringen, aber wichtige Zeitungen (wie die *Rote Fahne*) und Zeitschriften (wie die *Weltbühne*) drukken kleine Texte von ihm. Der *Berliner-Börsen-Courier* wird auf ihn aufmerksam. Hier gibt es einen Mentor (Herbert Ihering), der einen Blick hat für Qualität und sich nicht scheut, den Anfänger zum Redakteur und zum Verantwortlichen für die Buchbesprechungen zu machen.
Das liberale Blatt gibt dem Ankömmling Koeppen die unerhörte Chance, seine Suchbewegung quasi zu institutionalisieren, ohne seine Exterritorialität aufzugeben. Entschlossen macht er das Feuilleton zum Vorraum des ersten großen Ro-

mans, auf den sein Schreiben konsequent zielt. Seine »Leseabenteuer«, die nun zum Metier geworden sind, haben immer nur den eigenen Romanentwurf im Sinn, seine Rezensionen gleichen Klangproben, forschen nach dem Ton, in den er einstimmen könnte. Stets enthält die Charakteristik fremder Romanwelten Elemente des Selbstentwurfs. Über Hans Henny Jahnn sprechend, enthüllt Koeppen die entscheidenden Impulse seines Schreibens. Sicher ist nur, so heißt es in einer Rezension des Romans »Perrudja«, das »Unsichere«, die Fragwürdigkeit des Menschen, der auf einer Erde geboren wird, »deren Woher, Wohin und Sinn er nicht kennt«.
Dies könnte das Motto aller Koeppen-Texte sein, die hier vorgedacht sind, das Skrupulöse, das eine große Genauigkeit erzeugt, die Depression, die nicht lähmt, sondern eine bezwingende literarische Rede in Gang setzt, die Trauer, die den Blick verdunkelt *und* schärft.
Gleichzeitig bietet das Feuilleton einer Berliner Tageszeitung Raum für eine exzessive Wahrnehmung und Beschreibung der großen Stadt. Koeppens zahlreiche Reportagen sind inspiriert von den Techniken Kracauers und Benjamins, durchdringen ebenso die flirrende Oberfläche, entdecken die sprechenden Orte, die bizarren Details, halten Momente, Stimmungen und Valeurs fest. Er begeistert sich für den Film, für das Medium des Materiellen und des Sichtbaren, dem seine Kritiken immer wieder Einzelbilder und Augenblicke abringen. Als eine zugleich »schöne« und »unglückliche« Zeit hat Koeppen diese Jahre später oft bezeichnet, als »fleißige« Zeit eines fließenden Schreibens und als Zeit der Bedrohung, der Angst. In den Straßen Berlins wurde gekämpft und geschossen, das Elend wurde immer sichtbarer, dramatische Entscheidungen kündigten sich an.
In einem Essay aus dem Jahre 1922 hat Siegfried Kracauer die Intellektuellen der Gegenwart als »Wartende« charakte-

risiert. Der alten, zerbrochenen Metaphysik entronnen, litten – so Kracauer – die nun selber Zersplitterten unter dem »Fluch der Vereinzelung«. Alles in ihnen dränge daher auf ein »erneutes Sein in der religiösen Sphäre«, auf ein »Eingehen« in die »formgebende Gemeinschaft« hin, doch ist ungewiß, ob der Augenblick der »Erlösung« überhaupt kommt. Was bleibt, ist allein das »Warten« als »zögerndes Geöffnetsein« gegenüber einer Wirklichkeit, die »von leibhaftigen Dingen und Menschen erfüllt ist und deshalb konkret gesehen zu werden verlangt«.

Für kaum einen anderen Autor dieser Jahre ist jenes Programm der Öffnung und der Wahrnehmung kennzeichnender als für den jungen Koeppen, der sich ausprobieren, sich in die literarischen Diskurse einschreiben möchte.

Festlegungen will er entgehen. Daß er dem gedemütigten Heizer des Ozeanriesen in der *Roten Fahne* seine Stimme leiht (»Ein Heizer wird toll«) und mit den erniedrigten Kartoffelbuddlern in die »Lieder unserer revolutionären Überzeugung« einstimmt, macht ihn noch lange nicht zum proletarisch-revolutionären Autor. Dies ist nur eine Position auf einer weiten fließenden Skala. Koeppen will sich äußern, ohne festgelegt zu werden. Er weicht dem bedrückenden Zwang zur Parteinahme aus, den er sehr viel später, 1978, präzise beschrieben hat: »Die Zeit forderte Aktivitäten, Höchstleistungen, Zusammenschlüsse, Parteiungen, sie schürte die Lust, sich in Tageskämpfen zu erschöpfen, es war moralisch sich zu bereichern, nötig, sichtbar zu sein.« Koeppen dagegen will nur das Bekenntnis zur Gebrochenheit und Vieldeutigkeit.

Die Ambivalenz ist von Anfang an die Grundfigur seines Schreibens: Er ist entschieden ein Autor der Moderne, der radikal subjektiven Wahrnehmung, der Differenz und des Besonderen und sehnt sich gleichzeitig nach der stilbildenden »Gemeinschaft«, nach Bindung und Unterordnung, fordert aber ebenso ein entschlossenes Handeln in einer »harten und kämpfenden Welt«. Ein sensualistischer Dezisionismus schwebt ihm vor. Er bewundert die Schärfe, das Konkrete und Respektlose der Neuen Sachlichkeit und gibt zugleich einem ausgeprägten Traditionalismus recht. Bis in die literarischen Orientierungen hinein läßt sich seine beständige Bewegung zwischen den Polen verfolgen.

Koeppen bekennt sich zu Robert Musil *und* Stefan George, zu Proust *und* Dostojewski, zu Thomas Mann *und* Moeller van den Bruck. Gegenüber der parteilich-kämpferischen Ästhetik der beginnenden dreißiger Jahre, die verhärtete und verkrustete, zu Formeln und Lehrstücken verkümmerte, gewinnt sein tastendes, beständig dem Zweifel ausgeliefertes Schreiben eine neue Weite, bedeutet einen Zugewinn an Intensität und Wahrnehmungsvermögen. Doch war dieses »zögernde Geöffnetsein« an das Vielstimmige der liberalen Öffentlichkeit gebunden und mit deren Verschwinden selber tödlich bedroht. Das Spiel mit den vielfältigen Möglichkeiten verarmte genau in dem Maße, in dem das öffentliche Sprechen sich uniformierte. 1933 wird das Schreiben Koeppens in seinem Kern angegriffen. Eine Macht hatte triumphiert, die jener Ambivalenz den Krieg erklärte und sofort daranging, »Eindeutigkeiten« zu schaffen.

Wie reagierte Koeppen? Keineswegs hat er sich, wie später immer wieder behauptet, in ein bedeutungsvolles Schweigen zurückgezogen. Seine Artikel, die sich nun verdichten, lassen vielmehr erkennen, daß er das massive Handeln dieser neuen Macht, ihre Ansprüche und ihre Vorgaben weitgehend akzeptiert. Die »atemberaubenden Ereignisse«, so bekennt er in einem Bericht vom Juni 1933 aus Paris, ziehen auch ihn in ihren Bann, er bekräftigt die Zäsur, den Neuanfang. »Unruhe« und »Bewegung« faszinieren ihn, er schwingt ein in die Zukunftseuphorie, die offiziös verbreitet wird. Seine Voten sind eindeutig. In seiner Paris-Reportage geht Koeppen sogar so weit, die Existenz einer deutschen Emigration zu verleugnen. Beinahe alle, so behauptet er, wollten zurückkehren, nur eine momentane »Verwirrung« stehe dem noch entgegen.

Wie bei vielen Autoren seiner Generation, die im Lande blieben, wie etwa beim Kreis um die Zeitschrift *Kolonnen*, um Martin Raschke und W. E. Süskind, ist das Einverständnis zunächst größer als die Reserve. Ein Gestus des Handelns und des Eingreifens bestimmt plötzlich die Selbstaussagen Koeppens, der Zögernde, der Unentschlossene zwingt sich nun eine »Haltung« ab. Im September 1933 würdigt er die Bemühungen der neuen Machthaber, auch den Beruf des Schriftstellers in »Fachschaften, Gruppen und Verbänden zu ordnen und die Existenz seiner Mitglieder finanziell nach Möglichkeit sicherzustellen«. Doch löst Koeppen dann alles wieder in einer Aporie auf. Das Schreiben, so führt er aus, lasse sich nicht verbürgerlichen und »sicherstellen«, um am Ende, im letzten Satz, wiederum unvermutet in eine heroische Definition des Schriftstellers hineinzuspringen: »Er soll Soldat sein.«

Der Solitär Koeppen unterwirft sich in dieser kurzen Phase der Illusionen einem kollektiven Über-Ich, konstruiert eine Pflicht und eine Verantwortung für das große Ganze. Sein Schreiben verengt sich, die vorher sorgfältig bewahrte Ambivalenz gerät aus der Balance. Mächtige Trends und moralische Themen nimmt er nun auf.

Die heroische Stimmung und der breite Strom der Kriegsprosa bringen auch Koeppen dazu, im August 1933, auf seinen Roman »Die Mauer schwankt« (1935) vorausgreifend, den Kriegsbeginn 1914 zu erzählen. Sein Essay über Moeller van den Bruck (April 1933) nimmt sich gar wie ein Bauplan des Romans aus, der tief in das konservativ-revolutionäre Denken eingetaucht ist. Moeller van den Bruck wird gefeiert als »Vordenker«, als einer der »wichtigsten geistigen Wegbereiter des neuen Nationalismus sozialer Prägung«. Die Huldigung auf die Spitze treibend, ist die Hauptfigur des Romans auf ihn hin modelliert. Der Essay versammelt alles, was der Roman nur noch großformatig ausführt: das »Ringen« um die »idealistische deutsche Revolution«, der heroische Untergang, der auf das Kommende verweist, die reinigende Katastrophe, die ungeduldig erwartet wird und die Republik zum Menetekel, zum Schreckbild einer chaotischen Pluralität macht.

Auch in den Texten neben dem Roman schwingt sich Koeppen – wie viele damals – zum Sprecher einer Jugend auf, die einen revolutionären, mitreißenden Konservatismus propagiert. Alle Ambivalenzen werden hier zusammengeführt, die Moderne soll mit dem Preußentum, die »volkhaften Anfänge« mit der Avantgarde versöhnt werden. Koeppen war damals ohne Zweifel empfänglich für die hervorgekehrte Jugendlichkeit der »Bewegung«, für den Aufbruch, für das entschlossene Abschütteln einer alten Welt, für ein Handeln mit vermeintlich klarem Ziel.

Das Erwachen kam schnell, die Illusionen verflogen rasch. Schlagartig muß Koeppen, schon beim Erscheinen des Romans, klar geworden sein, in welche Nähe er geraten, zu welcher Berührung es hier gekommen war.

Immer noch lesen wir Koeppen aus der Perspektive des moralischen Rigorismus, den er in den fünfziger Jahren wie kein anderer verkörperte, sehen in ihm nur den unerbittlichen Streiter gegen Verleugnung und Verdrängung, den Virtuosen einer kämpferisch-gebrochenen Suada, die um ihre Vergeblichkeit weiß. Dieses Selbstbild, das Koeppen in vielen Interviews ausgemalt und bis heute ebenso unerbittlich verteidigt hat, ließ, wenn man so will, eine »Gesinnungsästhetik« entstehen, die auch den Erwartungen der Leser entsprach. Um ihre Funktion zu erfüllen, war sie selber zum Retuschieren und Verdrängen gezwungen, zum Vergessen und

Überspringen jener Phase des illusionären Einverständnisses mit der Macht. Die Faszination mußte verleugnet, eine absolute Unberührbarkeit, eine Verweigerung von Anfang an behauptet werden.
Aus dieser Konstruktion muß das Œuvre von Koeppen befreit werden, er hat einen Anspruch auf seine Ambivalenz. Zu lange war der Blick verstellt auf einen Autor, dessen Schreiben aus der Trauer des Konservativen, der Verletzung des Träumenden seine Energien bezog. Gerade erleben wir wieder, wie Aufarbeitungen hastig vollzogen, alte Rechnungen mit moralischer Verve fix beglichen werden. Moralität beanspruchen kann jedoch nur die genaue Lektüre, das sorgfältige Abwägen jeder Lebens- und jeder Schreibgeschichte, eine Auseinandersetzung jenseits von Formeln und Gesinnungen.

Wolfgang Koeppen: Widerspruch

Ich versuchte nicht, in Berlin in literarische Kreise einzudringen. Ich wollte schreiben und sollte vom Schreiben leben. Ich saß allein im »Romanischen Café« oder im Lesesaal der Staatsbibliothek. Ich besuchte keine Redaktionen, kannte keinen Redakteur. Ich sandte Manuskripte per Post an Berliner Zeitungen. Ich hatte Glück. Meine Arbeiten wurden angenommen. Herbert Ihering brachte mich zum *Berliner-Börsen-Courier*. Der *Börsen-Courier* war eine alte Berliner Zeitung. Er hatte den Ruf, in der Politik liberalkonservativ, im Handelsteil hochkapitalistisch, im Feuilleton kulturbolschewistisch zu sein. Ich war gern Journalist, dachte aber, Bücher zu schreiben.
In der Nacht vom 30. zum 31. Januar 1933 fuhr ich von Mün-

chen nach Berlin. Ich hatte in München der Premiere von Erika Manns »Pfeffermühle« beigewohnt.
In München sprach man nicht von Hitler. In Berlin meldeten die Morgenzeitungen Hitlers Kanzlerschaft.
Ich erschrak, ich mochte Hitler nicht, ich fuhr zur Redaktion, traf im Umbruchsaal den Chefredakteur, einen bekannten, klugen Leitartikler, ich erwartete Bestürzung, aber nein, der Leitartikelschreiber war guter Laune und meinte, in drei Monaten ist der Hitler parlamentarisch erledigt. Ich teilte diese Meinung nicht.
Ich teilte nicht die allgemeine Aufbruchstimmung, schritt nicht fröhlich hinter der SA. Mich bedrückte die Zukunft.
Der *Berliner-Börsen-Courier* glaubte, mit vorsichtiger Anpassung weiterhin erscheinen zu können. Ich reiste für acht Tage nach Paris. Auf dem Boulevard und in Cafés traf ich jüdische Kollegen, die ersten Emigranten, die vor Hitler geflohen waren. Sie hatten ihr Leben und eine relative Freiheit gerettet, aber ihre Existenz verloren. Natürlich träumten sie, nach Deutschland zurückkehren zu können, glaubten nicht an die Dauer des braunen Spuks. Ich berichtete dies in der Zeitung. Der vom Regime eingesetzte kommissarische Chefredakteur rief mich, hatte meinen Artikel in der Hand und schimpfte: »Wollen Sie die Juden zurückführen?«
Es gab in der Redaktion drei Linke: Herbert Ihering, vielleicht Heinrich Strobel und mich. Ich besprach noch im Feuilleton Bücher von Juden und Verfemten. Ich dachte über die Position von Schriftstellern und Intellektuellen nach. Schlechte Aussichten. Der letzte Satz dieser Arbeit lautete: »Er (der Schriftsteller) soll Soldat werden.« Das war purer Zynismus, Hohn, ein schlechter Witz. Damals verstanden die Leser es so. Heute scheint man den Ausruf mir unbegreiflicherweise ernst zu nehmen. Ich war nicht einen Tag Soldat.
Sylvester 1933 erschien die letzte Nummer des *Börsen-Cou-*

riers. Ich schrieb meinen ersten Roman »Eine unglückliche Liebe«. Er erschien bei Bruno Cassirer. Ein Kritiker schrieb, ich setze die Tradition vertriebener, verbotener Autoren fort. Er schloß, da kann man nur wünschen: Arbeitslager.
Meinen zweiten Roman schrieb ich in Holland, 1935, und er war keineswegs schon Jahre vorher in Deutschland geplant. Er entsprang sogar einem spontanen Entschluß, Bruno Cassirer noch ein Buch zu liefern. Max Tau riet »einen Heimatroman«. Nur nichts Provozierendes! Ich war unzufrieden. Ich setzte dem »Heimatroman« ein Kapitel nationalsozialistischer Greuel auf einem erfundenen Balkan vor. Der Roman »Die Mauer schwankt« spielte dann in der Endzeit des Kaiserreichs. Die Neuauflage in Deutschland wurde teilweise absurd kritisiert.

Roger Willemsen
An der Grenze

Gespräche mit Attentätern, Bankräubern, Mördern, politischen Gefangenen, Autoknackern, Todeskandidaten und Gewaltopfern
KiWi 332

Gespräche mit Menschen in extremen Situationen – Attentäter, Bankräuber, Todeskandidaten und Gewaltopfer – die einen seltenen Blick in die Welten des Wahns, der Besessenheit und des Verbotenen eröffnen.

Neben der Wiedergabe der Gespräche beschreibt und analysiert Roger Willemsen diese Menschen und die Hintergründe ihrer Taten – ein beklemmendes und manchmal sogar komisches Buch, dessen Lektüre einem den Atem raubt.

Heiner Müller
Krieg ohne Schlacht

Leben in zwei Diktaturen
Erweiterte Neuausgabe mit einem Dossier von Dokumenten des Ministeriums für Staatssicherheit der ehemaligen DDR
KiWi 335

Heiner Müllers aufsehenerregende Autobiographie, jetzt mit neuem Anhang und neuen Dokumenten.

»Wir haben es mit einem historisch wie kunstgeschichtlich eminent wichtigen, problematischen Text zu tun.«
Joachim Kaiser, Süddeutsche Zeitung

»Ein glänzendes Buch ... Eine der wichtigsten Publikationen, die in diesem Jahr überhaupt erschienen ist.«
Marcel Reich-Ranicki, Literarisches Quartett

Heiner Müller
Germania 3
Gespenster am toten Mann

mit einem lexikalischen Anhang von Stephan Suschke
Gebunden

Heiner Müllers neues Theaterstück – eine beklemmende Szenenfolge über die Abgründe dieses Jahrhunderts der Gulags und Konzentrationslager.